MON BIEN LE PLUS PRÉCIEUX

JENNIFER SUCEVIC

Mon bien le plus précieux

Copyright© 2024 par Jennifer Sucevic

Tous droits réservés. Aucune partie de cette publication ne peut être reproduite, distribuée ou transmise sous quelque forme ou par quelque moyen que ce soit, y compris la photocopie, l'enregistrement ou autres méthodes électroniques ou mécaniques, sans la permission écrite de l'éditeur, à l'exception de brèves citations dans le cadre de critiques littéraires et autres usages à but non commercial autorisés par la loi sur le droit d'auteur.

Ce livre est une œuvre de fiction. Tous les noms, les personnages, les lieux et les incidents décrits sont le produit de l'imagination de l'auteur. Toute ressemblance avec des personnes existantes ou ayant existé, des choses, des lieux ou des événements réels, serait purement fortuite.

Couverture par Mary Ruth Baloy de MR Creations

Couverture de l'édition spéciale par Claudia Lymari

Traduit de l'anglais par Angélique Olivia Moreau et Valentin Translation

Home | Jennifer Sucevic ou www.jennifersucevic.com

CHAPITRE 1

allyn

— Pardon ?

Mes genoux cèdent et je m'affaisse avec un léger rebond sur le petit lit deux places.

— Vous me dites que mes frais de scolarité n'ont pas été versés ce semestre ? Ce doit être une erreur.

À l'autre bout du fil, seuls quelques pianotements brusques sur un clavier d'ordinateur perturbent le silence. Chaque seconde qui s'égrène ne fait qu'accroître ma nervosité et s'emballer mon cœur déjà déréglé jusqu'à ce qu'il évoque dans mes oreilles le grondement sourd de l'océan.

— Je crains que non.

La voix se radoucit, mais demeure ferme.

— J'ai vérifié votre compte plusieurs fois. La somme due pour le deuxième semestre reste impayée dans son intégralité. Elle aurait dû être réglée avant le premier du mois, ce qui signifie un retard de dix jours.

Une grosse boule se loge dans ma gorge alors que je regarde sans le voir, posé sur mon bureau, le cadre en argent qui contient une photo représentant mon frère et moi. Dans les bras l'un de l'autre, on adresse tous les deux à la caméra un sourire insouciant.

Dix ans plus tard, la vie n'aurait pas pu être plus différente.

Je donnerais quasiment tout ce que j'ai pour revenir à ce moment idyllique. Si je ferme fort les paupières, j'entends toujours les sons du lac dans le lointain et je sens le soleil éblouissant me réchauffer le visage.

— Mademoiselle DiMarco ?

Il y a une plage de silence.

— Vous êtes toujours là ?

Les souvenirs se dissipent comme des volutes de fumée alors que je reviens au moment présent.

— Oui, je suis là.

Malheureusement.

— Je vais vous noter un rendez-vous. Demain à treize heures. Cela vous convient ? J'espère que votre conseiller et vous serez en mesure de trouver une solution.

Mes épaules s'affaissent comme si un poids d'une tonne pesait dessus.

— J'appellerai mes parents dès qu'on aura raccroché. Je suis certaine qu'il s'agit d'une erreur de leur part.

Je pose la paume de la main sur mon bas-ventre comme pour calmer la nausée qui y a élu résidence.

— Peut-être.

Son ton trahit le scepticisme.

Je n'ai pas plus tôt raccroché que j'appuie sur l'icône de ma mère dans mon répertoire.

Elle répond à la troisième sonnerie. Sa voix est déjà inquiète.

— Bonjour, ma chérie. On n'a pas eu de tes nouvelles depuis plusieurs jours. Tout va bien ?

Je suis bien trop affolée pour me perdre en politesses.

— Je ne sais pas. L'université a appelé et mes frais de scolarité n'ont toujours pas été réglés.

Cette réponse est suivie d'un silence assourdissant qui confirme que ce n'est pas une erreur.

— Je devrais aller chercher ton père, murmure-t-elle.

Les légers picotements dans mon ventre se transforment en ptérodactyles géants qui tentent de prendre leur envol. Je ne me rends même pas compte que la main qui ne tient pas le téléphone dans une poigne de fer est remontée vers le milieu de ma poitrine afin de frotter ma cicatrice.

On entend le téléphone changer brièvement de mains avant que papa s'éclaircisse la gorge. Je sais déjà que je ne vais pas aimer ce qu'il va dire.

— Hé, Fallyn.

Dans sa voix, j'entends l'épuisement et peut-être autre chose.

La résignation.

La défaite.

Des choses auxquelles je ne me serais jamais attendue de sa part.

— Bonjour, papa. Pourquoi mes frais de scolarité n'ont-ils pas été réglés ce semestre ?

Un silence pesant s'ensuit.

— Nous avons connu des problèmes financiers. J'espérais qu'ils puissent se régler, mais à la lumière des événements récents, c'est peu probable.

Je plisse le visage tout en me redressant subitement pour arpenter la pièce.

— Quel genre de problèmes ?

— Ce connard de Westerville a organisé un coup et m'a éjecté de la boîte, dit-il en serrant les dents.

À présent que sa colère a été libérée, impossible de la remettre gentiment dans une boîte.

Je m'interromps en bafouillant alors que j'écarquille les yeux. Mon cœur ralentit avant de se mettre à battre à toute vitesse dans ma poitrine.

— Un coup ? Quand ?

— Quelques jours avant Noël, dit-il avec un grognement.

Quoi ?

Ma langue vient humecter mes lèvres desséchées et je me retourne pour recommencer à faire les cent pas. Malgré tous mes efforts pour conserver une voix calme, elle n'a de cesse de monter.

— Mais c'était il y a des semaines entières ! J'ai passé toutes les vacances à la maison et tu n'as rien dit.

Avec le recul, je me rends compte qu'il a passé quasiment tout le temps en retrait, enfermé dans son bureau. Quand il n'y était pas, il se montrait préoccupé et grognon. Je n'y ai pas vraiment pensé parce que les vacances ont toujours été difficiles.

Pourquoi celles-ci auraient-elles été différentes ?

— J'ai parlé à mon avocat. J'espérais renverser la décision ou bien le jeter dehors, *lui*, mais je n'ai rien pu faire. Ce vicelard a fait les choses en cachette et a tourné tout le monde contre moi.

Sa voix grossit à chaque mot qu'il assène, me forçant à écarter le téléphone de mon oreille.

— Après tout ce que cette famille nous a dérobé, il fait un truc comme ça !

Le moment est malvenu pour mentionner qu'il avait tenté de faire exactement la même chose il y a plusieurs années de ça. Leur relation autrefois intime est devenue précaire après l'accident puis quasiment hostile quand papa a essayé de l'évincer.

Ce n'était qu'une question de temps avant que tout n'explose. Ce développement n'aurait pas dû être une surprise.

Sauf que j'espérais ne pas devenir un dommage collatéral à la suite de retombées inévitables.

— Fallyn, je suis désolé.

Purgée de toute colère, sa voix se fait lasse.

— Il n'y a pas assez d'argent sur le compte pour payer tes frais de scolarité ce semestre. Ta mère et moi étions en train de discuter de la situation et nous avons trouvé une solution.

L'air reste coincé dans mes poumons.

J'ai presque peur d'apprendre laquelle.

— Tu vas prendre ce semestre de libre, rentrer à la maison et trouver un travail. Je suis certain qu'une de mes connaissances au country club t'engagera comme assistante. Entre ça et les aides financières, tu pourrais recommencer à l'automne.

Sa voix exprime un enthousiasme creux.

— Ou tu pourrais te faire transférer ici, dans une fac du coin, et suivre un cours ou deux ce semestre. On arrivera peut-être à rassembler la somme nécessaire. Tu pourrais rester à la maison. Ça t'économiserait pas mal d'argent.

Il ne me voit pas, mais je secoue la tête.

Certainement pas.

Hors de question que je revienne à la maison !

En partir la première fois a déjà été assez difficile comme ça. Il a fallu beaucoup de cajoleries, sans mentionner quelques crises dont je ne suis pas fière, pour qu'ils acceptent ne serait-ce que de me laisser partir à la fac.

Cette fac-ci.

Hors de question que je fasse machine arrière maintenant.

Quand je garde le silence, il ajoute avec une jovialité forcée :

— Ce ne serait pas amusant ? Tu manques terriblement à ta mère.

Un frisson d'effroi danse le long de mon dos avant de se rassembler dans mon ventre. Il est rapidement chassé par la culpabilité. J'aime mes parents, mais depuis l'accident, leur attention est insupportable.

Suffocante.

Étouffante.

Ils ont toujours peur qu'il m'arrive quelque chose.

Exactement comme...

— Fallyn ?

Je repousse ces pensées et me concentre sur la situation présente. Je fais un effort pour garder une voix égale et ne pas le laisser voir l'étendue de ma panique.

— Demain après-midi, j'ai rendez-vous pour discuter avec une personne des services étudiants. Ils peuvent peut-être faire quelque chose pour m'aider. Je suis en plein milieu de ma troisième année. La dernière chose que j'envisage est d'abandonner ou de me faire transférer.

Cette pensée me fait l'effet d'un coup de poing dans le ventre.

— Je n'ai jamais parlé d'abandonner, m'interrompt-il à la hâte. Au pire, ce serait une petite pause pour mieux repartir. C'est tout.

Bien entendu… Combien de personnes disent la même chose puis finissent par ne jamais reprendre leurs études ? La vie t'envoie toujours des épreuves, rendant la chose impossible. Je refuse de devenir une statistique. Je dois trouver comment rester à Western par tous les moyens.

— Je crois qu'on discutera après ton rendez-vous de demain et qu'on verra à ce moment-là.

Dès qu'on raccroche, je jette le téléphone sur le lit. J'entends brièvement toquer à la porte avant que ma cousine ne s'engouffre à l'intérieur.

— Ça te tente de commander une pizza pour le dîner ? demande Viola. J'ai vraiment envie de pepperoni et de fromage en rab. Peut-être de champignons.

Je secoue la tête.

La conversation avec mes parents a fait naître dans mon ventre un enchevêtrement de nœuds douloureux. Je serai incapable de digérer la moindre bouchée. Cette pensée suffit à me donner la nausée.

J'ai l'impression qu'une trappe vient de s'ouvrir et que je suis en chute libre.

Il lui suffit de me regarder pour froncer des sourcils inquiets.

— Hé, tout va bien ? On dirait que tu vas être malade.

Je pousse une longue exhalation calme et lui rapporte la conversation téléphonique.

Sa bouche forme un petit O choqué puis elle se rapproche et se laisse tomber à côté de moi.

— Qu'est-ce que tu vas faire ?

Je hausse brusquement les épaules alors que ma gorge se serre. J'ai l'impression d'être suffoquée de l'intérieur.

— Parler aux services étudiants et espérer qu'il ne soit pas trop tard pour faire une demande de bourses. Si j'ai de la chance, ils me donneront assez d'argent pour couvrir l'intégralité du semestre.

Ainsi que le loyer.

Je vais *vraiment* être malade.

— Tu as pensé à trouver un travail ? Madden a mentionné que Sully cherchait une serveuse pour *Slap Shotz*. Apparemment, l'autre fille a démissionné en plein service la semaine dernière et maintenant, ils sont en sous-effectif.

Je la dévisage pendant une seconde ou deux avant d'éclater de rire. J'ouvre de grands yeux tout en me plaquant une main sur ma poitrine.

— Attends un peu... Tu dis que *je* devrais demander du boulot là-bas ?

Je marque un temps d'arrêt avant d'ajouter :

— Là où traînent tous les hockeyeurs ? Tu réalises que j'ai passé les deux dernières années à les éviter ?

— Tu as plutôt passé les deux dernières années à éviter tout le monde. Si ça ne te tente pas, disons peut-être un restaurant ou un magasin près du campus.

Je me force à sourire, reconnaissante de la voir essayer de générer une liste de possibilités.

— Tu as raison. Un boulot est vraiment une bonne idée. Je vais regarder les petites annonces ce soir.

Si je vais postuler à *Slap Shotz* ?

Certainement pas !

Il doit bien y avoir un autre endroit où je peux travailler.

— Et si tu vendais des affaires ? Tu as des vêtements de luxe dans tes placards ou des sacs dont tu ne veux plus ?

Pour la seconde fois en vingt minutes, ma main vole jusqu'à la cicatrice qui barre ma poitrine.

— J'ai quelques sacs que je n'utilise plus, mais je doute que ce soit suffisant pour couvrir l'intégralité des frais d'inscription.

Elle se mordille la lèvre inférieure avant de murmurer :

— J'ose à peine le suggérer, mais...

Elle n'a pas besoin de le dire ; je sais exactement ce qu'elle allait proposer.

Je secoue la tête.

— Oublie.

— D'accord, dit-elle d'un ton léger en abandonnant le sujet. C'était juste une idée.

J'ai beau être désespérée, la Porsche de Miles est une chose dont je refuse de me séparer.

Je suis capable de faire autre chose.

Je dois juste trouver quoi.

CHAPITRE 2

*olf*

— Vieux, c'était pas la joie, l'entraînement de ce matin, dit Bridger avec un grognement alors qu'on traverse le campus pour aller déjeuner au centre étudiant.

— Tu connais un entraînement sur les coups de six heures qui *est* la joie ? réplique Colby.

Je coule un regard à Bridger avant de pointer le menton vers l'ailier blond.

— Il a raison. Je n'ai jamais connu d'entraînement à l'aube qui soit la poilade.

Bridger lève ses yeux bleus au ciel et grommelle à mi-voix. Ça fait environ un mois qu'il est d'une humeur exécrable. Des textos déplaisants sur sa vie sociale continuent d'être diffusés par le système de messagerie de l'université, envoyés tant aux employés qu'aux étudiants.

Il a demandé à quelques amis doués en informatique de déterminer qui se cache derrière, mais à sa grande contrariété, la personne demeure anonyme. On avait cru que tout était terminé puisque généralement, ils sont postés tous les lundis.

Jusqu'à ce matin.

Il s'agissait d'une photo prise lors d'une fête. Les bras passés autour de deux filles de sororité complètement bourrées, il adressait un grand sourire à la caméra. Une des filles avait la main posée sur son paquet.

Ceci est un message d'intérêt public destiné à toutes les femmes de Western : demeurez le plus loin possible de ce queutard. Il est toxique pour la gent féminine.

C'était accompagné d'un emoji en forme de crâne et d'os entrecroisés.

La plupart des gens ne sauraient pas que la photo a été prise lors d'une fête l'année dernière et n'est même pas récente.

Son père n'a pas mis plus de dix minutes pour appeler et lui arracher la tête.

Bridger est un chic type et je me sens mal pour lui.

Bon nombre de nos coéquipiers ne se gênent pas pour tirer parti de la présence de groupies sur le campus.

Il n'a jamais été comme ça.

Quelques groupies nous adressent des signes et se dirigent droit vers Colby. De grands sourires leur fendent le visage alors qu'elles se jettent sur lui.

Je me retiens de lever les yeux au ciel.

Ce mec, d'un autre côté, est un coureur de première. En ce qui concerne les filles, rien ne le retient. Il gèlera certainement en enfer avant qu'il ne se case avec une seule meuf.

Cela dit, si les rumeurs sont vraies, son père, Gray McNichols, était pareil avant de tomber amoureux de sa mère. Et le reste, comme on dit, appartient à l'Histoire... de la Ligue nationale de hockey. À l'heure actuelle, c'est un commentateur sportif important sur ESPN. Colby essaye de rester discret à ce sujet.

Enfin... il s'efforce de le faire.

Ce n'est pas non plus comme si c'était un secret absolu. C'est plutôt qu'il n'est pas du genre à faire valoir cette relation. Comme

Maverick, il veut que son talent parle de lui-même. Hormis ses cheveux blonds, il est le portrait craché de son père.

— Salut, Wolf.

Je suis tiré de ces pensées par une douce voix féminine, et je découvre que Larsa Middleton s'est approchée de moi en douce pendant que j'étais ailleurs.

Je la salue d'un geste du menton.

— Salut. Ça va ?

— Bien. J'allais déjeuner. Et toi ?

— Hmm, ouais...

Ma voix meurt alors que mon attention est attirée par une fille aux longs cheveux noirs qui parcourt d'un pas vif un chemin qui serpente dans la direction opposée.

La tête baissée, elle pianote sur son téléphone. Le rideau épais de sa chevelure brillante dissimule son visage, mais ça ne fait rien. Je sais exactement de qui il s'agit. L'électricité crépite dans mes veines alors que je ralentis le pas et m'imprègne de sa présence. On a beau être dans la même fac, on ne se croise pas souvent.

Mon regard plein de désir la parcourt, gravant tous les détails dans ma mémoire.

Elle n'est pas à plus de six mètres.

Bien trop près pour qu'elle ne le remarque pas.

Mon cœur s'emballe, battant contre ma cage thoracique à un rythme douloureux.

Je me suis tenu à distance pendant toutes ces années parce que c'est ce qu'elle désire.

Nous n'avons pas été si proches depuis...

Je réprime tous les souvenirs de notre passé.

Si elle n'était pas aussi absorbée par son téléphone, elle m'aurait surpris en train de l'observer et elle aurait explosé.

— Wolf ?

Quand la main gracile de Larsa se pose sur mon avant-bras, je la repousse avec un sursaut. Ce n'est pas une décision consciente de ma part.

Plus une habitude.

— Alors, pour le déjeuner…

Quand Fallyn gravit d'un pas vif le large escalier de Vanderberg Hall et se glisse à travers les portes de verre, je prends une décision soudaine.

— Peut-être une autre fois ? Je dois passer à l'administration.

La déception s'empare de son joli visage.

— Oh, d'accord.

Avant qu'elle ne puisse me poser un autre rendez-vous, je m'éclipse.

— Hé, où tu vas ? appelle Colby. Je croyais qu'on devait déjeuner.

Je lève la main.

— Je vous rattrape plus tard. J'ai un truc à faire.

Puis je me glisse à travers les portes et à l'intérieur du bâtiment. Quelques groupes d'étudiants s'attardent dans le vestibule. Je regarde des deux côtés du couloir, me demandant si j'arrive trop tard.

Il n'en faut pas davantage pour que j'hésite et me demande ce que je suis en train de faire. Ce n'est pas comme si j'allais taper la discute avec cette fille. En dépit de notre intimité d'autrefois, ça n'arrivera jamais.

Pas après tout ce temps.

Merde.

Ça va faire cinq ans.

Cette pensée est comme un coup au ventre qui expulse l'air de mes poumons.

Je ne passe pas une seule journée sans songer à lui.

Ou à elle.

Alors que je passe la main à travers mes cheveux courts, les gens s'écartent et j'aperçois sa chevelure sombre qui tourne à l'angle au fond de la salle. Sans y penser, je me remets en mouvement. C'est comme si un fil invisible nous liait ensemble. Qu'elle en ait conscience ou pas, nous sommes encore connectés. Il n'y aura jamais un jour où ce ne sera pas le cas.

Je lis le panneau mural qui pointe dans la même direction.

Les services étudiants.

L'année dernière, c'est là que j'ai rencontré un conseiller quand j'ai eu un problème avec la facture de mes frais de scolarité.

Alors que je prends un autre tournant, je marque un temps d'arrêt pour jeter un regard prudent derrière l'angle du mur. Le regard baissé sur son téléphone, Fallyn se tient devant le bureau. Plusieurs autres personnes s'y attardent aussi.

D'ici, je la vois carrer les épaules avant d'inspirer profondément et de pénétrer dans le bureau. Son visage se fait déterminé. Même si nos vies ne se croisent plus, je la connais suffisamment bien pour savoir qu'elle se prépare au combat.

Je fronce les sourcils.

Quel problème peut-elle avoir ?

Ses parents sont blindés.

J'y réfléchis une minute ou deux avant de m'approcher furtivement.

Je manque de m'esclaffer en songeant à l'image que je renvoie. Je n'ai jamais été du genre furtif. D'ailleurs, la plupart des gens n'ont qu'à me voir pour faire un détour.

Exactement comme je préfère.

Deux types sortent du bureau et se dirigent dans ma direction. Lorsqu'on se croise, ils me jettent un regard et leurs yeux s'écarquillent quand ils me reconnaissent.

— Hé, Westerville ! dit le plus fort en tendant le poing vers moi pour un *fist bump*.

Je lance un bref regard par-dessus son épaule pour vérifier que Fallyn ne soit pas ressortie dans le couloir. C'est la dernière chose dont j'ai besoin alors que j'essaye de rester discret.

— Mec, le match de la semaine dernière était super. Tu as tout déchiré !

— Merci.

L'autre type secoue la tête.

— Tu as fait combien d'arrêts ? Ce n'était pas un record absolu ou un truc comme ça ?

— Vingt-cinq.

Ce n'est pas mon record, mais ça reste impressionnant.

— Putain, mon vieux. C'est génial.
— Merci.

Mon regard se pose à nouveau sur la porte du bureau.

— Je dois y aller, mais ça m'a fait plaisir de vous parler.
— On se recroise, Wolf !

Avec un dernier salut, je m'éclipse. Ce n'est que lorsque je suis suffisamment proche pour regarder à l'intérieur que je m'arrête pour parcourir l'accueil du regard. Je ne mets guère de temps à la retrouver. Elle fait la queue au comptoir, attendant son tour. Elle regarde son téléphone tout en se balançant d'un pied sur l'autre.

La patience n'a jamais été le fort de Fallyn.

Un sourire danse au coin de mes lèvres alors qu'un million de souvenirs envahissent mon cerveau. Je ne peux m'empêcher de m'abreuver du spectacle qu'elle offre.

Sa beauté est comme un coup au ventre.

Cela dit, il n'y a rien de nouveau là-dedans.

Même si je ferais mieux de reprendre le cours de ma journée et de faire semblant que je ne l'ai pas vue, il est hors de question que je parte sans avoir découvert ce qui se trame.

CHAPITRE 3

allyn

Je lève les yeux de mon téléphone quand la fille devant moi balance :
— Qu'est-ce que je suis censée faire ? Vendre ma virginité pour payer mes frais de scolarité ce semestre ?

J'écarquille les yeux, ébahie par son audace.

La femme assise derrière le comptoir affiche la même expression.

Nous sommes toutes les deux choquées par ce coup de colère.

Je jette un autre regard à la fille pour mieux l'observer. Depuis que je suis entrée dans le bureau des aides aux étudiants, je suis restée collée à mon téléphone, à parcourir les petites annonces.

Grosse surprise : il n'y en a pas beaucoup. La plupart des étudiants en recherche d'un poste à mi-temps ont envoyé des candidatures en août ou début septembre. Ils n'ont pas attendu janvier.

Donc, il ne reste plus grand-chose.

Ce qui ne fait qu'ajouter à ma frustration.

En ce moment, j'ai l'impression que tout conspire contre moi.

Ou plutôt, que tout est parti en sucette.

— Je suis quasiment certaine que tu l'as perdue au lycée, marmonne la blonde près d'elle. En première, si je ne m'abuse.

La brune qui est en train de faire une crise fronce les sourcils.

— Tu ne m'aides pas.

Loin d'être affectée par son ton tranchant, son amie hausse les épaules en inspectant sa manucure.

— Désolée.

La femme assise derrière le comptoir reprend le contrôle de la conversation.

— Écoutez, mademoiselle… On ne peut rien faire. Je vous suggère de contracter des prêts auprès d'une banque puis de repasser nous voir.

— Ce n'est pas possible, grommelle-t-elle avant de tourner les talons et de passer devant moi d'un pas vif. Merci pour rien. Vous avez vraiment mérité votre paye aujourd'hui.

Je percute alors brusquement que je la connais.

Chloé, ou quelque chose comme ça.

On vivait au même étage en première année.

Alors que les deux filles sortent dans le couloir, je prends la décision impulsive de les suivre. Elle plaisantait peut-être…

Ou peut-être pas.

— Hé, Chloé ?

Elles s'arrêtent et se retournent. Chloé me fusille du regard, puis son visage se radoucit quand elle me reconnaît.

Marginalement.

— Oh, salut, Fallyn.

Elle désigne du menton le bureau de l'aide aux étudiants.

— Je suppose que tu as tout entendu ?

— Oui. Tu t'es un peu emportée.

Elle lève les yeux au ciel avec un petit reniflement.

— Cette femme n'aurait pas pu être moins utile.

Je hoche la tête, emplie par une bouffée de sympathie.

— Je crois qu'on est toutes les deux dans le même bateau. Mon…

mes fonds se sont taris pour ce semestre, alors j'essaye de trouver une autre solution.

— Pareil, dit-elle avec un soupir. Parfois, être une étudiante fauchée, c'est vraiment la merde.

Je détourne le regard alors que je m'éclaircis la gorge.

— Ce dont tu as parlé tout à l'heure… Tu étais sérieuse ?

Quand elle me regarde sans comprendre, je marmonne :

— À propos de vendre ta virginité.

La chaleur envahit mon visage alors que deux paires d'yeux se braquent sur moi.

— Je crois que ce que je demande, c'est si ça existe vraiment.

Le silence s'abat sur nous trois alors que Chloé fait un pas en avant.

— Oui, ça existe vraiment. Les gens le font tout le temps. J'ai entendu dire qu'on peut se faire pas mal d'argent.

— Combien ?

La question m'échappe avant que je puisse la retenir.

Les sourcils de Chloé lui traversent le front.

— Suffisamment pour que je regrette d'avoir donné la mienne pour rien dans le sous-sol de mes parents en première. Quel gâchis ! Pour ne rien arranger, c'était terminé avant que j'aie pu cligner des paupières.

Je baisse la voix.

— Suffisamment pour payer mes frais et qu'il m'en reste un peu ?

— Oui. Il y a des hommes qui paieraient des sommes extraordinaires pour baiser avec une vierge.

Elle hausse les épaules.

— C'est si archaïque !

Avant que je puisse enchaîner sur une autre question, elle m'en décoche une.

— Est-ce que tu es vierge, au moins ? Parce qu'ils s'en rendent compte, tu en es consciente ? Certains mecs requièrent un examen médical comme preuve avant de verser l'argent.

Cette perspective terrifiante dessèche ma bouche.

— Je le suis.

— Hmm.

Lentement, elle m'observe des pieds à la tête en plissant les yeux.

— Eh bien, je suis surprise.

J'ai l'impression d'avoir le visage en feu alors que je me force à demander :

— Où est-ce que je peux trouver un endroit pour gérer ce genre de *transaction* ?

J'ai du mal à croire que je sois en train de songer à une telle chose afin de payer mes études. Il y a un mois, je ne l'aurais même pas envisagé.

Qu'est-ce que je dis ?

Il y a une semaine.

Quelques jours.

Et pourtant, voilà… Cela prouve simplement que les choses peuvent dramatiquement changer.

Peuvent remuer sous vos pieds comme un tremblement de terre, transformant le paysage jusqu'à ce qu'il ne soit plus reconnaissable.

Chloé et son amie, une grande blonde qui ressemble à un mannequin, s'échangent un long regard plein de sens.

— Je connais quelqu'un qui peut t'aider, dit-elle enfin.

Sa voix se fait acérée.

— Mais tu dois être sérieuse à ce sujet. Je ne veux pas faire perdre du temps à mon amie.

Je crache la vérité d'une petite voix.

— Je n'ai pas d'autre option.

— Alors c'est d'accord.

Elle sort son téléphone de la poche de sa veste en tissu pied-de-poule.

— Donne-moi ton numéro.

Je le lui fournis rapidement.

— Enregistré. Je viens de t'envoyer un texto. Quand j'aurai plus d'informations, je te recontacterai.

Je pousse un grand soupir. Alors seulement, je me rends compte que mon cœur est à deux doigts d'exploser dans ma poitrine. J'ai un vertige quand je tourne les talons et retourne à l'intérieur du bureau des aides étudiantes.

Avec un peu de chance, je réussirai à dégoter une aide financière ou une bourse, et je pourrai écrire à Chloé que son aide ne sera pas nécessaire après tout.

CHAPITRE 4

 olf

D<small>E L'AUTRE</small> côté du mur, les murmures de la conversation des filles s'estompent et le claquement des talons se rapproche. Quand les filles apparaissent, je me redresse de toute ma taille et m'adosse à la paroi, les bras croisés.

Me reconnaissant instantanément, Chloé et Janine m'adressent de grands sourires. Chloé et moi avions un cours en commun en deuxième année. Si j'avais gagné dix centimes chaque fois qu'elle m'a proposé de me sucer, je serais riche.

Enfin, plus riche.

Ma famille a beaucoup d'argent.

J'ai ce qu'on pourrait appeler un patrimoine.

— Hmm, Wolf. Quelle agréable surprise, ronronne-t-elle en léchant mon corps du regard de la tête aux pieds. Je ne m'attendais pas à te voir ici. Tu traînes au bureau des aides financières pour le fun ?

J'affiche un sourire en coin.

— Exactement.

Elle franchit la distance entre nous et pose une main sur ma poitrine.

Quand elle incline la tête vers le haut, son souffle chaud frôle mes lèvres.

— C'est ton jour de chance. J'ai quelques heures à tuer entre deux cours. Tu as envie de me raccompagner chez moi ?

Quand je garde le silence, elle coule un regard malicieux à son amie.

— Je suis certaine que Jasmine pourrait se joindre à nous.

Comme par enchantement, la langue de la blonde passe sur ses lèvres pulpeuses.

Mes doigts s'enroulent autour de son poignet délicat, le retirant de mon sweat et le maintenant entre nous.

— En fait, ce qui m'intéresse, c'est la conversation que je viens de surprendre.

— C'est-à-dire ? demande-t-elle en fronçant des sourcils confus.

— Disons que je suis un acheteur intéressé.

Elle cligne des paupières en plissant les yeux.

— Vraiment ? Je n'aurais jamais cru que tu étais du genre à aimer ces conneries d'être le seul et unique.

Je hausse les épaules, refusant de me justifier. Les raisons de mon intérêt pour Fallyn ne regardent absolument pas Chloé.

La fille auburn soupire avant de faire papillonner ses cils épais et couverts de mascara.

— Ça doit être la raison pour laquelle tu n'as jamais accepté mes propositions.

Oui, on va dire ça.

— Organise la chose, c'est tout.

Il y a une seconde de silence avant que j'ajoute :

— Et ne t'avise pas de la proposer à d'autres. Sa virginité m'appartient. C'est compris ?

— Parfaitement.

Il y a temps d'arrêt avant qu'elle n'ajoute d'un ton plus professionnel :

— Tu comprends que je me réserve une petite commission d'intermédiaire, n'est-ce pas ?

Je ne m'attendais pas à moins.

— Tu ferais une très bonne proxénète.

Elle sourit, pas insultée le moins du monde.

— Il faut bien se faire un peu de fric, non ? Et l'appellation que je préfère est *Madame*, merci.

Je lui lâche le poignet avant de battre en retraite d'un pas rapide.

— Tu as toujours mon numéro.

Elle pose un doigt sur son téléphone.

— Oui. Je t'appelle une fois que j'ai réglé tous les détails.

Ma poitrine s'élargit.

Je peux enfin recommencer à respirer.

Alors que je m'apprête à tourner les talons, je m'arrête et soutiens le regard de Chloé.

— C'est important qu'elle ne découvre pas qui l'a achetée.

Elle n'acceptera jamais cet accord si elle se rend compte que c'est moi qui tiens les cordons de la bourse, toute désespérée qu'elle soit, car le désespoir est la seule chose qui pourrait pousser Fallyn à s'engager dans ce genre de combine.

Il y a des années, j'étais tout pour elle. J'aurais été la première personne à qui elle serait venue demander de l'aide. Mais cette époque est loin derrière nous. Je déteste le fait que tant de choses se soient dressées entre nous.

Si c'est le seul moyen que j'ai de me rapprocher d'elle, je ne vais pas le laisser filer. Même si cela signifie lui mentir afin d'y parvenir.

— Elle devra porter un bandeau sur les yeux.

— Oh... Tu es si coquin, rit-elle en secouant la tête. Ça me plaît ! Tu es certain que tu ne veux pas venir chez nous ? Je peux porter un bandeau et faire semblant d'être une vierge rougissante. Je crierai et pleurerai autant que tu veux.

— As-tu déjà été une vierge effarouchée ? demande son amie avec un ricanement.

— Probablement pas, réplique-t-elle avant de me percer du regard. Mais pour toi, je serai tout ce que tu veux.

Je lève les mains et bats en retraite d'un autre pas, plus que déterminé à mettre fin à cette conversation.

— Désolé, je dois aller à l'entraînement.

Sur ce, je m'éclipse. J'ai besoin de mettre autant de distance que possible entre Fallyn et moi avant qu'elle ne sorte du bureau des étudiants et me découvre en train de discuter avec Chloé.

CHAPITRE 5

allyn

— Ça bouge, côté travail ? me demande Vi alors qu'on traverse le campus pour aller à nos cours du matin avec notre amie Britt.

On l'a rencontrée pendant le semestre d'automne. Même si elle est plus vieille, elle est en première année et vient de commencer la fac. Elle a passé les deux dernières années à bosser au lieu d'étudier.

Je ne sais pas grand-chose sur son passé, mais du peu qu'elle en a mentionné, on dirait qu'on a toutes les deux un certain passé ainsi que des problèmes familiaux. C'est probablement la raison pour laquelle on étudie la psychologie. On essaye de comprendre nos problèmes.

C'est bien d'avoir une amie qui comprenne ce que c'est et qui compatisse.

— Non, marmonné-je. J'ai passé la soirée d'hier à chercher le moindre emploi que je puisse trouver.

— Eh bien, il reste toujours...

— Je t'en prie, ne m'en parle pas. Pas aussi tôt dans la matinée alors que je n'ai pas encore avalé au moins une tasse de café.

J'ai passé la majeure partie de la nuit à me tourner et me retourner sans savoir quoi faire. J'ai probablement écrit le brouillon d'une demi-douzaine de SMS à Chloé pour lui dire que je n'étais plus intéressée par l'idée de me vendre au plus offrant... avant de les effacer tous.

Cette pensée suffit à me faire grimacer.

Quel autre choix ai-je ?

Je suis coincée.

Avant que Viola ne puisse me fournir le moindre encouragement, des bras musclés l'agrippent par-derrière et la soulèvent du sol couvert de neige. Un cri de surprise lui échappe avant que Madden ne dépose un baiser sur sa joue et la repose sur la terre gelée. Il passe un bras musclé autour de ses épaules et la serre contre lui.

Vi et Madden étaient ensemble au lycée avant de casser quand il est parti faire ses études. La pression de devoir jongler entre les cours et le hockey l'a dépassé et il n'a pas supporté. Même s'il a essayé de la recontacter pour qu'ils se remettent ensemble, ils ont passé trois ans loin l'un de l'autre. Une fois que Madden s'est rendu compte que ma cousine s'était fait transférer à Western pendant l'automne, il l'a convaincue de passer vingt-quatre heures ensemble. Après quoi, si elle ne voulait toujours rien avoir à faire avec lui, il aurait pris ses distances et l'aurait laissée tranquille.

Quoi qu'il ait pu se passer au cours de cette journée a fonctionné parce qu'à présent, ils sont ensemble. Certes, ça ne fait qu'un mois environ, mais c'est comme s'ils n'avaient jamais été séparés.

Il nous salue d'un geste du menton, Britt et moi.

— Quelles nouvelles ?

— Pas grand-chose, répond notre nouvelle amie.

Je hausse les épaules.

Hors de question que je lui explique comment ma vie est en train de partir en sucette et quelles options s'offrent à présent à moi. Je n'ai pas encore eu le courage de parler à Viola de ma conversation avec Chloé devant le bureau des étudiants.

Je ne m'imagine pas sa réaction.

Il n'en faut pas plus pour que l'embarras embrase mes joues alors qu'on continue à avancer. Ça commence à ressembler à un cauchemar dont je suis incapable de me réveiller.

— Vi a mentionné que tu cherches du travail. Tu veux que j'appelle Sully pour t'organiser un entretien ?

— Sully, le propriétaire de *Slap Shotz* ? demande Britt.

— Oui. Tu le connais ?

Elle m'adresse un sourire.

— Effectivement, c'est mon oncle.

— Oh, ah bon ?

Vi se love contre son copain.

— Je ne savais pas.

— C'est une des raisons pour lesquelles j'ai décidé de déménager ici pour mes études.

— C'est super, dit Madden.

Mes épaules s'affaissent sous ma veste parce qu'à présent, je n'ai pas d'autre recours. Si Madden parvient à me trouver un boulot au bar où se rassemblent tous les joueurs de hockey, alors je devrai serrer les dents et l'accepter.

— Si ça ne te fait rien, ce serait super. J'apprécie vraiment.

— Je te recommanderai, ajoute Britt.

Je passe le bras dans le sien alors qu'on traverse la foule. C'est vraiment une bonne amie, après tout.

Madden dépose un baiser sur le sommet de la tête blonde de Vi.

— Ce n'est pas un problème. Entre elle et moi, ça devrait rouler pour toi.

Je regarde successivement ma cousine et son copain. Leur affection est si franche et simple ! Naturelle. Je ne peux pas m'empêcher de la leur envier. Ma main remonte vers la cicatrice de quinze centimètres qui barre ma poitrine.

La gêne causée par cette ligne dentelée m'a empêchée d'être intime avec qui que ce soit par le passé. Depuis la première fois qu'un mec m'a pelotée, pendant la deuxième année de lycée, puis s'est écarté pour m'interroger sur ma peau marquée, j'ai évité ce genre de situations.

C'est aussi l'autre raison pour laquelle j'ai songé à repousser l'idée de vendre ma virginité. La dernière chose dont j'ai besoin est qu'un inconnu me regarde d'un air dégoûté et me pose une tonne de questions personnelles. Ou pire, s'en aille. Un frisson de peur me traverse alors que j'ai des sueurs froides.

Si j'accomplis ce plan désastreux, j'espère que je pourrai garder mon haut. Sans quoi, on pourra peut-être le faire dans le noir.

À ce que j'en sais, il n'y aura peut-être pas de client intéressé.

Je manque de tituber.

Est-ce l'appellation qu'on doit leur donner ?

Clients ?

Mon estomac fait un bond avant de redescendre dans mes talons.

Je suis précipitée hors du tourbillon dangereux de mes pensées quand Madden dit :

— Je veux juste savoir que ça ne te dérange pas de travailler au bar.

Il y a une pause maladroite et il ajoute d'une voix plus douce :

— Tu sais que Wolf sera là, n'est-ce pas ?

Puisque Madden et Viola étaient ensemble au lycée, il sait tout de l'accident. Wolf et lui ne se connaissaient pas à l'époque. Je ne sais pas s'ils ont discuté de la situation à présent que Madden sort avec ma cousine.

Je me force à sourire.

— J'apprécie ta sollicitude.

Il hausse un sourcil quand je ne poursuis pas.

— Et le boulot t'intéresse toujours ?

Sans autres perspectives à l'horizon ?

— Je n'ai pas vraiment le choix.

— D'accord, je lui envoie un texto et je te recontacte. Tu auras au moins un entretien.

— On s'en assurera, ajoute Britt.

— Merci encore. Vous êtes super.

— De rien, répond Madden avec un grand sourire.

Quand mon téléphone sonne, je l'extrais de la poche de mon manteau et y jette un œil. Mon cœur dégringole jusqu'à mes orteils quand le nom de Chloé s'affiche sur l'écran.

— Qui t'appelle si tôt dans la matinée ? demande Britt en étirant le cou pour mieux voir comme la commère qu'elle est.

Je m'écarte rapidement et désigne la pelouse couverte de neige qui longe l'allée en ciment.

— Euh, quelqu'un des services étudiants. On se retrouve toujours à treize heures pour déjeuner ?

— Oui, répond Viola en hochant la tête. Bonne chance.

— Merci.

Mon cœur bat la chamade alors que je slalome parmi la foule des étudiants qui traversent rapidement le campus pour me mettre à l'écart.

Voir le nom de Chloé suffit à me rendre les paumes moites.

Je n'arriverai jamais à le faire.

Je ne peux pas le faire.

Je ne peux pas vendre mon corps.

Je dois trouver autre chose. La dernière chose que je veux est d'arrêter pour ce semestre, mais mes parents ont peut-être raison ; j'ai besoin de rentrer à la maison pour récupérer.

C'est une pensée déprimante.

À la quatrième sonnerie, je pousse un profond soupir et prends l'appel.

— Allo ?

— Salut, Fallyn. C'est Chloé.

Voulant simplement mettre un terme à la conversation, je bafouille :

— Je suis désolée de t'avoir fait perdre ton temps, mais j'ai bien réfléchi à tout hier soir et je ne peux pas le faire.

Les quelques secondes de silence font monter ma nervosité d'un autre cran.

— Vraiment ? Tu en es certaine ?

Je suis soulagée qu'elle n'ait pas l'air en colère.

— Oui. Je ne veux pas que mes coordonnées personnelles se retrouvent sur un site Internet.

— C'est dommage. Je t'appelais pour te dire que j'ai déjà trouvé un acheteur intéressé.

Un acheteur.

Je grimace alors que le mot ricoche dans ma tête.

Y a-t-il vraiment un homme qui désire acheter ma *virginité* ?

Ça semble fou.

Je me mords la lèvre inférieure alors que je regarde la foule qui décroît.

— Tu as mentionné le fait qu'une personne puisse requérir… une *preuve*.

La nausée me saisit le ventre.

— C'est obligatoire ?

— Tu sais, il n'en a pas parlé.

Il y a un silence.

— C'est une bonne nouvelle pour toi.

— Oui… Une bonne nouvelle.

Une autre pensée me frappe.

— Est-ce qu'il est… vieux ?

Pourquoi est-ce que je pose la question ?

Cela ne compte pas.

— Désolée, dit Chloé d'un ton guindé. Je ne peux pas donner de détails concernant les clients. Tout comme je ne donnerai pas d'informations pertinentes sur toi. Ce qui compte, c'est qu'il possède les fonds et est disposé à payer.

Je lève la tête vers le ciel bleu sans nuages et laisse les rayons lumineux du soleil s'abattre sur moi. Avec la fraîcheur de l'air, c'est revigorant.

La confusion s'installe.

Puis-je vraiment traiter ceci comme une transaction monétaire et vendre ma virginité à un parfait inconnu ?

Le point positif, c'est que j'aurais ce dont j'ai besoin pour régler la fac avant la fin de la semaine. Ne préférerais-je pas faire ça que de redéménager à la maison ?

Même si ce n'est que pour six mois ?

C'est un choix à la con.

Je ne devrais pas être forcée de le faire.

Je ressens une bouffée de colère alors que mes doigts se resserrent sur le petit appareil.

Je regarde autour de moi, observant les gens qui rient et qui plaisantent, ignorant tout de mes tourments intérieurs, et mon attention est attirée par un grand gars musclé qui se dresse à environ dix mètres de moi. Au moment où nos regards se croisent, l'électricité crépite dans mes veines.

Par le passé, si nos regards se sont croisés en travers d'une pièce bondée ou sur le campus, je me suis empressée de détourner le mien et de faire semblant que cela n'était pas arrivé. Il m'a fallu longtemps pour l'effacer de ma vie.

Cette fois, j'en suis incapable.

— Fallyn ? dit Chloé qui ramène mon attention à l'appel. Tu es toujours là ?

— Oui, marmonné-je en plissant les yeux. Désolée.

Je ressens une bouffée de fureur alors qu'on continue à se regarder. Il devrait avoir la décence de détourner le regard et de me laisser tranquille. Je me suis toujours efforcée d'éviter les endroits où il traîne. Ces derniers temps, j'ai l'impression qu'on se croise plus fréquemment.

Ça ne me plaît pas.

Nous ne sommes plus amis, et ce, depuis longtemps.

Non seulement il m'a dérobé la personne la plus importante de ma vie, mais sa famille a plongé la mienne dans la faillite, forçant mon père à quitter la compagnie qu'ils avaient fondée il y a plus de vingt ans.

C'est ce à quoi Wolf Westerville m'a réduite : vendre ma putain de virginité à un inconnu afin de pouvoir poursuivre mes études. Une rage telle que je n'en ai jamais ressenti s'empare de mon ventre alors que je le fixe, insistant pour qu'il batte en retraite.

— Laisse-moi y réfléchir.

— Vraiment ?

Sa voix se fait surprise.

— Oui.

— D'accord. C'est un début. Nous n'avons pas eu l'occasion de discuter d'un prix. Tu as un chiffre en tête ?

— Trente mille.

Ma réponse rapide est accueillie par un silence assourdissant.

— Hmm... C'est peut-être un peu trop.

Un ricanement maladroit suit ce commentaire.

— Cela dit, je crois que c'est la raison pour laquelle l'art de la négociation existe, non ?

— Je n'en accepterai pas moins, dis-je d'une voix plate. Si le type refuse de payer le prix, c'est qu'il n'en a pas assez envie.

Avec une telle somme, je n'aurai pas à m'inquiéter pour ce semestre. Ni le suivant. Et j'en aurai toujours assez pour placer des économies dans un compte-épargne en cas d'urgence.

Je libère l'air contenu dans mes poumons alors que mon cerveau continue de faire des sauts périlleux.

Je devrai simplement survivre à une nuit.

C'est tout.

Après quoi, je pourrai finir mes études et trouver un travail. Personne n'a besoin de le savoir. Et même si je déteste la pensée d'être forcée de vendre ma virginité, c'est la décision la plus judicieuse. Ça fera l'impossible et me paiera la tranquillité d'esprit.

— Très bien. Je reprends contact avec lui pour lui dire que ton prix est non négociable.

Mon ton se radoucit quand je me rends compte que je passe ma colère sur la mauvaise personne.

— Merci, j'apprécie.

— Je t'en prie. Je reviens vite vers toi.

Quand elle raccroche, je replace le petit appareil dans ma poche. Une vague de fureur s'abat sur moi alors que Wolf continue de me regarder à travers la distance qui nous sépare, ne faisant pas le moindre geste pour se détourner.

Avant que je réalise ce que je fais, je traverse d'un pas lourd la pelouse couverte de neige. S'il est surpris que je remarque sa présence pour la première fois depuis presque cinq ans, son expression demeure impassible. Il ne contracte pas la mâchoire et aucune émotion n'investit son regard. Je ne sais absolument pas à quoi il pense.

Dès que je parviens à une assez courte distance, ma main s'avance et le gifle en plein visage.

— Ça, c'est pour m'avoir enlevé mon frère.

Quand il ne me fournit pas la réaction que je recherchais, une vague de fureur chauffée à blanc me balaye et je le frappe à nouveau.

Le silence s'abat sur nous alors que ses yeux vert bouteille accrochent les miens, puis il lève une main vers sa peau rougie. Il se la masse avant de murmurer :

— Moi aussi, je suis content de te revoir, Fallyn.

CHAPITRE 6

 olf

MES DOIGTS FRÔLENT l'endroit où elle m'a frappé.

À deux reprises.

En dépit de ma joue qui me brûle, mon regard dévore son visage, essayant d'y déceler tous les changements que ces cinq dernières années y ont apportés. Certes, ce dernier semestre, je l'ai aperçue sur le campus ainsi que deux fois à *Slap Shotz*. Mais avec moins d'un mètre de distance entre nous, nous n'avons pas été aussi proches depuis la nuit de l'accident.

Je suis vraiment tenté de tendre les mains pour la prendre dans mes bras, mais je sais exactement comment cela va se terminer.

Une autre explosion de violence physique.

C'en est presque comique. Quand on était gosses, je n'aurais jamais imaginé que Fallyn puisse m'attaquer, moi ou qui que ce soit, d'ailleurs. Elle a passé son enfance à nous coller aux basques, à Miles et moi. Où qu'on aille, elle était toujours avec nous.

Miles n'y voyait aucun inconvénient et moi non plus. Il aimait avoir sa petite sœur dans les parages. Ils étaient inséparables.

La mort de Miles a fait voler mon monde en éclats et l'a privé de tout ce qui était agréable.

Même le hockey était déroutant au début, parce qu'on avait joué toutes les saisons ensemble. Revenir sur la glace après l'enterrement a été la deuxième chose la plus difficile que j'ai eu à faire.

Rester à l'écart de Fallyn est la première.

Tout douloureux que ce soit de patiner sans lui, c'était la seule chose qui me donnait l'impression d'être encore vivant.

La fraîcheur de l'air qui me brûlait les poumons.

L'odeur de la glace qui envahissait mes narines.

Le vacarme des fans qui se redressaient et poussaient des vivats quand je bloquais un tir au but.

J'ai choisi de passer tout mon temps au centre sportif parce que l'alternative était de rester à la maison.

Ce n'est pas comme s'il y avait eu quelqu'un pour remarquer mon absence. Papa faisait de longues heures au boulot et maman remplissait son calendrier avec des événements caritatifs et des activités sociales.

C'est la raison pour laquelle je passais absolument toutes mes journées chez les DiMarco quand j'étais gamin. Après la mort de Miles, c'est devenu impossible.

J'étais seul.

À la dérive.

Les yeux bleus de Fallyn continuent de lancer des éclairs. Ils sont à deux doigts de m'embraser. Ce serait peut-être mieux ainsi. Je n'aurais pas à vivre avec la culpabilité que je me trimbale comme un poids d'une tonne. Si je pouvais revenir en arrière et changer les actes et les conclusions de cette simple nuit, je le ferais sans hésitation.

Des décisions imprudentes ont été prises et nous avons été forcés de vivre avec les conséquences. C'est l'erreur commune de la jeunesse...

On se sent invincible.

Jusqu'à ce que la tragédie frappe et qu'on se rende compte avec une certitude révoltante à quel point la vie est fragile.

J'ai beau savoir que je n'y trouverai pas le moindre indice, je scrute tout de même ses yeux, espérant qu'il se soit écoulé assez de temps pour qu'on puisse tout reprendre à zéro.

Je me balance d'un pied sur l'autre en me rendant compte que des frissons nerveux courent sur ma peau. Personne n'est capable de me mettre mal à l'aise.

Personne sauf cette fille.

Elle fait s'emballer mon cœur.

Ma langue vient humecter mes lèvres desséchées.

— Je suis vraiment...

Elle secoue la tête d'un petit geste violent alors que ses yeux bleus se remplissent de larmes.

— Ne le dis pas, dit-elle d'une voix rauque. Ne t'avise pas de le dire.

— On peut s'asseoir pour parler ? dis-je en déglutissant fort. Je t'en prie ?

— Nous n'avons *rien* à nous dire.

Elle se rapproche d'un pas rapide et enfonce un index dans ma poitrine. Avec sa tête légèrement levée, son souffle chaud me caresse les lèvres. Je suis tenté d'inspirer à pleins poumons une grande goulée de son odeur. J'ai envie de l'y – *de la* – garder captive dans ma poitrine pour toujours.

Malgré la colère qui émane d'elle en vagues lourdes et suffocantes, elle n'est rien de moins qu'enivrante.

— Autrefois, nous étions amis, mais c'est terminé.

Elle retrousse les lèvres dans un grognement.

— Ne t'avise pas de t'approcher de moi.

Avant que je puisse réagir, elle tourne les talons et s'en va sans me jeter un regard supplémentaire.

CHAPITRE 7

allyn

Je suis encore retournée par cette rencontre soudaine avec Wolf quand je m'assieds en cours de psycho et sors mon ordinateur d'un geste brusque. J'aimerais dire que c'est simplement de la colère qui tourbillonne en moi, menaçant de m'engloutir entièrement, mais ce serait un mensonge.

Il y a de la tristesse aussi.

Tant de tristesse !

Plus que ce à quoi je m'étais attendue après tout ce temps.

Ça ne devrait peut-être pas me surprendre autant.

Il s'est écoulé quasiment cinq ans, mais ce n'est rien comparé à la décennie d'amitié qu'on a partagée avant. On n'allait nulle part sans que Wolf soit là. Miles et moi avons toujours été proches et nous nous entendions bien, mais Wolf était le chaînon manquant. Je l'aimais autant que j'aimais mon frère.

Peut-être plus, parce que j'avais toujours cru que...

Je chasse ces pensées avant qu'elles ne puissent faire de dégâts permanents.

Peu importe ce que j'ai pu croire il y a des années.

Miles est parti et Wolf en est l'unique responsable.

Alors que le prof commence son cours, je reçois un texto de Vi.

Comment s'est passé l'appel avec le service des étudiants ?

Il est rapidement suivi par un autre

Tu as un entretien avec Sully à 16 heures aujourd'hui ! Hourra !

Mes doigts frôlent le clavier miniature. Après avoir croisé Wolf, je ne suis pas certaine de vouloir travailler dans un endroit qu'il fréquente régulièrement.

Mais j'ai besoin de cet argent.

J'espère seulement qu'il va écouter ma mise en garde et se tenir à distance. Cela vaudrait mieux pour tous les deux. J'ai juste besoin de tenir ce semestre, puis Wolf Westerville décrochera son diplôme. Si les rumeurs qui circulent sur le campus sont vraies, il passera pro. Alors, je n'aurai plus besoin de craindre de le croiser dans tous les coins.

Je pourrai vivre ma vie en paix.

Ma décision prise, je compose rapidement une réponse.

J'y serai. Remercie Mads !

Viola met un *j'aime* au commentaire.

Bonne chance !

Je pousse un grand soupir, consciente que j'en aurai besoin.

Le reste de l'heure se déroule lentement. Normalement, c'est un de mes cours préférés, mais je ne parviens pas à me concentrer. Mon esprit ne cesse de revenir à Wolf et aux quelques minutes que j'ai passées en sa compagnie.

Je suis choquée et j'ai honte de l'avoir giflé.

À deux reprises.

Je n'avais jamais frappé personne avant.

Pis encore, il s'est contenté de subir sans réagir avant de me demander calmement si on pouvait discuter.

Discuter !

Ah !

Comme si ça allait changer quoi que ce soit entre nous.

Ou ramener Miles.

Cette pensée suffit à faire exploser mon cœur de douleur, et ma main vient machinalement frotter la cicatrice qui se trouve sous ma chemise.

Dès que le professeur nous libère, mon téléphone sonne, tranchant le chaos qui m'entoure. Mon cœur se serre quand je vois un numéro inconnu s'afficher sur l'écran. Je regarde les étudiants qui envahissent le couloir alors que je rejoins leur courant rapide et me laisse entraîner par le mouvement.

— Allô ?

— Mademoiselle DiMarco ?

— Oui. Qui est-ce ?

J'entends un petit rire à l'autre bout du fil.

— Oh, désolée. C'est Sharon, des services étudiants.

— Oh.

Mon estomac dégringole plus bas dans mes chaussures.

— Bonjour.

— Lors de notre discussion d'hier, vous avez parlé de souscrire un prêt individuel auprès d'une banque locale afin de régler vos frais de scolarité. J'espérais que vous puissiez me donner des nouvelles.

Je me mordille la lèvre inférieure.

— En fait, je me suis adressée à plusieurs endroits. Ils ont dit qu'il faudrait deux ou trois semaines pour débloquer les fonds. Et c'est *si* je suis retenue. Ce dont je doute, puisque je n'ai jamais eu de travail fixe.

Il y a un silence malaisant.

— Je crains que nous ayons les mains liées de notre côté. Si vous n'êtes pas en mesure de régler votre facture avant la date butoir, nous serons contraints de vous désinscrire des cours.

Des doigts glacés s'enroulent autour de mon cœur jusqu'à ce que je n'arrive plus à respirer et je bafouille :

— Je… euh… je vais peut-être avoir une autre solution. Puis-je vous rappeler un peu plus tard dans l'après-midi ?

— Bien entendu. Je ne voudrais pas vous inquiéter, mais notre délai est strict. Il n'y a pas moyen de passer outre.

— Je comprends. J'ai... juste besoin d'un petit peu plus de temps pour trouver quelque chose.

Sa voix se radoucit.

— Parlons-en demain matin. J'espère que vous aurez de bonnes nouvelles à me communiquer.

Le temps que cette conversation prenne fin, j'ai les genoux qui tremblent.

Pas plus de trente secondes plus tard, mon téléphone sonne pour la deuxième fois. Tout en moi s'effondre quand le nom de Chloé s'affiche sur l'écran.

Je suis tentée de l'ignorer.

Vu la somme que j'ai demandée, je suis quasiment certaine qu'elle va me dire que le type n'est plus intéressé.

Et je ne peux vraiment pas lui en vouloir.

— Salut, dis-je.

— Je viens de parler au client, et la somme ne le dérange pas.

Ma bouche s'ouvre toute seule alors que je freine. La personne qui marche derrière moi me bouscule et me remet en mouvement tout en grommelant quelque chose. Normalement, je tournerais les talons et lui offrirais de plates excuses, mais tout ce à quoi je peux penser est le fait qu'un homme a accepté la somme outrageuse que j'ai proposée dans un accès de colère.

— Lui aussi a posé quelques conditions, ajoute-t-elle prudemment.

Ne souhaitant pas avoir cette discussion auprès de tant de gens, je me glisse dans une salle vide et referme la porte.

— Quel genre de conditions ?

— Tu dois accepter de le voir à trois reprises et tu auras dix mille dollars après chaque rencontre.

Il n'en faut pas plus pour que mon cœur se contracte.

J'espérais que ce serait du genre « un coup et c'est tout ».

— Après chaque rendez-vous, l'argent sera versé directement sur un compte de ton choix. Et si tu veux arrêter, tu peux le faire à n'importe quel moment sans avoir à te justifier.

Ma bouche s'est transformée en un désert. L'entendre discuter du transfert d'argent me renvoie de plein fouet la réalité de ma situation, la faisant paraître encore plus réelle qu'avant.

— Fallyn ? Tu m'as entendue ?

L'air reste coincé dans mes poumons alors que je me demande si, oui ou non, je suis capable de vendre mon corps à un inconnu.

Mais la vraie question est : comment pourrais-je faire autrement ?

Trente mille dollars est une énorme somme d'argent.

Trop pour la refuser.

— Désolée, je réfléchissais.

Mes pensées continuent de tourbillonner puis je finis par lancer :

— D'accord pour cette condition.

— Il y a une autre... toute petite chose...

Elle laisse sa phrase en suspens.

Tous mes muscles se contractent alors que je plaque le téléphone encore plus près de mon visage.

— Quoi ?

— Il... Euh... Il veut que tu portes un bandeau.

Un frisson me parcourt.

Un bandeau ?

— Pourquoi ?

— Il souhaite rester anonyme et l'accord sera annulé si tu refuses. Tu es d'accord ?

Ce serait peut-être mieux ainsi. Je n'aurai pas à le voir, lui ou les expressions de son visage. Je pourrais juste rester étendue et...

Je fais volte-face pour regarder par la fenêtre.

— Oui, d'accord. Si c'est ce qu'il veut.

— Super ! Je vais l'en informer et je te recontacte avec une date pour le premier rendez-vous.

Une boule de nervosité explose dans mon ventre, me donnant la nausée.

— D'accord. Merci.

On se dit au revoir avant de raccrocher. Le tumulte de mes émotions met quelques minutes à s'apaiser. Alors seulement, je me glisse hors de la salle de classe vide et je sors dans le couloir. À présent, la foule s'est éclaircie et quelques rares étudiants se dirigent vers leurs cours.

Alors que je franchis les portes en verre pour sortir dans l'air frais du matin, quelqu'un s'arrête à ma hauteur. Quand je tourne la tête, je reconnais Anthony. C'est le garçon avec qui je suis sortie l'année dernière. Il me plaisait vraiment, mais…

J'ai paniqué quand il a essayé de me peloter la poitrine. Depuis, j'ai fait de mon mieux pour l'éviter.

Me forçant à sourire, je replace une mèche de cheveux derrière mon oreille.

— Salut.

— Bonjour.

Il m'emboîte le pas alors qu'on atteint l'allée en béton qui serpente à travers le campus.

— Je ne t'ai guère croisée ce semestre.

— J'ai été très occupée, dis-je en accélérant le pas, souhaitant seulement m'éloigner de lui.

Sa présence fait remonter toutes mes insécurités et je déteste ça.

— C'est dommage qu'on n'ait pas de cours ensemble.

C'est plutôt un soulagement, mais de toute évidence, je dois garder ces sentiments pour moi.

— Oui, vraiment dommage.

Je désigne la bibliothèque quand on arrive près du grand bâtiment en briques.

— Bon, je devrais probablement y aller. J'ai des tonnes de devoirs à rattraper.

Il s'éclaircit la gorge avant de passer férocement la main dans ses cheveux ébouriffés par le vent.

— Je me demandais si on pouvait aller prendre un café un de ces jours.

— Oh.

Je détourne le regard avant de me creuser les méninges pour trouver une excuse.

— Je… euh… j'aimerais bien. C'est juste que j'ai été vraiment occupée. Je suis débordée en ce moment.

Il se rapproche de moi.

— J'ai vraiment passé un bon moment quand on est sortis ensemble et j'espérais pouvoir remettre ça.

Je bats en retraite d'un pas rapide, gênée par cette proximité. Anthony est un gentil garçon, n'empêche que…

— Je suis désolée, mais je ne peux pas, c'est tout.

Je fais un effort pour me forcer à parler et conserver un ton léger.

Sa voix retombe alors qu'il change de position.

— J'espère que tu ne penses pas que j'étais dérangé par…

Ce commentaire suffit à me faire tituber en arrière de plusieurs pas. J'ai l'impression que je viens de me faire étrangler de l'intérieur et je ne peux pas respirer. Ma main se lève machinalement pour masser le point douloureux dans ma poitrine, même si je sais que cette douleur fantôme n'existe que dans mon imagination. Il n'y a aucune raison pour qu'après tout ce temps, j'aie encore mal.

C'est pourtant le cas.

— Désolée, je dois y aller.

Avant qu'il ne puisse m'arrêter, je m'éclipse rapidement, me hâtant vers la bibliothèque, les épaules courbées. Le sang se précipite dans mes oreilles. C'est si tentant de me plier en deux ! Au lieu de cela, je pousse un soupir frissonnant et je tente de calmer mon cœur alors que je prends les escaliers qui mènent au deuxième étage avant de me glisser entre les étagères poussiéreuses où personne ne me dérangera.

Tirant la chaise d'un geste brusque, je me laisse tomber dessus alors que des larmes chaudes me brûlent les yeux.

Un jour, il me faudra dépasser la peur qui me ronge en songeant que cette cicatrice sur ma poitrine me rend laide.

Que quiconque la verra sera dégoûté.

Écœuré.

La meilleure façon de le faire est peut-être de permettre à cet homme de voir exactement ce qu'il a acheté.

CHAPITRE 8

 olf

Elle est d'accord.

J'inspire profondément alors que je relis le texto de Chloé pour la dixième fois.

Je n'arrive pas à croire que Fallyn ait accepté de faire une chose pareille. La pensée que je vais être son premier suffit à me faire bander.

Elle ne sait pas que c'est moi, n'est-ce pas ?

Sans quoi, elle ne me permettrait jamais de toucher ne serait-ce qu'à un seul cheveu de sa tête.

Mais je dois m'en assurer.

Pas du tout. Elle n'en sait absolument rien. Je me pose une question... C'est Fallyn qui te branche ou la virginité ?

Je lève les yeux au ciel en composant rapidement une réponse.

Cette fille ne veut pas lâcher l'affaire. Ce qui me rappelle pourquoi j'ai toujours fait le maximum pour l'éviter. Cela dit, je ne savais pas qu'elle possédait ce genre de connexions. Je ne peux pas dire que ce soit une surprise.

Ce qui me branche, c'est que tu te mêles de ce qui te regarde.

Apparaissent immédiatement à l'écran un emoji qui rit et un autre qui hausse les épaules.

Sache simplement que j'ai d'autres plans à te fournir.

C'est un deal qu'on ne peut faire qu'une seule fois.

C'est dommage.

Une seconde plus tard, je reçois un autre texto.

Quand veux-tu la retrouver ?

Mon cœur bat contre mes côtes alors que je songe à mes entraînements de hockey et que je pianote une réponse.

Fixe le premier rendez-vous pour mardi.

J'envoie les infos à Fallyn et je te recontacte.

Super.

C'est un plaisir d'être en affaires avec toi. Elle ajoute un emoji qui me souffle un cœur.

Au lieu de répondre, je range mon téléphone et laisse courir mon regard sur le centre étudiant où l'on s'est installés pour déjeuner. Fut un temps, dans un passé pas si distant, les groupies auraient bourdonné autour de la table comme des abeilles saoules.

Maintenant, il y a des petites amies.

Juliette, la sœur de Maverick, sort avec Ryder McAdams. Cette relation est sortie de nulle part et m'a totalement pris par surprise. Ford et Carina, son ancienne demi-sœur par alliance, forment à présent un couple. Cela dit, n'importe qui avec des yeux avait vu la chose arriver à un kilomètre de distance. C'était une simple question de temps avant que l'alchimie sexuelle qu'ils ont toujours générée n'explose. Puis il y a eu Riggs et Stella. Voilà une autre relation sur laquelle j'aurais parié. Ce n'est que récemment que Riggs s'est lassé d'être un simple ami et s'est jeté à l'eau.

Mon regard se pose sur Madden et Viola. Je sais qu'il y avait eu une fille dans son passé, mais je n'avais aucune idée que c'était la cousine de Fallyn. Nous n'en avons pas parlé, mais il est évident qu'il sait ce qui s'est passé, puisqu'ils étaient ensemble quand l'accident s'est produit. À un moment ou à un autre, on va devoir prendre le taureau par les cornes et discuter de la situation. Mais je n'ai pas hâte de le faire. À présent que Viola passe plus souvent, je les évite.

Et je déteste ça.

Madden n'est pas seulement mon coloc, mais aussi un coéquipier. Et c'est un bon ami.

Un des meilleurs que j'ai.

Quand nos regards se croisent, il me salue d'un geste du menton.

Je le lui rends.

Je déteste savoir qu'il est au courant pour mon passé et ce qui est arrivé à Miles. Pas une seule journée ne s'est écoulée sans que je ne pense à celui qui était pour moi plus qu'un frère.

Ni à la façon dont Fallyn a été arrachée de ma vie.

Un jour, elle était là et le lendemain, elle n'y était plus.

Je passe une main à travers mes cheveux courts et détourne brusquement le regard. La dernière chose que je veux est qu'il s'immisce dans mes pensées les plus intimes.

Celles que je garde sous clé.

Que je ne veux pas m'avouer.

Il ne reste plus qu'une poignée de mecs célibataires au sein de notre groupe soudé.

Colby, Maverick, Bridger et Hayes.

La fille assise sur les genoux de Colby enroule les bras autour de son cou et le serre contre elle. À chaque fois que je le croise, il y a une groupie différente qui s'agite sur lui. Je ne sais pas où il trouve toutes ces filles. Elles se contrefichent de savoir qu'il est allergique à la monogamie.

Dès qu'un nouveau message fait sonner mon portable, je le sors de ma poche et jette un œil à l'écran, espérant que ce soit Chloé. Je veux que la situation avec Fallyn soit sûre. Je veux savoir que dans quatre jours, je serai enfin capable de poser les mains sur elle.

Au lieu de cela, je reçois un texto de l'université.

On dirait que le fils du chancelier pense qu'il peut se faire tout petit pour éviter d'être détecté. Certainement pas, mon pote.

Le texto est accompagné d'une photo de Bridger avec une

casquette de base-ball enfoncée bas sur ses yeux. Deux filles se lovent contre lui. Je reconnais la photo de l'autre jour. Il y en a une deuxième. Celle-ci a été prise à *Slap Shotz* après le match de jeudi dernier. Encore une fois, il porte une casquette de base-ball noire qui dissimule la partie supérieure de son visage.

La légende dit : *tu peux t'enfuir, mais tu ne peux pas te cacher. On te voit !*

— Connard, jure-t-il avant de pousser une bordée de jurons.

— Tu as fait des progrès pour découvrir qui se cache derrière ces messages à la con ? demandé-je, me sentant mal pour lui.

Ce doit être une ancienne conquête complètement folle. Qui d'autre ferait une chose pareille ?

Il se détourne de l'écran le temps de me fusiller du regard.

— Non, mais je compte bien le découvrir.

— Espérons qu'on n'en arrive pas là, marmonné-je.

Il me répond par un grognement avant de regarder le centre étudiant en plissant les yeux. Quelques secondes plus tard, il s'écarte de la table et se redresse.

— Hé ! s'écrie-t-il, son ton acéré fendant le tumulte des voix qui remplissent le grand espace baigné par le soleil.

Les gens qui nous entourent se retournent pour regarder.

Je parcours les lieux du regard, me demandant à qui il crie comme ça. Je ne mets pas longtemps à repérer une fille aux cheveux blond vénitien vêtue de noir de la tête aux pieds. Un regard est plus que suffisant pour confirmer qu'elle n'est pas une groupie.

Cette pensée ne fait que se confirmer par le fait qu'elle lui rend son regard noir avant de montrer des crocs comme un chien enragé.

Je les dévisage successivement avec un intérêt croissant.

Je ne sais pas qui est la fille en question, mais elle aussi le foudroie du regard. Si on pouvait tuer avec les yeux, il serait mort sur le coup.

Je connais Bridger depuis plus de trois ans et je n'ai jamais vu une fille réagir de la sorte envers lui.

Cela dit, je n'ai jamais vu mon coéquipier réagir de la sorte à une fille, non plus.

On dirait qu'ils se détestent mutuellement.

La situation qui se déroule sous mes yeux suffit presque à me faire oublier mes propres problèmes.

Presque.

Mais pas entièrement.

CHAPITRE 9

allyn

J'ENFONCE le menton dans le col de ma veste et rabaisse mon bonnet en laine jusqu'à ce qu'il couvre la pointe de mes oreilles alors que je tourne à l'angle de West Elm qui mène au centre-ville, là où est situé le bar. *Slap Shotz* est à environ un kilomètre et demi de mon appartement. En dépit du soleil, une brise glaciale fait oublier la chaleur qui se déverse du ciel. J'aurais dû demander à Viola de m'y conduire en bagnole, mais elle a cours à quinze heures.

Et puisque je n'ai pas un rond, payer un moyen de transport alors que je peux marcher me semble bête.

Ça ne serait pas plus facile si j'avais une voiture ?

Bien entendu.

Mais j'aurais besoin d'un permis et je n'en possède pas. J'avais étudié la moitié du code quand l'accident s'est produit et j'ai fini par arrêter quelques semaines plus tard. L'année suivante, j'ai fini la théorie en classe, mais quand il a fallu me mettre au volant pour la partie pratique, j'ai paniqué et j'ai fait une crise d'angoisse.

Je n'ai plus jamais tenté le coup.

Si j'ai besoin d'aller quelque part, mes parents ou Viola se désignent volontiers pour me conduire. Quand l'argent n'était pas un problème, je pouvais commander un taxi à travers une application. À vingt ans, je devrais probablement prendre mon courage à deux mains et m'entraîner à conduire, mais l'idée me donne la nausée. Mon esprit ressasse la nuit de l'accident.

Le moment de l'impact.

Le crissement des pneus contre le trottoir et le froissement du métal qui résonne encore à mes oreilles pendant mes cauchemars.

La sensation d'être emprisonnée entre les sièges.

Et Miles...

Les grognements de douleur et le sang.

Je suis saisie par un frisson glacial qui s'enroule autour de mon cœur et le comprime jusqu'à ce qu'inspirer devienne une torture. Je chasse rapidement ces souvenirs de ma tête et me concentre sur ma respiration.

Une inspiration après l'autre.

Elle entre par le nez.

Je la retiens un moment.

Je la relâche par la bouche.

Je me concentre dessus jusqu'à ce que ma poitrine se décontracte.

Aucune thérapie n'a été capable de m'aider à dépasser cette nuit-là ou ce qui a suivi. La perte de mon frère. La façon dont mes parents ont cessé d'être heureux et détendus pour devenir surprotecteurs et étouffants. Je ne pouvais plus bouger un muscle sans avoir ma mère sur le dos pour s'assurer que j'allais bien.

Quand ma thérapeute a demandé à nous rencontrer toutes les deux pour m'aider à ouvrir de meilleures lignes de communication et dire à maman ce que je ressentais dans un espace sûr, ainsi que les étapes dont j'avais besoin pour devenir plus indépendante, ma mère m'a désinscrite fissa de la thérapie en me disant que cette bonne femme était un charlatan et qu'elle ne savait pas de quoi elle parlait.

J'ai passé toute ma terminale à les convaincre de me laisser partir à

Western. Maman voulait que j'intègre une université du coin pour pouvoir vivre à la maison. Ça aurait été impossible si je tenais à ma santé mentale.

Déménager après avoir eu mon bac dans la petite école privée dans laquelle ils m'avaient transférée après l'accident a été effrayant, mais complètement nécessaire. J'ai vraiment grandi au cours des deux ans et demi qui viennent de s'écouler. Et à présent que Viola est là et qu'on vit ensemble, c'est encore mieux.

Quoi que j'en pense, décrocher mon permis est la prochaine étape logique dans ma quête d'indépendance.

Particulièrement si je trouve un travail. Je ne peux pas continuer à dépendre éternellement des autres.

J'ai fait la moitié du chemin vers le bar quand le grondement sonore d'un moteur attire mon attention. Du coin de l'œil, je vois une voiture de sport bleu électrique me dépasser. Quand elle ralentit, un frisson dévale mon épine dorsale puis je tourne la tête afin de jeter un œil à l'occupant. Il n'en faut pas plus pour que mes instincts de survie se déclenchent. Western n'est pas une fac plus dangereuse qu'une autre, mais ça ne veut pas dire qu'il n'arrive pas de mauvaises choses. Il fait encore jour. Cela dit, si l'entretien dure plus de trente minutes, le soleil commencera à tomber. Je ferais peut-être mieux d'appeler Vi, après tout.

La vitre disparaît entre nous et mon regard entre en collision avec des yeux vert bouteille alors que mes pieds s'immobilisent maladroitement. Après notre interaction désastreuse de ce matin, j'espérais qu'on ne se croise plus pendant un moment.

Ou alors jamais.

Voilà que ça fait deux fois en juste une journée.

Ça ne me plaît pas.

Son regard accroche le mien. Je déteste la façon dont il me perce jusqu'au fond de l'âme. Cela arrive seulement quand on connaît quelqu'un à un niveau profond et intime.

— Tu veux que je t'accompagne ?

Je contiens un éclat de rire.

Il est fou, ma parole !

Je pourrais me retrouver nue et gelée dans une tempête de neige que je n'accepterais tout de même pas de me faire conduire par ce type.

— Absolument pas.

J'arrache mon attention de lui et continue d'avancer.

Heureusement, il n'en faudra pas plus pour qu'il comprenne l'allusion et me laisse tranquille.

La Mustang roule à une vitesse d'escargot à côté de moi. Quand j'accélère le pas, il s'harmonise à mon allure, restant à ma hauteur.

— Où vas-tu ?

— Ça ne te regarde pas, lancé-je.

— Sache simplement que je n'aurai aucun problème à te suivre pour m'assurer que tu arrives à bon port.

Je serre les dents. Quand il devient évident qu'il ne plaisante pas, je lui coule un regard du coin de l'œil.

— Je vais à *Slap Shotz*.

— Pourquoi ?

— Ça ne te regarde pas.

— Dis-moi pourquoi.

Sa voix se fait plus profonde.

Quand un véhicule ralentit derrière lui, Wolf sort la main par la fenêtre et fait signe à la voiture de passer.

— Tu vas au bar ? redemande-t-il.

Je m'arrête pour la deuxième fois en quelques minutes seulement et le fusille du regard. Cela ne sert pas à grand-chose.

— Parce que j'ai un entretien d'embauche.

— Tu cherches un travail ?

Il plisse le front alors que son expression se fait inquiète.

— Tu as besoin d'argent ?

Comme s'il ne savait pas…

Cette question est comme une gifle en plein visage et mes joues s'embrasent.

— Ça ne te regarde pas non plus.

— Je ne vais nulle part, Fallyn. Alors, ou tu grimpes dans la voiture ou je te suis jusqu'au bar. C'est ton choix.

On se regarde pendant une poignée de secondes puis je pousse un grondement et m'avance d'un pas lourd jusqu'au véhicule sophistiqué. Pour une raison quelconque, il refuse de me laisser tranquille. La façon la plus rapide de me débarrasser de ce type est de monter dans la voiture et de supporter ce trajet de cinq minutes en centre-ville.

Je tire sur la poignée avant d'ouvrir la porte et de me glisser sur le cuir souple. Refusant de le regarder, je garde les yeux braqués devant moi sur le pare-brise.

Il change de vitesse alors qu'on accélère.

— Pourquoi tu es à pied ?

— Parce que je ne veux pas dépenser du fric pour un taxi.

Il me dévisage comme s'il était désarçonné par ma réponse.

— Tu n'as pas le permis ?

— Non.

Il passe la troisième.

— Pourquoi pas ?

— On va vraiment jouer au jeu des questions ?

Il me coule un regard et hausse un sourcil.

— Si c'est ce qu'il faut pour obtenir l'information que je désire, alors oui.

Je laisse échapper un soupir frustré. Ce n'est pas une conversation que j'ai envie d'avoir avec lui... *surtout* avec lui.

— C'est vraiment important ?

— Oui.

Un lourd silence s'abat sur nous avant qu'il ose enfin dire :

— C'est à cause de l'accident ?

Je me détourne et plaque le front contre la vitre froide du côté passager.

— Je ne veux pas en parler avec toi.

Les îlots urbains disparaissent alors que ses pneus mangent l'asphalte et qu'on pénètre au centre-ville.

— Je détesterais être la raison pour laquelle une autre chose te serait retirée, murmure-t-il.

Ce petit commentaire m'atteint en plein cœur comme une flèche et même s'il m'irrite, des larmes chaudes me brûlent les yeux. Je fais un effort conscient pour les chasser d'un clignement de paupières.

— Tu ne connais pas l'étendue de ce qui m'a été volé, répliqué-je, à peine capable de contenir la colère qui fait trembler ma voix.

CHAPITRE 10

 olf

— Fais-moi confiance, Fallyn. Je sais et je suis vraiment désolé.

Elle laisse échapper un rire plein d'amertume. Ce son écorche quelque chose au plus profond de moi. Il y a dix ans, je n'aurais jamais imaginé que sa voix puisse déborder d'un tel ressentiment.

Ce qu'il y a de pire, c'est qu'il est impossible pour moi de changer ou de réparer quoi que ce soit. Impossible d'effacer la douleur qui réside à présent en elle comme une entité vivante.

Je suis impuissant.

— Mon existence tout entière a changé cette nuit-là, lance-t-elle. Pas la tienne.

Mes doigts se resserrent sur le volant jusqu'à ce que les jointures deviennent blanches, alors que je m'engage dans le parking de *Slap Shotz*. À cette heure-ci, l'endroit est désert. Au moment où je coupe le moteur, je me tourne vers elle, ayant besoin de mettre un terme à cette conversation. Des larmes brillent dans ses yeux comme des cristaux, les rendant encore plus clairs. Je suis tenté de tendre le bras pour passer ma main sur sa joue que je tiendrais tendrement dans ma paume. J'ai aussi envie de la prendre dans mes bras pour la réconforter.

Mais elle ne l'acceptera certainement jamais.

Ça ou tout ce que je pourrais lui offrir.

— Tu te trompes. Tout a changé. Miles était comme un frère pour moi.

— C'était *mon* frère !

Sa voix gagne en intensité au fil des syllabes.

— Pas le tien !

— Il nous a été arraché à tous les deux.

— Il a disparu à cause de *toi*. Une larme solitaire roule le long de sa joue pâle.

Ses mots et son ton me retournent les entrailles. C'est comme si un couteau me transperçait le cœur, le déchirant en petits morceaux qui ne pourront jamais être recollés.

— C'était un accident, murmuré-je. Je n'ai jamais voulu que cela arrive. On était jeunes et stupides. On n'aurait jamais dû quitter la maison ce soir-là.

Je ravale la bile qui me remonte dans la gorge alors que des souvenirs m'assaillent, menaçant de m'engloutir. Pendant une seconde ou deux, je ne vois rien d'autre. La neige qui tourbillonne dans l'obscurité. Des lumières éblouissantes. Je perds le contrôle du véhicule. En fermant les yeux, j'aurais l'impression d'y être.

Je me force à cracher le reste.

— Si je pouvais changer de place avec lui, je le ferais sans hésiter.

On se regarde pendant un moment douloureux.

Puis un autre.

Quand je pense que mes paroles ont enfin pénétré la tristesse dans laquelle elle se réfugie à présent, elle murmure :

— J'aurais préféré que ce soit toi.

Son venin dérobe tout l'air de mes poumons alors qu'elle bondit hors de la Mustang, claque la portière et se dirige rapidement vers l'entrée arrière du bar. Je reste en plan tout en la regardant disparaître à travers la porte métallique.

La nausée qui me saisit le ventre met plusieurs minutes à s'apaiser. La douleur est presque suffisante pour me plier en deux. Je passe une main à travers mes cheveux courts avant de battre mon volant en cuir avec mes poings. Je suis vraiment tenté de hurler de douleur.

Je ne sais pas comment rectifier le tir avec elle.

Je ne sais même pas si c'est possible.

J'espérais qu'après tout ce temps, la majeure partie de sa douleur et de sa colère se soit apaisée, mais ce n'est clairement pas le cas. À présent, elle me déteste encore plus que jamais.

J'ai passé toutes ces années à songer à elle, à me demander comment elle va, à vouloir prendre contact et me racheter. Pour voir s'il existe un moyen de recoller les lambeaux déchirés de notre amitié.

Ne serait-ce qu'un peu.

Juste assez pour me permettre de vivre à la périphérie de son univers.

Vu cette conversation, je doute qu'elle me pardonne un jour.

Cela devrait me faire réfléchir à l'idée de songer à deux fois à ma décision d'acheter sa virginité, mais comment pourrais-je le faire ?

Comment pourrais-je permettre à un autre homme de la toucher ?

D'être le premier à la prendre ?

La réponse courte est que je ne peux pas.

Dans mon esprit, je ne pose pas la question.

Fallyn DiMarco m'appartient.

Elle m'a *toujours* appartenu.

Qu'elle le comprenne ou pas.

La décision m'a été retirée au moment où j'ai eu l'âge d'en comprendre la gravité.

Après toutes ces années, j'ai enfin ouvert les lignes de communication. Peu importe qu'elle souhaite me voir pendu. Hors de question que je fasse machine arrière ou que j'abandonne maintenant. Même si rien ne sera plus jamais pareil entre nous et qu'elle ne m'adressera plus jamais de sourire insouciant, il faut que j'insiste.

Ma décision prise, j'ouvre la porte et me glisse hors du véhicule avant de la suivre jusqu'au bâtiment de briques rouges. *Slap Shotz* est flanqué d'un côté par un restaurant et de l'autre par une allée étroite.

Je franchis la porte et pénètre dans l'intérieur sombre. L'endroit est long et étroit. Un autre mec est au bar, une bière entre les mains. Il me salue en silence d'un geste du menton puis son regard revient à la demi-douzaine de télés haute-résolution qui sont montées sur le mur.

J'observe les tabourets vides jusqu'à ce que je tombe sur Fallyn. Appuyé sur les coudes, Sully se tient derrière le comptoir en bois poli. Il papote d'une voix très sonore dans le calme qui les entoure. Une fois mon attention braquée sur la jeune brune, me détourner devient quasiment impossible. Son expression s'est adoucie et le coin de ses lèvres sourit. Elle est comme le soleil et ma seule envie est de me prélasser à sa chaleur, même si elle ne m'est absolument pas destinée.

Sully me coule un regard avant de se redresser de toute sa taille et de m'adresser un sourire rayonnant.

— Hé, Wolf ! Ça me fait plaisir de te voir. Je peux faire quelque chose pour toi ?

Je coule un regard vers Fallyn. Elle n'affiche plus la moindre esquisse de sourire et son air revêche est revenu en force.

Je la désigne du menton.

— J'ai conduit Fallyn jusqu'ici pour son entretien.

Le regard de Sully revient se braquer sur la fille qui n'est jamais très loin de mes pensées.

— Tu as mentionné Madden et Britt, mais je ne savais pas que tu connaissais Wolf aussi.

Je lui coupe l'herbe sous le pied avant qu'elle ne puisse prétendre le contraire.

— On a grandi ensemble.

L'homme croise les bras sur son torse alors que son sourire s'élargit.

— Ah oui ?

— Oui.

Quand il coule un regard à Fallyn, elle pince les lèvres et hoche sèchement la tête.

— Alors, j'imagine que tu n'aurais aucun problème à te porter garant pour elle ? insiste-t-il.

— Bien sûr. Elle fera du bon boulot derrière le bar.

Je ne sais même pas si elle sait mixer un cocktail. Après presque cinq ans de silence radio, je réalise que je ne connais plus Fallyn comme autrefois.

— Oh, je l'engage comme serveuse. Zoey a démissionné la semaine dernière. Elle est partie au milieu de son service et n'est jamais revenue.

Il secoue la tête et son sourire s'estompe.

— Elle n'aurait pas pu choisir une pire soirée pour se casser. Aussi ai-je besoin de quelqu'un de fiable. C'est souvent le chaos ici après les matchs ou le week-end.

Fallyn hoche la tête et carre ses épaules graciles.

— Ça ne sera pas un problème.

Serveuse ?

Je fronce les sourcils. Je me l'imagine en train de se déplacer à travers la foule épaisse alors que des connards enivrés lui lancent des commandes.

Non… Ça ne me plaît absolument pas. Je préférerais qu'elle bosse derrière le bar où personne ne pourrait poser la main sur elle. Ce serait déjà nul qu'ils aient à converser avec elle.

Je ne peux pas dire que ça me plaise, non plus.

Cela dit, un regard à Fallyn me confirme que ce n'est pas à moi de prendre cette décision. Ce qui est exactement pourquoi je passerai tous les soirs où elle travaillera. Sans quoi, je ne ferais que traîner à la maison en me demandant ce qui est en train de se passer.

Qui a décidé de mettre sa vie en péril en la draguant.

Ou pire…

Il lève la main et se frotte la mâchoire alors qu'il nous regarde successivement.

— J'ai reçu une douzaine de candidatures que j'allais passer en revue, mais je vais te donner le poste, puisque mon ami se porte garant de toi. Ça va m'épargner le tracas de faire passer des entretiens. La moitié du temps, les gens ne prennent même pas la peine d'y venir.

Il secoue la tête et marmonne à mi-voix :

— Les jeunes, de nos jours. Ils pensent qu'ils vous font une faveur en se présentant deux minutes avant le début de leur service.

J'entends à peine la mini-tirade dans laquelle Sully s'est lancé. Mon attention est braquée sur Fallyn et l'émotion qui danse sur son visage. Il est évident qu'elle n'a pas envie d'accepter cette offre d'emploi si j'en suis la raison, mais elle a besoin de cet argent et ne peut pas se permettre de la refuser. L'air reste coincé dans mes poumons alors que j'attends sa décision. J'ai l'impression que c'est une autre façon de la rattacher à moi, même si elle est quasiment inexistante. J'en suis arrivé au point où je m'en fiche.

Je suis désespéré.

Quand Sully hausse les sourcils, dans l'attente d'une réponse, je m'éclaircis la gorge.

— Alors, qu'est-ce tu en dis ?

Elle me regarde droit dans les yeux et pince fort les lèvres avant de se retourner vers le propriétaire du bar. Alors seulement, son expression se radoucit.

Marginalement.

— J'accepte. Merci. Je vous suis sincèrement reconnaissante de m'accorder cette opportunité et je vous promets que je ne serai pas en retard. Jamais.

— Super. Alors je crois qu'il ne me reste plus qu'à te dire : bienvenue dans la famille de *Slap Shotz* !

Avec un grand sourire, il brandit son pouce par-dessus son épaule.

— Donne-moi une seconde, le temps de prendre quelques t-shirts. C'est l'uniforme non officiel ici.

Il incline la tête et l'observe.

— Je dirais que tu es taille M.

— Effectivement, acquiesce-t-elle.

— Je reviens tout de suite. Ou *BRB*, comme disent les jeunes.

Sur ce, il s'en va, traverse le bar et disparaît dans la réserve.

Nous restons seuls, à part pour le type accaparé par le match de hockey.

Elle me coule un regard en coin avant de grommeler.

— Je n'avais pas besoin de ton aide pour décrocher cet emploi.

Je hausse les épaules et essaye de rester détaché, même si tout en moi me hurle de franchir la distance qui nous sépare pour la prendre dans mes bras.

— Je n'ai jamais dit ça. Je voulais juste m'assurer que tu aies les meilleures chances possibles de le décrocher.

Au lieu de me remercier, chose impensable, de toute façon, elle me foudroie carrément du regard. Nos regards continuent de se soutenir en un combat silencieux quand Sully revient avec trois t-shirts noirs et orange.

Il en brandit un et me coule un regard.

— Je crois qu'ils t'iraient parfaitement. Sans quoi, ramène-les et on trouvera autre chose. Dès que je t'ai casée dans l'emploi du temps, je t'appelle. La plupart des services durent de dix-neuf heures jusqu'à la fermeture.

— Ça marche pour moi.

Quand il sourit à nouveau, les fines rides qui encadrent ses yeux et sa bouche s'approfondissent. Depuis que je connais Sully, il a toujours été cool. Dans sa jeunesse, il jouait au hockey pour Western. Une décennie plus tard, il a ouvert *Slap Shotz* et l'a dédié à l'univers des hockeyeurs des Western Wildcats. C'est super de traîner dans un endroit qui exprime tellement d'amour pour l'équipe.

Fallyn me contourne sans m'adresser un regard supplémentaire.

J'observe Sully du coin de l'œil. S'il trouve son comportement bizarre, il n'en fait rien savoir.

— Merci. J'apprécie vraiment.

Il me claque l'épaule.

— Aucun problème. On est tous un peu comme une famille. On reste un Wildcat à vie. Non ?

Je hoche la tête alors que ses mots s'infiltrent dans mon cœur et le réchauffent.

Depuis que j'ai été recruté en seconde par notre ancien entraîneur principal, c'est exactement ainsi que j'ai perçu l'équipe : comme une famille. Il n'y a rien que je ne ferais pour ces mecs. Au fil des années, ils sont devenus des frères. Quand on est sur la glace, on bosse ensemble, on lutte pour un objectif commun.

Je jette un regard à Fallyn qui s'engouffre par la porte de derrière.

Malgré tout, aussi proches que nous soyons, aucun d'eux ne pourra jamais remplacer Miles... ou bien sa sœur.

CHAPITRE 11

allyn

Je me glisse à l'intérieur de l'appartement et soupire, soulagée d'être rentrée. Passer du temps seule avec Wolf me rend nerveuse. Peu importe que je le méprise à présent, tous ces sentiments endormis depuis des années ont été réveillés et tentent de remonter à la surface. Il me faut invoquer toute ma force pour les ravaler et prétendre qu'ils n'existent pas.

N'ont jamais existé.

Le bip d'un message m'extirpe du tourbillon de mes pensées chaotique et je sors mon téléphone de ma poche. Mon cœur s'arrête de battre quand le nom de Chloé s'affiche à l'écran.

Premier rendez-vous mardi après-midi. Seize heures précises. Au Wiltshire Hotel, en centre-ville. Une clé t'attendra à la réception sous le nom d'Abby Mitchel.

Il n'en faut pas plus pour que la nausée m'envahisse le creux du ventre. J'ai l'impression d'être à deux doigts de vomir.

Si ma situation catastrophique ne me semblait pas réelle, c'est à présent le cas.

Ma main vient frotter ma poitrine à travers le tissu épais de mon manteau d'hiver. Je le défais rapidement et le jette sur le dossier d'une chaise du salon avant de filer vers ma chambre. Au passage, je remarque que la porte de ma cousine est fermée. Puisque l'appart' est silencieux, j'avais pensé qu'elle était sortie.

La fatigue mentale s'empare de moi alors que je me laisse tomber sur le matelas et regarde le texto jusqu'à ce qu'il se trouble devant mes yeux. Ma bouche se remplit de coton alors que je me concentre sur ce qui va se passer dans moins de quatre jours.

Ce mec va-t-il se contenter de me prendre ? Est-ce que ça va être vite terminé ?

Priant pour que ce soit le cas, je ferme fort les paupières. Je n'ai pas besoin que ça dure une éternité. Je ne veux pas songer à lui qui fait courir ses mains sur ma chair nue, me touchant à des endroits où personne ne l'a jamais fait.

Pourquoi devons-nous nous revoir à trois reprises ?

Le mec ne peut prendre ma virginité qu'une fois.

Je songe alors que non seulement il y aura de la douleur – ou du moins de l'inconfort –, mais également du sang.

Du sang !

Un frisson me dévale l'échine. Il n'en faut pas plus pour que la bile me remonte dans la gorge alors qu'un autre texto de Chloé apparaît à l'écran.

Arrange-toi pour la contraception.

Pour la deuxième fois en quelques minutes, la réalité de ma situation me frappe avec la force d'un train de marchandises.

Je prends la pilule depuis mon arrivée à Western. Je n'étais pas pressée de faire quoi que ce soit, mais c'était important de résoudre cette partie de l'équation au cas où quelque chose d'imprévu serait arrivé. Avant l'accident, mes parents m'avaient interdit de fréquenter avant d'avoir seize ans. Après, ils ont refusé de me laisser m'éloigner, de faire quoi que ce soit ou d'aller n'importe où. Depuis, il y a eu quelques garçons à l'occasion, mais pas beaucoup.

Je soupire lentement et essaye de calmer tout ce qui s'agite douloureusement à l'intérieur de moi.

Cette situation est peut-être idéale.

Je peux en finir avec ma première fois.

Ça se passera sans histoire.

Et ça ne sera pas avec quelqu'un de l'université. Ce mec ne va pas se dissimuler dans tous les recoins du campus ou se présenter à l'un de mes cours.

Ça serait vraiment embarrassant, non ?

Je suis arrachée à ces pensées quand un léger gémissement fend l'air. Je fronce brutalement les sourcils tout en inclinant la tête pour tendre l'oreille avec plus d'attention. Quand ça se répète, mes yeux s'écarquillent et ma bouche s'ouvre brutalement. Même si je n'ai encore jamais entendu ce son-là en provenance de sa chambre, je suis quasiment certaine que...

Le cadre du lit frappe contre le mur, suivi par un grognement masculin.

Putain, Madden et Viola sont en train de baiser !

Je plaque une main sur ma bouche avant de me tourner à contrecœur vers la chambre de ma cousine tandis que les sons gagnent en intensité. Il ne faudrait plus qu'une musique ringarde des années soixante-dix pour aller avec la bande-son pornographique qui s'intensifie de seconde en seconde.

C'est évident que Vi ne réalise pas que je suis rentrée de mon entretien.

Ils sont tous les deux adultes et vu que Madden passe la majeure partie de ses nuits ici, je soupçonnais qu'ils... euh... avaient des relations. Plus d'un matin, Vi est sortie en titubant de sa chambre après le départ de Madden à son entraînement, les yeux fatigués comme si elle n'avait quasiment pas dormi.

Est-ce que je l'ai taquinée sans pitié à ce sujet ?

Bien sûr.

Sans quoi, quelle sorte de cousine aurais-je été ?

Mais Vi a gardé pour elle tous les détails intimes. Elle n'a jamais été du genre à faire des commérages, même quand j'essayais de vivre par procuration à travers elle.

Serrant fort mon téléphone dans ma main, je me redresse d'un bond. Je devrais sortir un moment. Si je les croise après avoir entendu tout ça, j'entrerai certainement en autocombustion. Des vagues de chaleur me brûlent déjà les joues.

La petite pensée sournoise qui envahit mon cerveau me fait freiner des quatre fers. Depuis que j'ai accepté ma situation présente, je me suis concentrée sur le fait d'en avoir fini. Je n'avais pas songé avant maintenant qu'il existe une infime possibilité que ce soit… *agréable*.

Viola pousse un cri et sa voix gagne en intensité.

Que ferait *ce* genre de plaisir ?

Avant que mon monde ne soit complètement détruit, dans mon lit, le soir, je songeais à ce que cela ferait si Wolf m'embrassait.

Ou me touchait.

Il est le seul mec dont j'ai jamais rêvé.

Dès que ce souvenir retors envahit mon cerveau, je le repousse violemment, ne voulant pas m'attarder ni sur Wolf ni sur le passé. Je l'ai déjà bien trop fait cet après-midi. Partout où je vais, il s'y trouve. Il n'est plus possible de l'ignorer.

Cela dit… je n'envisage pas de ressentir ce qui se passe dans la pièce voisine.

Je veux dire, quelle sorte d'homme achète la virginité d'une fille ?

Quel homme peut se permettre de lâcher autant d'argent ?

J'espère vraiment qu'il n'est pas décrépit.

Un autre frisson me dévale l'échine.

Est-ce pour cela qu'il veut que je porte un bandeau ?

À ce que j'en sais, ce type a peut-être quatre-vingts ans. Je grimace. Cette pensée est comme un coup au ventre et elle suffit à invoquer la nausée au creux de mon estomac.

Je regarde le téléphone que je tiens à la main alors que le doute commence à s'immiscer. Je devrais peut-être mettre un terme à cette situation peu orthodoxe. Ce n'est pas comme si l'argent avait déjà changé de mains.

Alors que mes doigts frôlent le clavier, prêts à envoyer un texto à Chloé, mon téléphone sonne. Je fais un bond de quasiment trente centimètres et mon cœur vient se loger dans ma gorge alors que je jette un regard en direction de la chambre de Viola et prends rapidement l'appel.

— Allo ? couiné-je en essayant toujours de contrôler les battements de mon cœur avant de traverser la pièce en silence et de refermer la porte de ma chambre.

— Bonjour, ma chérie, dit maman. Je voulais voir comment tu allais. Tu ne nous as pas rappelés pour nous dire ce qui se passait avec l'école.

— Oh, hmm, désolée. J'ai parlé avec quelqu'un des services étudiants et on essaye de trouver une solution.

— Je sais que tu es déçue par ce qui s'est passé, mais c'est peut-être la meilleure chose qui soit.

— La meilleure chose qui soit ? répété-je, confuse.

Mon père qui se fait éjecter de la société qu'il a montée et se retrouve incapable de payer mes études ne peut certainement pas être considéré comme *la meilleure chose qui soit*. Ma vie s'est transformée en un véritable cauchemar.

Ne le comprend-elle pas ?

— Oui, poursuit-elle d'une voix qui déborde d'enthousiasme. Je pense que revenir à la maison est la solution parfaite pour toi. Western est si loin ! On t'aidera à trouver un travail puis tu pourras suivre quelques cours. J'ai déjà rafraîchi ta chambre et changé les draps de ton lit. Elle est toute prête pour toi.

J'ai les paumes en sueur alors qu'une main glaciale s'enroule autour de mon cœur avant de le comprimer si fort que respirer profondément devient impossible. Je suis à deux doigts d'exploser.

— Je ne crois pas que ce sera nécessaire, lancé-je. J'ai trouvé un travail cet après-midi.

— Ah oui ?

— Oui, dans un restaurant, je mens en me dirigeant vers la fenêtre qui donne sur la cour.

Le ciel est rempli d'épais nuages gris et la neige est imminente.

D'ailleurs, alors que je continue de regarder, je vois quelques flocons tomber du ciel.

Je ne peux pas leur parler de *Slap Shotz*.

Maman ferait une crise si je mentionnais que, non seulement je bosse dans un bar, mais que c'est également un établissement dédié au hockey où l'équipe aime se retrouver. Chaque fois qu'on mentionne Wolf ou la famille Westerville, mon père enrage et ma mère a les larmes aux yeux. C'est difficile de leur reprocher de continuer à faire leur deuil, mais il est temps qu'ils tournent la page et qu'ils cessent de s'appesantir sur ce qui s'est passé.

Ce n'est que lorsque je me suis échappée pour partir à l'université puis suis revenue à la maison pour Thanksgiving deux mois plus tard que j'ai réalisé à quel point ils étaient embourbés dans le passé. J'avais du mal à les côtoyer sans me laisser engluer par la dépression et la tristesse.

À la fin des quatre jours de vacances, c'était un soulagement de pouvoir fuir à nouveau à la fac.

Et je déteste ça.

Je déteste ressentir cela à leur propos.

J'aime mes parents plus que tout, mais je ne sais pas comment les aider à surmonter la mort de mon frère. Ils ne perdent jamais une occasion d'essayer de me récupérer et je m'y refuse.

C'est comme le baratin qu'on vous débine dans un avion. En cas d'urgence, enfilez votre propre masque à oxygène et assurez-vous d'aller bien avant de tenter d'aider les autres.

C'est ce que j'essaye de faire à présent.

Je m'assure d'aller bien avant d'offrir mon aide.

Pas besoin d'être Sigmund Freud pour comprendre pourquoi j'ai eu envie d'étudier la psychologie ou que je suis intéressée par une carrière de thérapeute.

— Oh.

Ce simple mot dégouline de déception.

— Ça ne serait pas plus facile de rentrer ? Juste pour un semestre ?

Je sais bien qu'elle ne me voit pas, mais je secoue quand même la tête.

— Non. Je n'ai pas envie d'abandonner.

— Personne ne te demande de le faire, Fallyn, réplique-t-elle. On a rassemblé une petite somme en vendant quelques objets antiques appartenant à ta grand-mère. On peut t'aider à payer quelques cours à la fac du coin.

Ils ont vendu certains de nos meubles ?

Ce commentaire démontre que la situation est désespérée.

Je n'arrive pas à croire que nous en sommes arrivés là.

Quand je garde le silence, elle poursuit rapidement :

— C'est juste que je m'inquiète pour toi, ma chérie. Tu travailleras tard dans la soirée ?

— Euh, pas trop tard, mais je me ferai raccompagner. C'est parfaitement sûr.

Je ne sais pas si c'est vrai ou pas, mais si je lui dis le contraire, elle grimpera dans sa bagnole, fera le trajet jusqu'à Western et me traînera jusqu'à la maison par la peau des fesses.

— Bonjour, Fallyn, dit soudain mon père.

Sa voix suinte d'épuisement, le faisant paraître plus âgé.

— Bonjour, papa.

— Ta mère a-t-elle mentionné qu'on met la maison en vente ?

Une vague de choc s'abat sur moi alors que je me détourne de la fenêtre et me réinstalle sur le lit.

— Non, elle n'a rien dit.

Un silence pesant s'ensuit. Je m'imagine les regards qu'ils sont en train de s'échanger. Ma mère a probablement les larmes aux yeux. Elle a toujours aimé cette maison.

Comme nous tous.

Même avec le fantôme qui la hante.

Je serre fort les paupières, prends une inspiration fortifiante et expire.

— Oui, il est temps. On a besoin de quelque chose de plus petit, de mieux gérable, ajoute papa.

Personne n'ose mentionner tous les souvenirs qui les ont empêchés de tourner la page. Cinq ans se sont écoulés depuis l'accident, mais maman n'a pas touché à la chambre de mon frère. Elle n'a absolument pas changé depuis la nuit où nous avons quitté la maison en douce. Comme si Miles était parti à la fac et qu'il pouvait revenir d'un jour à l'autre.

J'entends un léger sanglot à l'autre bout du fil.

Je m'éclaircis la gorge, essayant d'empêcher l'émotion épaisse d'envahir ma voix.

— C'est une bonne idée. Quelque chose de plus petit vous conviendrait mieux.

— On va s'assurer qu'il y a trois chambres pour que tu aies toujours un endroit où rester, dit maman d'un ton larmoyant.

— Bien entendu, ajoute papa avec un petit rire maladroit.

Ils sont devenus si amers au fil des années ! Miles détesterait voir que sa mort leur a fait ça. Notre maison ne résonne plus de rires et de bonheur comme elle le faisait autrefois.

— On a également décidé de vendre la Porsche.

Arrachée à mes pensées, je cligne des paupières.

— Attends... Quoi ?

L'ai-je bien entendu ?

— On aurait dû le faire il y a des années.

Sa voix se radoucit.

— Elle ne sort jamais du garage et engrange la poussière.

— Non ! Vous ne pouvez pas faire ça. Vous m'aviez promis que je pourrais l'avoir.

— Fallyn, murmure-t-il. Tu ne sais pas conduire.

— J'apprendrai, lancé-je alors que des sueurs froides perlent sur mon front et que je bondis sur mes pieds afin d'arpenter la pièce. Je vais passer mon permis. Maintenant que je bosse en centre-ville, j'aurai moins de mal à me déplacer.

— Tu as déjà essayé de passer la conduite.

Je grimace comme si je venais de me prendre une gifle avant de serrer fort les paupières.

— Je sais, mais cette fois, je vais réussir, d'accord ? Alors... Ne vendez pas la Porsche.

J'inspire douloureusement.

— *Je vous en prie.*

— Tu en es certaine ? Ce serait peut-être mieux de s'en débarrasser pour ne plus y penser.
— Non. Je la veux. Vous avez promis.
— Très bien, dit-elle avec un soupir. On va la garder pendant encore un moment, mais si tu n'as pas ton permis avant la fin du semestre de printemps, on la met en vente.
— D'accord.

La tension qui remplit mes muscles se dissipe, me laissant sans force.

— Merci.

Un silence étouffant emplit le combiné. Je ne songe plus qu'à raccrocher.

— Je dois y aller. J'ai des devoirs à terminer pour demain.
— Dis-nous comment ça se passe pour tes frais de scolarité.
— Bien sûr.

On se dit au revoir avant de raccrocher. Une vague de soulagement me parcourt quand je mets un terme à l'appel. Cette émotion est rapidement chassée par de la culpabilité.

Au lieu de m'appesantir sur tout ce que nos parents viennent de révéler, je me concentre sur ma respiration.

J'inspire profondément.

Et je souffle lentement.

Puis je recommence.

J'ai l'impression que les murs se referment sur moi. J'ai besoin de sortir d'ici avant de perdre totalement les pédales. M'emparant de mon sac à dos posé sur la chaise près de mon bureau, je me dirige vers la porte. Dès que je tourne la poignée, je tombe sur Viola dans le couloir étroit et je pile net sur le seuil. Mon regard passe de ma cousine à Madden qui reste près d'elle, les mains enroulées sur ses épaules d'un geste possessif.

Ils sont tous les deux ébouriffés, rendant encore plus évidente la raison pour laquelle ils sont restés enfermés.

Les joues de Vi deviennent écarlates et elle marmonne :

— Je suppose que tu as tout entendu.

Je ne pensais pas qu'après la conversation déprimante avec mes parents, quelque chose parviendrait à me faire sourire, mais je me trompais.

Ce commentaire forcé fait l'affaire.

Le coin de mes lèvres tremble alors que derrière elle, Madden m'adresse un grand sourire suffisant.

— La prochaine fois, Vi s'assurera de te prévenir à l'avance.

Ma cousine se retourne pour fusiller son petit ami du regard avant de le frapper en pleine poitrine.

— Continue comme ça et il n'y aura pas de prochaine fois.

CHAPITRE 12

 olf

Au moment où Fallyn sort du bâtiment, elle repère ma Mustang garée dans le parking et chancelle pendant une seconde. Elle plisse les yeux avant de les détourner brusquement et d'accélérer l'allure.

Alors qu'elle s'apprête à filer d'un pas rapide, je me penche et ouvre la portière passager.

— Grimpe, je te conduis à ton travail.

— Pas besoin, lance-t-elle. Je suis parfaitement capable de marcher.

— Allez, Fallyn, je l'encourage. C'est à plus d'un kilomètre et ton service commence dans vingt minutes. Tu auras à peine le temps de faire le trajet.

J'assène le coup fatal.

— Tu ne veux pas être en retard pour ton premier jour, n'est-ce pas ?

Elle s'arrête et me décoche un regard noir en croisant les bras devant elle.

— Comment connais-tu mon emploi du temps ?
— J'ai appelé Sully pour lui poser la question.

Elle écarquille les yeux.

— Et il te l'a refilé, comme ça ?

J'ai beau savoir que ça va la contrarier, je ne parviens pas à retenir le sourire qui tremble aux coins de mes lèvres.

— Oui. C'est un des avantages de connaître le propriétaire.
— Il ne devrait pas communiquer mes informations personnelles.

Elle retrousse la lèvre supérieure alors que ses yeux ne sont plus que des fentes.

— *Particulièrement* pas à toi.
— Tu as oublié que nous sommes de vieux amis ? Bien entendu qu'il me l'a donné. Après tout, je suis la raison pour laquelle il t'a engagée au pied levé.
— Tu n'as pas besoin de me le rappeler, grommelle-t-elle alors que son regard parcourt l'intérieur du véhicule avant de se poser sur ma main droite.

Un soupçon d'émotion s'empare de ses traits alors qu'elle s'approche pour mieux y voir.

— Ta voiture a une boîte manuelle ?
— Bien sûr, dis-je avec un reniflement moqueur. Pourquoi je la conduirais si ce n'était pas le cas ?

Elle se mordille la lèvre inférieure alors que je scrute attentivement son expression. Je ne sais absolument pas quelles idées lui trottinent dans la tête. Autrefois, je n'avais qu'à jeter un regard fugace dans sa direction pour savoir exactement ce qu'elle pensait.

Ce n'est plus le cas et je déteste ça.

Ses pensées intimes sont à présent indiscernables.

Un long silence s'ensuit alors qu'elle plisse le front et que sa mâchoire se contracte.

— J'ai besoin d'une faveur.

De ma part ?

Tous les muscles de mon corps sont en état d'alerte maximum.

— À quoi songes-tu, exactement ?

Son regard passe de ma main à mon visage. Il n'en faut pas plus pour que l'électricité me traverse les veines. Je suis comme un cheval de course nerveux qui se débat impatiemment contre son mors.

— J'ai besoin que tu m'apprennes à conduire avec une boîte manuelle.

— Grimpe et on en discutera.

Elle se balance d'un pied sur l'autre, ne voulant visiblement pas s'approcher.

— Tu ne veux pas simplement me répondre ?

— Non. Grimpe.

Si c'est le seul moyen de passer un peu de temps avec elle, je sauterai gaiement sur l'occasion. J'ai juste envie d'être proche d'elle. Respirer le même air, ne serait-ce que pendant cinq minutes.

— Très bien, grogne-t-elle avec un soupir irrité.

Puis elle se glisse à côté de moi et referme la portière avec plus de force que nécessaire.

Elle regarde droit devant elle alors que je passe la première puis la seconde, sortant du parking pour me mêler à la circulation, qui est toujours encombrée près du campus, quelle que soit l'heure.

Quand elle garde le silence, je demande :

— Pourquoi cette impulsion soudaine d'apprendre à conduire une voiture à boîte de vitesse manuelle ?

Dès que la question me sort de la bouche, la réponse me frappe et mon ton se radoucit instantanément.

— Ils t'offrent la Porsche ?

Je lui coule un regard juste à temps pour voir ses épaules s'affaisser comme si le poids du monde reposait sur son ossature gracile.

— Bien sûr. Mes parents menacent de la vendre, puisqu'elle ne sort jamais du garage.

Ses paroles me font l'effet d'un coup de poing au ventre et me coupent la respiration.

Miles aimait cette voiture. Son père la lui avait achetée avant ses seize ans. Il a passé toute l'année à bosser dessus, réussissant à faire ronronner le moteur. Je me rappelle avoir traîné dans l'immense garage après les entraînements de hockey pour le regarder bricoler la transmission. C'étaient des moments ordinaires et l'on discutait de tout et de rien, mais ils comptent parmi mes préférés.

Je lui coule un regard.

— Pourquoi feraient-ils une chose pareille ?

— Tu sais parfaitement pourquoi, assène-t-elle.

— Non, pas du tout. Ce n'est pas comme si tes parents avaient besoin d'argent. Je devine qu'ils ne veulent plus l'avoir sur les bras. Elle gâche de l'espace.

— Touché.

Sa voix est plate et dénuée d'émotions.

Pour une raison quelconque, sa réponse me hérisse. Rien n'a de sens. Fallyn vend sa virginité. Elle accepte un job à *Slap Shotz*. C'est ce que ferait quelqu'un qui est fauché et désespéré. Pas une fille qui vient d'une famille pétée de thunes. La boîte dont ses parents sont copropriétaires n'a fait que les enrichir davantage.

Après toutes ces années, c'est compréhensible que Hugo et Élénore se séparent enfin du véhicule. Mais pourquoi ne l'offriraient-ils pas directement à Fallyn ?

— Alors, si je comprends bien, énoncé-je lentement en essayant d'organiser mes idées dans ma tête. Ils ont accepté de te donner la Porsche si tu apprends à la conduire ?

— Oui, dit-elle prudemment d'une voix étonnamment dénuée de l'amertume que j'y ai entendue précédemment.

— D'accord. Voilà ce que je te propose : je t'apprendrai si tu me laisses t'amener et te chercher après le travail tant que tu n'auras pas ton permis et ton propre véhicule.

Elle se tourne vers moi, l'air incrédule.

— Oublie.

Je hausse les épaules et l'observe du coin de l'œil.

— Tu connais quelqu'un d'autre qui peut t'enseigner ?

Je retiens ma respiration, espérant que ce ne soit pas le cas. Je devine qu'elle ne serait pas venue me demander si elle avait eu un autre choix.

Y compris le diable en personne.

Les dents serrées, elle change de position et regarde droit devant elle.

— Non.

Le soulagement s'échappe de mes poumons avec le bruit d'un pneu crevé qui se vide lentement.

— C'est ce que je veux en échange. M'assurer que tu sois en sécurité. Je viendrai te chercher et je te ramènerai de *Slap Shotz* chaque fois que tu travailleras. C'est à prendre ou à laisser, Fallyn. C'est ma dernière offre.

J'espère vraiment qu'elle accepte. La dernière chose que je veux est qu'elle me dise d'aller me faire voir et qu'elle trouvera un autre type pour lui apprendre.

Si c'est le cas, je serai contraint de le tuer.

À mains nues.

Je resserre les doigts sur le volant avant de relâcher un iota de ma tension grandissante.

Quand elle garde le silence, j'ajoute :

— De toute façon, tu ne devrais pas rentrer chez toi à pied toute seule à deux heures du matin. C'est dangereux. Tu cherches à t'attirer des ennuis. Tu t'en rends compte, n'est-ce pas ?

— Je te déteste vraiment, murmure-t-elle d'une voix éraillée par des émotions contenues.

L'animosité qui déborde de sa voix fait s'affaisser mes épaules. Je ne parviens même pas à me réjouir de sa capitulation ou du fait que j'ai réussi à la contraindre à passer du temps avec moi après toutes ces années.

— Je sais.

Dès que je pénètre dans le parking de *Slap Shotz*, Fallyn ouvre brusquement la portière et bondit hors du véhicule avant de filer vers l'immeuble en briques. Mon cœur se serre alors que je la regarde se glisser par la porte et disparaître à l'intérieur. Alors seulement, je réintègre la circulation et me dirige vers le campus, conscient que je reviendrai après l'entraînement pour garder un œil sur la situation.

Sur elle.

CHAPITRE 13

allyn

— La prochaine fois que tu viens, on se répartira des sections. C'est facile, tu ne penses pas ?

Facile ?

Ah !

Je cours partout depuis mon arrivée. Mais Erin, une des serveuses qui bossent ici, a été géniale. Elle m'a aidée et a rattrapé toutes les erreurs que j'ai pu commettre en passant une commande auprès du barman ou en laissant tomber un plateau plein de verres.

— Plusieurs adjectifs me viennent à l'esprit, mais certainement pas *facile*, plaisanté-je.

Elle m'adresse un grand sourire.

— Fais-moi confiance, ça ira mieux. Ça ne te paraîtra pas toujours aussi agité, même lorsque c'est bondé. La plupart des clients sont plutôt cool.

— Si tu le dis, marmonné-je, ne sachant pas si je dois croire en son évaluation de la situation.

Malgré la musique à fond et la foule d'étudiants qui se pressent dans le local, l'énergie change. Les gens étirent le cou alors que les conversations s'animent, atteignant un niveau sans précédent. Une certaine anticipation s'empare du bar comme si quelque chose allait se produire, mais je ne sais pas quoi.

Avec un enthousiasme grandissant, Erin coule un regard vers la porte du fond alors qu'elle se hisse sur la pointe des pieds.

— L'équipe de hockey vient d'entrer.

Je parcours la foule du regard à contrecœur jusqu'à ce que mon attention se pose sur les mecs. Je me le reproche, mais je passe en revue tous les visages avant de poser enfin les yeux sur lui. Un frisson électrisant me court dans les veines quand je découvre son regard braqué sur le mien. Malgré la distance qui nous sépare, je ressens l'intensité qui crépite dans ses yeux verts.

Je n'ai jamais ressenti ce genre de courant électrique avec une autre personne.

Je ne serais pas surprise si ça n'arrivait qu'avec Wolf.

Même après toutes ces années.

Malgré toutes mes prières pour être capable de l'ignorer, je ne peux pas.

Il y a une partie de moi qui ne pense pas être capable de le faire un jour. Pas entièrement. Même si je souhaite désespérément le contraire. Ce serait comme de m'arracher un organe vital et d'essayer de vivre sans. Il y a trop de passif entre nous.

Trop de joie.

Et trop de douleur.

Tout s'entrecroise.

Pour le meilleur ou pour le pire, *nous* nous entrecroisons.

— Tu es prête ?

La question d'Erin pénètre le fatras de mes pensées, rompant cette étrange connexion.

— À quoi ?

— À aller les servir, bien sûr.

Ses yeux couleur café pétillent d'excitation.

— Oh, non.

Je secoue la tête et fais un pas rapide en arrière.

— Je ne pense pas que...

Avant que je parvienne à dire le reste, ses doigts s'enroulent autour de mon poignet et elle m'entraîne à travers la foule épaisse vers l'arrière du bar où s'est installée la majeure partie de l'équipe. Plus tôt dans la soirée, j'avais remarqué que personne n'osait s'asseoir à la longue rangée de tables. Je comprends à présent pourquoi. Elles ne sont peut-être pas officiellement réservées à l'équipe, mais tout le monde paraît comprendre cette règle implicite.

Il y a déjà des filles qui bourdonnent de partout, cherchant des genoux libres pour s'y poser. Ryder McAdams est avec Juliette, sa copine. J'adresse un petit signe de la main à elle et à Carina, qui sort à présent avec Ford Hamilton. Elles me sourient en retour.

Je les apprécie, même si je ne les connais pas très bien. Il n'y a pas très longtemps, on s'est fait une soirée entre filles au *Blue Vibe*. Riggs et Stella sont là aussi. Il a le bras passé sur ses épaules et elle se plaque contre lui. Il dépose un baiser en passant sur le sommet de son crâne. Ils sont si épris l'un de l'autre ! J'en ai mal aux dents chaque fois que je les vois.

Madden et Viola brillent par leur absence. Ma cousine a mentionné qu'ils allaient rester à la maison pour regarder un film. Après l'autre jour, j'imagine parfaitement ce qui se passera d'autre. C'était une expérience mentalement traumatisante pour toutes les personnes impliquées.

Enfin... Pas pour Madden. Il ne s'est pas laissé désarçonner par cette histoire.

Britt aussi est restée un moment avant de repartir. Elle n'a pas l'air d'avoir envie de passer du temps avec des hockeyeurs.

Chose que je peux comprendre.

Malgré moi, mon regard revient se braquer sur Wolf. Il se prélasse sur une chaise, ses longues jambes étirées devant lui. Il ne me quitte pas du regard malgré les trois filles qui essayent d'attirer son attention. Quelques-unes font courir leurs mains sur ses biceps rebondis.

Ça suffit pour me faire grincer les dents, irritée. L'envie de les écarter d'une claque comme des mouches énervantes vibre à travers moi.

— Wolf Westerville est vraiment chaud, tu ne trouves pas ?

Mon regard reste braqué sur lui alors qu'elle crie la question dans un murmure théâtral au-dessus des battements de la musique.

Quand je garde le silence, elle continue :

— Il est vraiment du genre puissant et taciturne. Et ténébreux. Oh, j'aime les hommes ténébreux !

Je braque mon attention sur elle.

Elle a un faible pour Wolf ?

Cela dit… je suis certaine que oui. Comme la plupart des filles.

Pourquoi pas, après tout ?

J'admets à contrecœur qu'il est bien plus séduisant que lorsqu'il était au lycée.

Torride.

Et elle a raison, il est ténébreux. Il renvoie une énergie qui dit *n'essaye pas de te frotter à moi*. Chose qui ne le rend que plus attirant aux yeux du beau sexe. C'est comme agiter une cape rouge imbibée de phéromones devant un troupeau de taureaux excités.

Quand on était jeune, il n'était pas aussi morose. Il riait et souriait tout le temps. Du moins quand il était avec nous. Ce n'est qu'à présent que je réalise qu'à chaque fois que je l'ai aperçu sur le campus, il affichait un certain sérieux. Presque comme s'il était mentalement à l'écart des gens qui l'entourent.

Même de ses amis et de ses coéquipiers.

Quasiment comme moi, il n'est plus la personne qu'il était autrefois.

Je cligne des paupières pour chasser ces réflexions quand une jolie blonde à la poitrine généreuse fait courir ses mains sur son corps avant de se rapprocher pour lui murmurer quelque chose à l'oreille. Il ne m'en faut pas davantage pour être propulsée en arrière, à l'époque du lycée, quand Miles et lui étaient en première. Même à l'époque, mon frère et lui attiraient l'attention féminine.

Et je détestais ça.

Je détestais la façon dont les filles flirtaient avec Wolf, s'accrochant à lui comme des bernacles indésirables. Ça me rendait verte de jalousie. Une de ces occasions en particulier m'est toujours restée en mémoire. Environ un mois avant l'accident, une fille du lycée le collait constamment. J'ai grommelé quelque chose à mi-voix alors qu'on allait en cours. Wolf a pilé net, me forçant à l'imiter. Son regard est resté braqué sur le mien et il m'a dit que je n'avais pas à m'inquiéter de quoi que ce soit. Il n'a jamais véritablement expliqué ce qu'il voulait dire, mais en cet instant, ce n'était pas nécessaire. La lueur dans ses prunelles vert bouteille était éloquente. Ces filles avaient beau faire des pieds et des mains pour attirer son attention, il ne la leur accordait pas.

Je crois que c'est la raison pour laquelle j'ai eu aussi mal quand il ne s'est même pas déplacé pour nous rendre visite après l'accident.

En l'espace d'un instant, il a disparu de ma vie.

Je n'ai pas seulement perdu mon frère ce soir-là. J'ai aussi perdu Wolf.

C'était dévastateur.

Ces souvenirs se désintègrent quand on me bouscule par-derrière. En jetant un regard à Erin, je la découvre en train de flirter avec Maverick McKinnon, le petit frère de Juliette.

Quand j'ai fini de réprimer toutes mes émotions, j'autorise mon regard à revenir au garçon qui était autrefois mon monde tout entier. Même si la blonde de tout à l'heure continue de bourdonner autour de lui comme une abeille saoule, son attention reste braquée sur moi. J'arrête de respirer quand il enroule les doigts autour de ses poignets et les repousse doucement avant de l'écarter. Elle va chercher ailleurs en faisant la moue.

Je déteste le fait que son rejet si naturel de cette fille suffise à apaiser quelque chose au plus profond de moi comme un baume inespéré. Ce serait tellement plus facile si je ne ressentais rien pour lui.

Wolf Westerville fait partie de mon passé.

Tout comme mon frère.

Et si je ne peux pas avoir l'un, je ne veux pas de l'autre.

CHAPITRE 14

olf

JE ME CALE contre le dossier de la chaise avant de porter la bouteille de bière à mes lèvres pour en avaler une grande gorgée. Mon regard reste braqué sur Fallyn qui est formée par l'autre serveuse. Même dans la pénombre du bar, je vois des mecs se tordre le cou à son passage pour lui mater les fesses. Quelques-uns ont eu le cran de l'aborder afin de tenter le coup. Le léger sourire qui apparaît sur son visage me prend aux tripes. Il n'en faut pas davantage pour que la jalousie me dévore les entrailles. Je dois me retenir de ne pas me redresser d'un bond pour me précipiter vers eux. Coller une droite à l'un de ces connards serait vraiment satisfaisant.

Je fais craquer mes jointures pour essayer de purger mon stress qui ne fait que croître.

J'ai envie d'accaparer tous ses sourires, mais elle souhaite à peine m'adresser la parole.

J'ai l'impression qu'une éternité s'est écoulée depuis qu'elle me regardait comme si j'avais personnellement accroché la lune et les étoiles dans le ciel juste pour elle.

Et ça me plaisait.

Je me complaisais dans son adoration.

Je me rappelle que Miles plaisantait en disant que je pourrais toujours épouser Fallyn quand on serait adultes, et qu'alors, je deviendrai son frère pour de bon. À l'époque, j'ai levé les yeux au ciel, mais cette idée anodine a pris racine et n'a fait que grandir.

C'est là que j'ai su que j'épouserai Fallyn DiMarco et ferai partie de sa famille pour toujours.

Après ce jour-là, elle est devenue mienne. Je l'ai protégée encore plus qu'à l'ordinaire. Quand elle avait besoin de quelque chose, je faisais en sorte de m'en occuper personnellement. Et je la protégeais quand Miles n'était pas là pour le faire. De toutes les façons qui comptaient, Fallyn m'appartenait.

Pendant la saison du hockey, elle portait le maillot de son frère pour un match et le mien pour l'autre. Je jouais toujours mieux quand elle était assise dans les gradins, avec mon nom et mon numéro affichés sur le dos, à m'encourager.

Mon esprit me renvoie l'image de la première fois où j'ai vu Fallyn en bikini près de la piscine, l'été de ses quinze ans. Je n'ai pas pu sortir de l'eau parce que je bandais trop fort. Après ça, ça a été impossible pour moi de la regarder de la même manière.

J'ai songé à l'embrasser une centaine de fois, mais je n'ai jamais osé le faire.

Je n'ai pas voulu entamer quelque chose alors que ses parents ne l'autorisaient pas à fréquenter.

Mais voilà qu'un mois avant son seizième anniversaire, l'accident s'est produit.

Et Miles est mort.

Fallyn est restée à l'hôpital pendant plus d'une semaine. Après ça, Hugo et Élénore l'ont retirée fissa de notre lycée public pour l'inscrire dans une petite académie privée de l'autre côté de la ville.

Ma vie telle que je la connaissais a volé en éclats.

Elle n'a plus jamais été la même.

Pourtant, la revoilà.

Après des années d'éloignement, nos univers entrent à nouveau en collision. Et je refuse de la laisser filer.

Pas pour la deuxième fois.

Jamais.

À deux heures précises, la dernière chanson de la soirée est diffusée puis les lumières se rallument. La majeure partie de la foule est déjà partie. Les mecs en couple sont tous partis plus tôt. Colby a les bras passés autour de deux filles alors que Hayes tente de charmer une groupie qui a flirté avec lui toute la soirée, tentant de lui faire prendre une décision qu'elle regrettera certainement le matin venu. Maverick m'adresse un salut du menton avant de partir tout seul.

Sully se hisse sur la scène de fortune et s'écrie d'une voix de stentor :

— C'est la fermeture ! Vous savez ce que ça signifie ! Vous n'êtes pas forcés de rentrer, mais vous ne pouvez pas rester ici.

On entend quelques huées quand les videurs évacuent les lieux. L'un d'eux me salue du menton tandis qu'il dirige les clients saouls vers la sortie. Fallyn me fusille du regard alors qu'elle aide Erin à débarrasser les verres des tables avant d'essuyer les surfaces. Elles mettent environ vingt minutes à tout ranger avant de compter les pourboires. Fallyn rayonne lorsqu'Erin lui donne une grosse liasse de billets qu'elle fourre dans sa poche avant.

Malgré l'épuisement visible sur son visage, elle ne fronce plus les sourcils. Je crois qu'elle avait probablement oublié que j'attendrai pour la ramener. Elle dit au revoir à tout le monde avant de se diriger vers l'issue de derrière. Elle lance un regard dans ma direction et elle hésite avant de carrer les épaules et de détourner la tête.

Je salue les employés puis lui emboîte le pas en silence. Si Sully pense que c'est bizarre qu'elle n'ait même pas pris la peine de me saluer, il n'émet pas le moindre commentaire.

Ce qui vaut mieux.

Ce n'est pas comme si j'allais lui expliquer à quel point notre passé est compliqué.

Ou à qui que ce soit d'autre, d'ailleurs.

Alors que je franchis la porte en métal pour sortir dans l'air glacial de la nuit, mon regard parcourt le parking quasiment désert. Fallyn m'attend près de ma Mustang GTO, les bras énergiquement croisés sur sa poitrine. Au lieu de déverrouiller le véhicule à distance, je file vers elle. Je ne la quitte pas du regard alors que je frôle son corps puis ouvre la portière.

Elle lève le menton et soutient mon regard sous la lumière de la lune qui s'abat sur nous. C'est comme si on était engagés dans un rapport de force silencieux.

— J'aurais pu l'ouvrir toute seule.

— J'avais envie de le faire pour toi, murmuré-je.

Elle pince les lèvres avant de se glisser prudemment à l'intérieur de la voiture. Quand elle n'enclenche pas immédiatement sa ceinture de sécurité, je me penche et tire sur la sangle que j'étire lentement sur sa poitrine. Ses pupilles se dilatent alors que ses muscles se raidissent à mon contact. Nous sommes si proches que je peux sentir la chaleur de son souffle caresser mes lèvres. Je ne peux m'empêcher de scruter son visage dans l'obscurité, y cherchant le moindre radoucissement.

Je suis tenté de refermer la distance entre nous et de conquérir sa bouche.

Au lieu de faire ce que me crient tous mes instincts, j'enclenche sa ceinture et me redresse maladroitement.

Ma main plaquée contre le côté de la voiture, je baisse les yeux vers sa tête sombre. Cette fois, elle garde les yeux braqués sur le pare-brise. Ses mains reposent sur ses jambes. La façon dont ses ongles s'enfoncent dans ses cuisses à travers son jean est le seul signe qu'elle est aussi troublée que moi par notre proximité.

Prudemment, je referme la portière avant de prendre une inspiration frissonnante et de faire le tour de la voiture de sport. Après m'être glissé à ses côtés, je démarre et ressors du parking. Le trajet jusqu'à son appartement se déroule dans un silence suffocant. Pendant tout le voyage, je me creuse les méninges pour trouver quelque chose à dire, mais mon cerveau reste désespérément vide.

À mi-parcours, je réalise qu'être aussi proche de Fallyn me met les nerfs à vif. Ça ne m'est encore jamais arrivé. Aucune fille ne m'a jamais rendu aussi nerveux.

Même avec toute la beauté et la popularité du monde.

Elles ne m'ont jamais dérangé parce qu'aucune d'elles ne comptait.

Mais Fallyn est différente.

Elle l'a toujours été.

Quand je pénètre sur le parking de son bâtiment, je me rends compte que j'ai besoin de dire quelque chose. À la seconde où je couperai le moteur, elle filera hors de la voiture comme si elle avait le feu aux fesses.

— Quand veux-tu qu'on se retrouve pour ta première leçon de conduite ?

Ses muscles sont tendus.

— Je dois étudier pour un contrôle important demain et dimanche. Alors peut-être mardi après-midi ?

Dès que les mots quittent mes lèvres, elle secoue immédiatement la tête.

— Ça ne fonctionne pas. J'ai déjà prévu quelque chose, marmonne-t-elle.

L'anticipation explose en moi avant de courir sur ma peau, faisant naître de la chair de poule dans son sillage.

Je sais *exactement* ce qu'elle a prévu de faire.

Et j'ai hâte.

— Ah oui ? Un rendez-vous torride ? demandé-je d'un ton volontairement détaché.

Elle plisse le front.

— Non. Je dois juste... faire quelque chose.

Je ressens un pincement de culpabilité. Si j'étais un homme meilleur, je lui offrirais l'argent sans contrepartie. Mais je réalise aussi qu'elle ne l'acceptera jamais venant de ma part.

— Alors pourquoi pas mercredi ?

Elle se tourne juste assez pour scruter mon regard. Elle s'y plonge à travers l'obscurité qui nous entoure et je retiens ma respiration. Enfin, elle hoche sèchement la tête.

Une seconde après, elle est partie. Elle a disparu dans l'air glacial avant de courir vers l'entrée de son immeuble. Sa longue queue-de-cheval sombre bat l'air derrière elle comme un étendard.

Ce n'est que lorsqu'elle se glisse dans la sécurité du vestibule que je redémarre pour rentrer. Je ne pense pas être en mesure de fermer l'œil avant d'avoir pu poser les mains sur elle.

CHAPITRE 15

allyn

Je pousse un soupir frémissant alors que je me contemple dans le miroir, parcourant mon reflet d'un regard critique. Ma coiffure est parfaite. J'ai laissé mes longues mèches lâchées sur les épaules avant d'ajouter quelques boucles souples avec mon fer. Puis j'ai juste appliqué un peu de fard à paupières, d'eye-liner sombre et de baume à lèvres rose. Ma main n'a cessé de trembler. J'ai l'impression que ma nervosité me dévore. Plus tôt cet après-midi, j'ai passé deux heures dans la salle de bains.

Tout a été épilé.

Tout.

Je n'avais encore jamais fait ça.

Mais ce type va déverser une grosse somme d'argent et je devrais avoir une surface de travail propre. Je veux dire… je pense que c'est important. Cela dit, qu'est-ce que j'en sais ? J'ai été tentée d'envoyer un texto à Chloé pour lui poser la question.

Si j'y avais pensé plus tôt, j'aurais pu prendre rendez-vous pour tout faire épiler à la cire, mais le temps que j'y pense, il était trop tard. La dernière chose que je veux est d'être toute rouge et boursouflée après m'être fait arracher les follicules pileux.

Non, merci.

Je suis déjà suffisamment embarrassée comme ça. Il n'y a pas de raison de rendre la situation plus gênante qu'elle ne l'est déjà.

J'ai mis une éternité à sélectionner une tenue, ce qui est ridicule, vu que je ne pense pas passer beaucoup de temps dedans. Je ne pense pas non plus qu'il se préoccupera de mes choix vestimentaires. Ce n'est pas comme si on allait sortir ensemble.

Mais quand même…

J'ai envie de me présenter sous mon meilleur jour. Ça me donnera le petit plus d'assurance dont j'ai besoin pour traverser cette épreuve.

Je fais courir mes yeux sur le pull en cachemire rose et la jupe en velours côtelé brun qui s'arrête à mi-cuisse. Je porte des bottes en daim marron qui sont souples et s'étirent sur mes mollets. En dessous se trouvent un soutien-gorge en dentelle rose et une culotte assortie que j'ai achetés l'année dernière en faisant du shopping avec Viola dans une petite boutique chère, quand l'argent n'était pas un problème.

Mes oreilles sont décorées par de petites boucles en diamants qui sont à peine visibles à travers mon épaisse chevelure. Je n'ai jamais été du genre à porter beaucoup de bijoux, mais celles-ci sont importantes pour moi.

J'aimerais que ce ne soit pas le cas.

Wolf me les a offertes pour mes quinze ans. Je les porte toujours pour des occasions spéciales. Et d'une façon étrange, ça l'est.

Je m'apprête à perdre ma virginité.

Dès que cette pensée tourbillonne dans mon esprit, une anxiété soudaine me contracte le ventre. Ma paume se pose sur mon bas-ventre alors que j'inspire à nouveau, espérant apaiser tout ce qui se déchaîne dangereusement à l'intérieur.

Mais ça ne sert à rien.

Je suis une boule de nerfs. La seule chose qui me permet de traverser ce moment est que lorsque ça sera terminé, une grosse portion de mes frais de scolarité sera couverte. Je n'aurai plus à avoir peur de quitter la fac.

Ou de retourner à la maison.

Et au fond, c'est tout ce qui compte.

Avec un dernier regard dans le miroir, je prends mon petit sac noir posé sur ma commode et me dirige vers la porte. En traversant le salon-salle à manger, j'aperçois Viola dans la cuisine. Il a beau être seize heures, elle a un grand bol de céréales dont elle s'apprête à enfourner une cuillerée dans sa bouche.

Elle écarquille les yeux quand elle me voit et elle laisse retomber les ustensiles dans le bol.

— Ouah ! Tu es magnifique ! Où vas-tu ? Un rendez-vous torride ?

Merde !

Pourquoi n'ai-je pas pris la peine de concocter une excuse ?

— Euh, oui, improvisé-je en me sentant coupable de mentir. Je vais prendre un café avec quelqu'un.

— Je le connais ?

Désarçonnée par la question, je cligne des paupières

— Hein ?

— C'est qui ? Je le connais ? Où vous êtes-vous rencontrés ?

C'est le problème avec les mensonges. Si je n'y prends pas garde, ça a le potentiel d'échapper à mon contrôle.

— Oh…

Je me creuse les méninges et me raccroche au premier nom qui me vient à l'esprit.

— Anthony.

— Anthony ? Tu n'es pas sorti avec un mec qui s'appelait comme ça l'année dernière ?

— Oui, dis-je lentement, surprise qu'elle se souvienne de ce fiasco.

L'expression de son visage me dit que les roues tournent dans son cerveau.

— J'ai pensé que tu n'allais plus le revoir, dit-elle en fronçant les sourcils.

Viola et moi avons toujours été protectrices l'une envers l'autre. Quand Madden lui a fait du mal en terminale, j'ai menacé de lui botter le cul. D'accord, j'aurais eu besoin qu'on m'accompagne pour y aller, mais ça ne change pas le fait que j'aurais pu le faire. Puis quand il s'est présenté à notre porte il y a un mois, demandant à voir Vi, j'ai failli lui arracher la tête.

Ma cousine se comporte pareil avec moi.

Chose que j'apprécie profondément.

Après le rendez-vous en question, j'étais rentrée pour pleurer sur son épaule, embarrassée par ma réaction, regrettant d'être aussi susceptible au sujet de ma cicatrice.

— Tu as raison, à l'époque, j'étais mal à l'aise. Mais j'ai décidé de lui donner une seconde chance. C'est vraiment un chic type.

C'est le seul soupçon de vérité dans cette montagne de mensonges. Anthony *est* un chic type, mais je ne peux pas passer outre sa réaction. Y penser me fait toujours grimacer. C'est pour ça que je déteste le croiser sur le campus.

Elle m'étudie avec précaution avant de hocher la tête.

— Je trouve que c'est super que tu lui donnes une autre chance.

La voir accepter la situation ôte un poids de ma poitrine et je respire plus facilement.

— Oui.

— Vous vous retrouvez au Roasted Bean ?

— Non. On a décidé d'aller dans un coffee shop du centre-ville.

Elle fronce les sourcils.

— Comment vas-tu t'y rendre ?

Je me rapproche lentement de la porte, ayant simplement envie d'effectuer une retraite rapide.

— Je pensais y aller à pied.

Les céréales oubliées, elle récupère les clés qui se trouvent sur le comptoir qui sépare la cuisine de la pièce à vivre.

— Allez, je vais te conduire.

Je secoue violemment la tête.

— Non, ce n'est pas la peine. Ça ne me dérange pas de marcher. L'air froid va m'aider à m'éclaircir les idées.

— Ne sois pas bête, dit-elle avec un petit rire. Je vais te conduire et s'il ne te raccompagne pas, envoie-moi un texto et je viendrai te chercher. Ce n'est pas comme si j'avais prévu de faire autre chose que d'étudier comme une folle. Le semestre vient à peine de commencer et il y a déjà une tonne de contrôles, ajoute-t-elle avec un grognement.

— Ça t'apprendra à vouloir devenir ingénieure, la taquiné-je gentiment.

— Je ne te le fais pas dire. Je ne sais pas ce qui m'a pris.

— Tu es un génie en maths et en sciences et tu as voulu utiliser ton cerveau surdéveloppé pour le bien et non le mal.

Elle m'adresse un sourire gentil.

— Et moi qui pensais que j'étais juste sadique.

— C'est vrai aussi.

On enfile nos vestes avant de quitter l'appartement. Moins de dix minutes plus tard, elle s'arrête devant un café luxueux sur l'avenue principale de la ville. La rue est parsemée de restaurants, de boutiques spécialisées et de cafés.

Elle regarde la jolie devanture depuis le siège conducteur.

— C'est celui-là ?

Je hoche la tête avant de lui couler un dernier regard. Je n'aimerais vraiment pas qu'elle voie l'anxiété dans mes yeux et me propose de m'accompagner.

— Oui. Encore merci. J'apprécie vraiment.

— Encore une fois, ce n'est pas un problème. Et je suis sérieuse : appelle-moi ou envoie un texto si tu veux que je vienne te récupérer.

— Bien sûr.

Mes doigts s'enroulent autour de la poignée. J'ouvre et je me glisse hors du véhicule.

— Amuse-toi bien, dit-elle plus fort avant que je ne claque la portière.

Euh, ce n'est pas ce que j'envisage.

Pas du tout.

Mon plan est de gérer ce rendez-vous comme mon premier service à *Slap Shotz*...

Je vais plaquer un grand sourire sur mon visage et me débrouiller comme je le pourrai.

Avec un dernier salut, je pénètre à l'intérieur et regarde la jeep blanche de Viola s'éloigner du trottoir pour se fondre dans la circulation. Alors seulement, je me glisse hors du café et je me précipite sur le trottoir. J'ai choisi ce café parce que je savais pertinemment qu'il n'était qu'à deux pâtés de maisons de l'hôtel.

Moins de cinq minutes plus tard, je me tiens devant la structure en pierre tentaculaire. L'endroit est somptueux. À Noël, il est décoré par une maison en pain d'épice grandeur nature dans le lobby.

C'est *ce* genre d'endroits chics.

J'inspire à nouveau profondément avant de me forcer à franchir les portes en verre pour aller à l'accueil. Les talons de mes bottes résonnent sur l'océan de marbre brillant. À chaque pas, ma nervosité se décuple comme si mon corps tout entier était un fil électrique qui vibre à l'unisson. Si ça continue, je vais probablement finir par avoir une crise cardiaque. Alors, je n'aurai plus à m'inquiéter de vendre ma virginité à un vieil homme.

Je serai morte.

Élégamment vêtue, la femme qui se tient derrière le comptoir rutilant me regarde et son sourire s'élargit.

— Bienvenue à l'hôtel Wiltshire. Souhaitez-vous vous enregistrer ?

Je tousse pour éclaircir ma gorge sèche. J'ai l'impression de n'avoir pas avalé la moindre goutte depuis plusieurs jours. Peut-être des semaines. Je donnerais n'importe quoi pour avoir un verre d'eau fraîche.

— Bonjour. Je…

Ma voix meurt quand je me rends compte que je suis censée utiliser un pseudonyme. La chaleur s'empare de mes joues alors que je marmonne :

— Euh, mon nom est Abby Mitchel.

Elle pianote encore sur quelques touches de l'ordinateur.

— Ah, oui. Voilà, mademoiselle Mitchel. Votre suite est prête et elle vous attend.

Elle fait glisser vers moi un petit dossier rectangulaire.

— La carte est à l'intérieur, avec le mot de passe pour Internet. Le restaurant ouvre à six heures du matin pour le petit déjeuner.

Elle sourit plus fort.

— Je vous en prie, contactez-nous si nous pouvons faire quoi que ce soit d'autre pour rendre votre séjour plus agréable.

Je ne prends pas la peine de lui dire que demain matin, je serai partie depuis longtemps.

— Merci.

Ce n'est que lorsque je tends le bras pour prendre les papiers que je me rends compte que ma main tremble.

Si la femme de l'autre côté du comptoir s'en rend compte, elle ne dit rien, ce dont je lui suis reconnaissante. Au lieu de cela, elle désigne le vestibule.

— L'ascenseur se trouve de l'autre côté de l'espace commun et votre chambre est au quatrième étage. Passez un bon séjour !

— Merci encore.

Serrant fort le dossier dans ma main, je traverse le vestibule d'un pas raide vers la série d'ascenseurs recouverts de miroirs. Aucun des exercices de respiration que j'ai appris en thérapie ne m'aide à calmer ma nervosité. C'est comme si elle me rongeait de l'intérieur.

Je jette un regard nostalgique à l'entrée. Je suis tentée de partir en courant pour m'enfuir d'ici. Avant que je puisse prendre la décision de fuir, l'ascenseur bipe pour annoncer son arrivée et je me force à pénétrer dans la cabine spacieuse. Je me tords les mains alors que la cabine monte jusqu'au quatrième étage. J'ai à peine le temps d'inspirer profondément que les portes se rouvrent. Même si mon cerveau me force à entrer en mouvement, mes pieds restent paralysés.

Vais-je réellement le faire ?

Au fil des secondes, mes opportunités de m'enfuir se réduisent à néant.

Alors que les portes de métal sont prêtes à se refermer, une main masculine passe à l'intérieur et elles se rouvrent. Je suis brutalement ramenée au présent quand l'homme fait un pas dans la cabine.

Nos regards se croisent et il hésite.

Il porte un costume gris cossu qui lui va à la perfection et souligne la largeur de ses épaules ainsi que la finesse du corps musclé qu'il habille. Ses joues sont mangées par les poils de barbe, comme s'il ne s'était pas rasé depuis un jour ou deux. Ses yeux bleus sont de la même teinte que les miens.

Retenant toujours la porte avec la main, il fait un pas de côté et sourit.

— C'est votre étage ?

— Oui, bafouillé-je.

La chaleur me lèche les joues tandis qu'on se contemple encore pendant une seconde ou deux avant que je décampe de l'ascenseur, frôlant son corps plus grand que le mien. C'est un soulagement quand les portes métalliques se referment et que l'ascenseur descend vers le lobby. J'ai parcouru la moitié du couloir quand je me rends brutalement compte que le mec qui vient d'entrer dans l'ascenseur est peut-être celui que je vais retrouver.

Machinalement, ma main vient frotter la cicatrice.

Je dirais qu'il avait l'air d'avoir trente-cinq ans.

C'est entièrement probable qu'il ait voulu jeter un œil à son achat.

Un frisson me parcourt alors que je force mes pieds à se remettre en mouvement. Le couloir est large et long. De mini-lustres pendent du plafond à caissons. Peintes en noir brillant, toutes les portes ressortent sur les murs ivoire avec un contraste saisissant.

Je jette un œil au numéro griffonné sur le dossier et me rends compte que c'est la porte suivante. Mes pieds ralentissent graduellement une fois que j'atteins le bois épais. La nervosité court sur ma chair avant de se rassembler dans mon ventre comme du liquide. Je suis à deux doigts de vomir.

Mon bras tremble alors que je plaque la clé en plastique contre la serrure. Il y a un bourdonnement et la lumière devient verte. Je saisis fort la poignée, la tourne avec précaution et jette un œil à l'intérieur. Ma respiration reste coincée à l'intérieur de ma gorge tandis que je fais deux pas hésitants à l'intérieur du couloir. Je tends l'oreille pour détecter le moindre son, mais il n'y a rien.

Le lieu semble vide.

Si je m'attendais à une chambre d'hôtel simple, ce n'est pas ce que je découvre. Mon regard parcourt l'espace, absorbant le moindre détail. Ça ressemble à un appartement élégamment décoré. C'est le genre d'endroit où l'on restait, il y a des années. Mes parents réservaient toujours des suites de trois chambres quand on voyageait. À l'époque, je ne réalisais pas l'étendue de leur luxe ni la chance que j'avais.

Il y a une entrée minuscule avec une crédence antique et un récipient en cristal étincelant. Un miroir au cadre plaqué or est accroché au-dessus. Je me force à pénétrer davantage dans la suite. À gauche, il y a un coin cuisine compact et un vaste coin salon avec une cheminée au joli manteau peint d'un blanc antique qui occupe une bonne partie du mur opposé.

Même si mon attention est attirée par les fenêtres de plain-pied qui donnent sur le centre-ville, je me prends à graviter vers la pièce adjacente située de l'autre côté de la cheminée. Je jette un œil dans la chambre à coucher. Un grand lit domine l'espace, alors que deux fauteuils flanquent une table d'époque faisant face à une baie vitrée surdimensionnée.

Je marque un temps d'arrêt sur le seuil, craignant de pénétrer dans l'espace somptueux. Je mets un moment avant de me rendre compte qu'un morceau de papier est positionné au milieu du lit. Curieuse de voir ce qu'il dit, je me rapproche suffisamment pour prendre le mot et le lire.

Retire tous tes vêtements et enfile le peignoir. Quand tu seras prête, envoie un texto au numéro ci-dessous puis place le bandeau sur tes yeux et allonge-toi sur le lit.

Des instructions.

Je les parcours une seconde puis une troisième fois. Alors seulement, mon regard se pose sur le peignoir blanc moelleux qui est plié près du mot.

L'air s'échappe de mes poumons.

Allez... Je peux le faire.

Je me pose sur le lit et retire mes bottes en daim que je pose près du fauteuil capitonné près de la fenêtre. C'est ensuite le tour des chaussettes montantes puis je défais mon caban rose et le dépose délicatement sur le dossier du fauteuil.

Retournant au lit, je prends le peignoir au passage sur le chemin de la salle de bains privée. Elle est tout en marbre gris veiné avec une immense baignoire et une douche en cascade géante. Comme dans la pièce à vivre, il y a des baies vitrées qui offrent une vue spectaculaire sur le centre-ville. Si je n'étais pas une telle boule de nerfs, je serais probablement en mesure d'apprécier.

Je me détourne de la fenêtre avant de croiser mon reflet dans le miroir. Contrairement à la fois où je me suis regardée il y a à peine quelques minutes, mes joues sont exsangues, faisant ressortir par contraste le bleu de mes yeux et le rose de mon rouge à lèvres.

Mes doigts tremblent alors que je saisis l'ourlet de mon pull en cachemire et le passe lentement sur mon corps et au-dessus de ma tête. Je le plie proprement sur le comptoir en marbre avant d'ouvrir le bouton et de descendre la fermeture éclair de ma jupe. Elle se retrouve au-dessus du pull. Puis je ne porte plus rien d'autre qu'un ensemble culotte soutien-gorge assorti. Je prends une autre inspiration tremblante et invoque tout mon courage avant de défaire le fermoir à l'arrière du soutien-gorge. Les sangles s'ouvrent brusquement et les bretelles glissent le long de mes bras, dénudant mes seins à l'air frais de la chambre. Mon regard se pose à contrecœur sur la cicatrice irrégulière qui barre ma poitrine.

Je déteste cette satanée cicatrice.

Sans pouvoir m'en empêcher, mes doigts parcourent les contours de la peau plissée.

La blessure représente deux parties distinctes de ma vie. Les premiers quinze ans idylliques, remplis de rires et d'amour. Puis les années qui ont suivi l'accident. Le nuage noir qui s'est abattu sur notre famille et continue de planer sur nous est comme un spectre rempli d'amertume et de souffrance.

La fille heureuse que j'étais en grandissant n'aurait jamais imaginé coucher avec un inconnu pour de l'argent. Ces pensées m'entraînent sur une pente trop glissante et je repousse l'obscurité avant qu'elle ne puisse m'engloutir entièrement.

J'ai juste besoin de surmonter cette épreuve.

Alors que j'observe mon reflet presque nu, je me rends compte que toute l'énergie que j'ai dépensée à sélectionner une tenue a été une véritable perte de temps. Ce mec me verra seulement en peignoir blanc.

C'est tout ce qui l'intéresse.

Entrer dans le vif du sujet.

Cette pensée fait se réveiller une horde de papillons au fond de mon ventre.

Je fourre les doigts sous la fine bande élastique de ma culotte avant de faire redescendre le tissu le long de mes hanches et de mes cuisses. Je ne veux pas me donner davantage de temps pour réfléchir. J'ai peur de la direction que prendraient mes pensées si je m'y autorisais.

Avec un autre soupir profond qui ne fait rien pour calmer mes nerfs, je déplie le peignoir et l'enroule autour de mon corps d'un geste protecteur. Je sais parfaitement que je me réfugie dans un faux sentiment de sécurité. Je ne sais pas ce qui se produira quand l'homme qui a acheté ma virginité franchira cette porte. La seule chose qui est certaine est que je ne vais pas apprécier. Je ne ressentirai pas de plaisir. Je le supporterai comme j'ai supporté ces cinq dernières années, puis je passerai à autre chose.

Avec trente mille dollars de plus sur mon compte.

Le peignoir fermement serré autour de ma taille, je retourne dans la chambre et m'empare du masque noir, frottant le tissu satiné entre mes doigts. Puis je sors le téléphone de mon sac et envoie un texto au numéro noté sur le petit mot.

Dès que j'appuie sur le bouton envoi, les muscles de mon ventre se contractent, devenant douloureux. Je laisse retomber le téléphone dans mon sac et m'installe au milieu du lit, la ceinture du peignoir bien serrée autour de ma taille avant de glisser le masque sur mes yeux et de m'allonger sur les oreillers. Ma vision obscurcie, je ne respire plus qu'à petits halètements alors que ma nervosité court sur ma peau.

Des tremblements secouent mon corps rigide et mes oreilles demeurent à l'affût du moindre bruit. J'ai l'impression que des heures s'écoulent lentement avant que la porte de l'entrée ne s'ouvre puis se referme, le verrou se remettant en place. Le son résonne à travers le silence qui pèse sur moi. Chaque pas qui le rapproche m'évoque celui, pesant, d'un géant.

Mes doigts se contorsionnent.

S'ouvrent et se referment.

Lissent doucement le tissu.

Je me glace quand il s'arrête sur le seuil.

Que voit-il lorsqu'il me regarde ?

Une vierge sacrifiée vêtue de blanc ?

Parce que c'est exactement ce que j'ai l'impression d'être.

Mon cœur bat douloureusement dans ma poitrine. Je crois qu'il va exploser dans quelques secondes.

Je continue de tendre l'oreille, à l'affût du moindre son.

Du moindre mouvement.

D'une parole ou d'un salut.

De quelque chose qui m'assurera que j'ai pris la bonne décision.

Je repense soudain à l'homme dans l'ascenseur.

Le reconnaîtrais-je au son de sa voix ?

J'essaye de m'en souvenir, mais j'en suis incapable. Je suis si perdue dans mes pensées que je sursaute quand le matelas se creuse sous son poids lorsqu'il s'installe à côté de moi. Mes lèvres s'entrouvrent alors que j'aspire l'air dans mes poumons avant de le relâcher en petites rafales.

Quand il se rapproche, l'air s'agite autour de nous puis je sens la délicate caresse de son doigt sur ma lèvre inférieure. Il effectue un lent va-et-vient. Sans un mot, il parcourt la courbe de ma joue jusqu'à mon menton avant de glisser plus bas, le long de la colonne de mon cou jusqu'à ma clavicule. Puis il remonte.

Alors que je commençais à m'habituer à son contact, ses doigts disparaissent. Leur tendresse me manque presque.

Cette réalisation est bouleversante.

C'est le premier signe que ça pourrait être plus que ce à quoi je m'attendais.

Une seconde plus tard, ses mains se glissent dans les manches larges du peignoir et remontent jusqu'à mon coude. Il caresse de haut en bas, massant doucement les muscles au passage.

Il se contorsionne, se penchant sur moi, me permettant de me faire une idée de sa carrure plus grande que la mienne. Son eau de Cologne boisée envahit mes sens, taquinant mes narines. Il y a quelque chose d'étrangement réconfortant dans cette odeur. La chaleur de son corps se communique au mien alors qu'il m'emprisonne avec sa force. C'est une étrange sensation que d'avoir les yeux bandés et de m'appuyer sur tous mes autres sens afin de reconstituer une image mentale de cette personne.

Le toucher.

Le parfum.

Dans l'obscurité qui m'entoure, ils sont exacerbés.

Je me concentre sur ses mains qui continuent de masser mes muscles, tentant de relâcher la tension qui les remplit. Elles sont grandes et fortes. Une fois que mes bras sont détendus, il change de position et ses mains se posent sur mes chevilles avant de remonter graduellement jusqu'à mes genoux. Il retrousse le tissu épais jusque sur mes cuisses.

L'air reste coincé au fond de ma gorge, ce qui est ridicule. S'il avait fait le moindre geste pour me débarrasser de mon peignoir, je le lui aurais autorisé en silence.

Il a payé généreusement pour avoir cet honneur.

Mais ce n'est pas ce qui se produit.

Au lieu de cela, ses mains se glissent sous ma jambe, la relevant jusqu'à ce que le dessous de mon pied repose à plat sur le couvre-lit. Puis il s'attaque aux muscles serrés de mon mollet d'un geste insistant. C'est lentement qu'il remonte vers mon genou. Ce n'est que lorsque mes muscles se sont détendus qu'il s'aventure plus haut sur ma cuisse. Quand il a massé une jambe en profondeur, il se décale sur le lit et donne la même attention à l'autre. Mon esprit se perd alors que je m'enfonce dans un plaisir inespéré. J'en oublie presque pourquoi je suis ici.

Derrière un bandeau.

Touchée par un inconnu.

Quand il a terminé, mes muscles sont délicieusement malléables. Personne ne m'a jamais touchée de la sorte.

Le bout de ses doigts se déplace de ma cuisse à ma cheville avant qu'il ne change de position vers le haut de mon corps. Il n'en faut pas plus pour que mon anxiété me reprenne de plein fouet. Mes doigts s'enfoncent dans le couvre-lit moelleux, serrant le tissu pour me forcer à garder le silence.

Son pouce se pose sur ma lèvre inférieure avant d'en frôler la chair pulpeuse. L'air s'échappe douloureusement de mes poumons alors qu'il caresse d'avant en arrière. Quand le bout de son doigt se glisse dans ma bouche, je sors la langue, la léchant, goûtant sa peau salée. Il laisse échapper un sifflement tout en se retirant brusquement.

Ma respiration se fait saccadée et mon cœur bat follement dans ma poitrine. Même si son doigt n'est plus là, ma langue sort humecter mes lèvres, voulant en goûter davantage.

C'est presque une surprise quand ses mains viennent se poser sur la ceinture serrée autour de ma taille. Pendant une seconde ou deux, il ne bouge pas. On reste en suspens pendant ce qui me paraît être des heures. Ma nervosité s'accroît et se prolonge jusqu'à ce que j'aie envie de pousser un cri, jusqu'à ce que je sois tentée d'écarter ses mains et d'arracher le peignoir moi-même pour qu'on puisse passer à autre chose. Le suspense va me tuer.

C'est presque un soulagement quand il défait enfin le nœud. Je ne réalise pas que mes mains se sont posées sur les siennes, plus grandes, avant de ressentir la chaleur de sa chair qui s'infiltre dans mes os. Ma respiration s'interrompt alors que j'attends de voir ce qu'il va faire. Comme par réflexe, mes doigts se resserrent autour des siens. Même si j'ai un bandeau sur les yeux et que je ne peux pas voir ce qui m'entoure, je peux quasiment sentir la chaleur de son regard qui lèche la portion inférieure de mon visage.

L'étudiant avec attention.

Une étrange déception me remplit quand il les lâche. La chaleur de ses paumes se pose sur mes doigts. Il referme une de ses grandes mains sur la mienne qu'il retire délicatement de ma taille pour la placer à côté de moi. Il fait pareil avec l'autre.

Ma respiration s'accélère, perdant en régularité. J'ai l'impression que mes bras pèsent une tonne et je serais incapable de les soulever même si j'essayais de le faire. Je ne comprends pas comment ils peuvent peser aussi lourd.

Alors seulement, sa main se pose sur le nœud avant de défaire lentement la ceinture en tirant sur les extrémités. Ses doigts se posent sur les ourlets en bas de ma cage thoracique. Je n'ai jamais été aussi hyperconsciente du contact de quelqu'un, comme je le fais présentement avec cet homme inconnu. Sans déranger le peignoir, sa main se glisse sous l'épais tissu. La chaleur de ses paumes brûle ma peau dénudée.

Il n'en faut pas plus pour que mon monde se rétrécisse, n'englobant plus que nous. Pendant un long moment, ses mains restent immobiles, leur pression insistante. Quelques secondes, peut-être même plusieurs minutes s'écoulent, et je me prends à m'agiter sous ses caresses, l'encourageant sans un mot à se mettre en mouvement.

À explorer ?

Je ne sais pas.

Je suis déconcertée.

Je ne m'étais pas attendue à ressentir le moindre plaisir.

C'est comme s'il avait compris ma supplique silencieuse ou qu'il attendait d'avoir le feu vert pour continuer. À présent qu'il l'a reçu, la chaleur de ses paumes remonte jusqu'à ce que ses pouces viennent frôler le renflement arrondi de mes seins. Une vague d'anticipation me coupe le souffle. Au lieu de remonter pour empoigner leur douceur, ils descendent le long de ma cage thoracique et de mon ventre jusqu'à atteindre les os de mes hanches.

Mes dents raclent ma lèvre inférieure et je me demande s'il va s'enfoncer dans cet endroit à présent si sensible qu'il palpite. Mais non, il fait tout le contraire. Comme plus tôt, il masse les muscles rigidement crispés, les détendant, les rendant si malléables que j'ai l'impression de pouvoir me fondre dans le matelas.

Ce n'est que lorsque l'air froid de la chambre caresse mes mamelons, les faisant se durcir et se contracter, que je me rends compte que les pans de mon peignoir se sont écartés.

Tout en moi s'immobilise quand mon souffle se fait court.

Il lève une main vers mes seins afin de toucher leur douceur avec ses paumes. Il les malaxe en tandem avant d'en saisir doucement les pointes durcies. Un gémissement de désir m'échappe alors que mon dos se cambre sur le matelas et que ma bouche s'entrouvre.

J'ai beau détester de l'entendre, des sensations délicieuses ricochent à travers mon être avant de s'installer dans mon bas-ventre où elles se rassemblent comme du miel chaud. Je ne peux pas dénier que ses caresses sont agréables. Il s'est montré absolument doux depuis le début.

Quand il est entré, l'image de l'homme de l'ascenseur était fermement implantée dans ma tête. C'était tellement plus facile de visualiser cette personne qui me touche si intimement au lieu d'un inconnu sans visage ! Ce qui me perturbe est que cette silhouette a pris les traits d'une autre personne.

Un autre homme.

Un homme aux cheveux sombres courts et aux yeux verts qui me percent jusqu'au cœur. J'imagine que ses mains sont tout aussi fortes et capables de ce genre de tendresse.

Du moins, elles l'étaient autrefois.

Cette pensée est délogée de mon esprit quand ses doigts glissent sur la cicatrice irrégulière qui barre la vallée entre mes seins. Je ne sais pas comment j'ai oublié son existence. Pour la première fois de ma vie, je ne songeais pas à la mortification qui me ronge à la pensée que quelqu'un puisse la voir. À part les médecins, mes parents et Viola, personne n'a jamais vu cette horreur qui m'enlaidit : les fronces et les stries d'une chair douloureusement recousue avant de cicatriser sous la forme d'une ligne irrégulière de quinze centimètres de long.

Fut un temps, j'aimais porter des bikinis, mais c'était il y a des années. Maintenant, quand j'achète un maillot de bain, je prends garde à en choisir un qui dissimule le plus possible mon décolleté. Je ne veux pas que les gens la regardent ou posent des questions avec une fascination morbide, souhaitant que je leur fasse un récit de l'accident.

Ce n'est pas un jour que j'ai envie de revivre mentalement.

C'était suffisamment difficile la première fois.

— J'ai une cicatrice, lancé-je d'une voix éraillée.

L'imaginer en train de me scruter suffit à me faire lever les bras afin de dissimuler à son regard mon ancienne blessure. Avant que je puisse le faire, ses mains viennent s'enrouler autour de mes poignées, freinant mes mouvements. L'un comme l'autre, nous n'émettons pas le moindre son alors qu'il replace doucement mes bras contre mes côtes.

Il me serre doucement avant de les relâcher. Puis son doigt se pose au sommet de la ligne avant de descendre, traçant les contours de toutes les sutures qui retiennent ma chair ensemble. Il y en a eu cinquante en tout à cause de la profondeur de la blessure.

Souhaitant seulement déloger sa main, je change de position et parviens à dire :

— Je vous en prie, non.

Ses doigts s'immobilisent sur l'ancienne blessure. Changeant de position, il redescend vers le haut de mon torse jusqu'à me laisser sentir la chaleur de son souffle frôler cette zone. Je halète déjà. Je suis à deux doigts d'hyperventiler alors que ma poitrine monte puis redescend à un rythme accéléré.

Tout en moi s'immobilise quand il plaque ses lèvres sur la chair dévastée. Sa langue vient lécher la peau, n'oubliant pas le moindre millimètre. Il continue de m'embrasser et de lécher l'imperfection alors que ses mains jouent avec mes seins, taquinant les mamelons. Leurs pointes ne mettent guère de temps à se durcir, appelant son attention. Il caresse leur douceur avec la paume alors que je me contorsionne sous lui, cherchant à prolonger ses tendres caresses.

Quand il se retire enfin, je déplore cette perte. Sa main glisse sur mes seins puis le long de ma cage thoracique avant de s'arrêter sur mes hanches. Je serre fort les cuisses, me rendant à peine compte que le peignoir est complètement ouvert.

Il l'est depuis un moment et je n'avais pas remarqué.

Ses doigts me frôlent, glissant jusqu'à l'intérieur de mes cuisses qu'il écarte prudemment. Je suis tentée de me débattre, mais cet homme s'est montré très doux et généreux. Je me force à me détendre alors qu'il les écarte encore davantage. Avec une exhalation tremblante, je les laisse s'ouvrir. Pendant un long moment douloureux, rien ne bouge. Je tends l'oreille pour capter le moindre son, sans succès.

Il n'y a que l'âpreté de son propre souffle laborieux.

Il colle presque au rythme du mien, ce qui me semble étrange.

Une main remonte depuis l'intérieur de ma cuisse et tout en moi s'immobilise, attendant qu'il me touche enfin. C'est presque une surprise quand le revers de ses doigts frôle le sommet de mon pubis. L'électricité explose dans mon intimité et je ne peux pas m'empêcher de m'agiter impatiemment sous lui.

Suis-je en train d'essayer de l'esquiver ?

Ou bien de me rapprocher ?

Je ne sais pas.

Il y a tant de pensées conflictuelles qui s'entrechoquent dans mon esprit embrouillé.

Quand il réitère le mouvement, un gémissement m'échappe et je me rends compte que j'ai écarté les jambes, désireuse que son contact réconfortant se prolonge. J'ai beau être aveugle au monde qui m'entoure, je sens la chaleur de son regard incendier ma peau nue.

Personne n'a jamais regardé mon corps d'une façon si intense.

Même pas moi.

Ses mains glissent sur l'intérieur de mes cuisses. Elles ne sont pas douces ou chouchoutées, mais couvertes de callosités. Quand il les presse, le bout de ses doigts s'enfonce dans ma chair. Malgré moi, je me demande s'il va laisser des bleus. Avec douceur, il les écarte davantage jusqu'à ce que l'air frais de la pièce caresse mon sexe nu. Je ne me suis jamais sentie aussi exposée de toute ma vie.

Affichée.

Il y a quelque chose dans le fait d'avoir un bandeau qui me couvre partiellement le visage qui me retient d'être dévorée vivante par l'embarras.

Je suis incapable de le voir.

Je ne sais pas qui est cet homme qui me touche.

Cela me permet de me sentir détachée de cette situation qui se déroule d'une façon inattendue, mais qui est entièrement la bienvenue.

Je laisse échapper un halètement lorsqu'un de ses doigts épais quitte mon clitoris pour descendre en bas de ma fente avant de remonter. Il réitère le parcours jusqu'à ce que je me tortille, désespérément désireuse d'en ressentir davantage. Alors seulement, un doigt épais se glisse en moi, s'y enfonçant complètement. Je me mords la lèvre inférieure alors que mes muscles internes se contractent autour de lui.

Le désir fait crépiter ma peau puis se concentre dans mon intimité comme de la chaleur liquide alors qu'un grondement résonne à travers la pièce silencieuse.

Quand il retire son doigt de mon corps, je suis saisie par une profonde sensation de perte. Dès que je soulève les hanches dans une demande silencieuse, il revient à l'intérieur jusqu'à ce qu'il soit complètement enfoncé. Il répète le mouvement pour une troisième fois puis son doigt caresse mon ventre nu, laissant une trace humide dans son sillage jusqu'à ce qu'il atteigne ma poitrine. Il fait le tour d'un mamelon jusqu'à ce que la petite pointe se raidisse comme sous son commandement. Enfin, il ramène le doigt jusqu'à mon intimité et l'y renfonce. C'est lentement qu'il fait aller et venir le doigt épais avant de répéter le mouvement, encerclant l'autre mamelon et le couvrant de ma propre excitation.

Un feu s'allume dans mon ventre alors qu'il revient vers mon intimité avant d'y replonger profondément. Il le plonge dans mon corps et l'en ressort, trouvant un mouvement rythmique qui me pousse de plus en plus près du précipice jusqu'à ce que je danse sur le rebord. Chaque pénétration profonde fait se contracter mes muscles.

Je me suis déjà masturbée et je comprends ce que signifie la sensation qui prend vie dans mon sexe.

Peu m'importe que cet inconnu joue avec mon corps et me regarde osciller au bord de l'explosion. La seule chose qui me préoccupe est l'orgasme qui est si proche que je peux pratiquement y goûter. J'ai tellement perdu l'esprit que je ne peux m'empêcher de pourchasser le plaisir délicieux qui est juste hors de ma portée. Mon corps s'arcboute sur le matelas alors que son doigt se libère, mes muscles intérieurs se contractant sur du vide.

Un cri de désespoir grandit au fond de ma gorge alors que toutes mes inhibitions s'évanouissent. Même si j'essaye de le garder enfermé à l'intérieur, un gémissement torturé se libère, brisant le silence de la pièce. Son ricanement profondément rauque s'harmonise à mon intensité alors que ses doigts se reposent sur mon clitoris qu'il frotte en cercles délicats.

Il ne m'en faut pas plus pour basculer par-dessus le précipice et dans le vide. Je gémis alors qu'il continue de me caresser. Ce n'est pas mon premier orgasme, mais c'est assurément le plus puissant que j'aie jamais connu. Il s'abat sur moi comme une lame de fond, menaçant de m'entraîner tout au fond de l'océan. Le plaisir qui court en moi est si fort que je me fiche de savoir si je vais revenir à la surface un jour.

Vaguement, je me rends compte que tout ce que j'ai fait dans le noir n'étaient que des maladresses. Le plaisir n'était rien de plus qu'un tigre de papier comparé à ça. Les minutes s'égrènent, ou peut-être que ce sont des heures, avant que je redescende enfin sur Terre. Les membres lourds, je reprends contact avec le monde qui m'entoure.

Il continue de caresser mon clitoris avec des doigts délicats avant de se pencher sur mon torse et plaquer ses lèvres sur ma cicatrice. Je suis vraiment tentée de passer les bras autour de lui et de le serrer fort. J'ai envie de me réjouir de ce plaisir inconnu qu'il m'a fait découvrir. Avant que j'en trouve le courage, il s'écarte et le moment d'intimité s'évapore.

Je reste allongée, immobile, alors qu'il se redresse et je me demande s'il va se déshabiller.

Au lieu de cela, ses pas disparaissent hors de la pièce, se faisant plus distants. La porte extérieure s'ouvre avant de se refermer en cliquetant. Les secondes passent alors que je reste allongée, paralysée, le peignoir toujours grand ouvert.

Est-il vraiment...

Sorti pour me laisser en plan ?

Après m'avoir donné le meilleur orgasme de ma vie – ce qui, certes, ne signifie pas grand-chose –, il s'est cassé ?

J'arrache le bandeau et cligne des paupières, regardant tout autour de moi, cherchant le moindre signe de l'homme qui était là.

Qui a fait courir ses mains sur mon corps.

Qui a plaqué ses lèvres contre ma cicatrice.

Un frisson danse le long de mon épine dorsale quand je songe à ces souvenirs intimes.

Mais il n'y a rien.

Je me glisse hors du lit et resserre le peignoir autour de mon corps avant de refermer la ceinture. Puis je me jette sur mon sac dans lequel je farfouille. Mes doigts se referment autour de mon téléphone qu'un nouveau message fait vibrer. Une notification bancaire apparaît, annonçant que dix mille dollars viennent d'être déposés sur mon compte.

Je ne peux que regarder l'écran, bouche bée.

Nous n'avons même pas couché ensemble.

A-t-il changé d'avis ?

A-t-il été incapable de le faire ?

Cette possibilité me serre le cœur.

D'accord, il a embrassé ma cicatrice, mais peut-être qu'au final, elle l'a dégoûté. Je replace une mèche égarée derrière mon oreille alors qu'une boule d'une tonne se forme au creux de mon ventre. Je cherche le numéro que j'ai contacté tout à l'heure et le contemple.

Mes pouces demeurent en suspens au-dessus du clavier.

Je suis vraiment tentée de prendre contact.

Est-ce permis ?

Ou bien cela serait franchir une sorte de ligne invisible ?

Je mordille ma lèvre inférieure et y réfléchis pendant quelques instants.

J'ai déjà été payée pour la première visite. Quoi qu'il arrive, ça couvrira la majeure partie de mes frais.

Mais j'ai besoin de savoir s'il a changé d'avis. Si c'est le cas, je devrai trouver un autre moyen de dégotter l'argent.

Parce qu'il est hors de question que je revive cela avec un autre homme. C'était déjà assez difficile de trouver le courage la première fois !

Lentement, mes pouces glissent sur les touches jusqu'à ce que, sur l'écran, la question me nargue. Celle qui fait battre mon cœur dans ma poitrine.

C'était ma cicatrice ?

Je me force à appuyer sur Envoi, ne voulant pas me dégonfler et effacer le message.

Je reçois sa réponse avant d'avoir eu le temps d'inspirer profondément.

Absolument pas. Pourquoi crois-tu une chose pareille ?

Je libère l'air contenu dans mes poumons, les vidant entièrement.

Parce qu'elle est laide.

Rien n'est laid chez toi. Le moindre centimètre de ta personne est magnifique.

Je cligne des paupières, surprise, alors qu'une larme chaude roule le long de ma joue. Avant qu'elle ne puisse tomber sur le peignoir, je l'essuie du revers de la main. Ces quelques mots font s'évaporer toutes les émotions chaotiques qui tourbillonnaient en moi.

Merci.

J'attends notre prochain rendez-vous avec impatience.

Mes doigts restent suspendus au-dessus du clavier miniature.

Moi aussi.

Le plus étrange dans cette interaction par texto est que je le pense vraiment.

CHAPITRE 16

olf

Mon regard reste braqué sur elle dès l'instant où elle se glisse hors de l'immeuble. Je réprime la culpabilité qui me ronge à l'idée de l'avoir contrainte à cette situation. Le besoin que je ressens d'elle est quasiment intolérable. Moins de vingt-quatre heures se sont écoulées depuis que j'ai posé les mains sur elle et déjà, mes doigts se contractent, désireux de recommencer. Être aussi proche, faire courir mes lèvres sur sa peau satinée, caresser chaque partie de son corps était bien meilleur que ce que je m'étais imaginé.

Et la faire jouir ?

Merde.

Ce souvenir réveille ma queue.

Peu importe que je n'aie pas joui.

Je ne suis pas pressé.

Ce que je ne veux pas est m'attarder sur la perspective que ces rencontres puissent suffire à me rassasier pour le reste de ma vie.

Maintenant que j'en ai eu un aperçu, je crois que je ne serai jamais satisfait.

Je l'ai touchée une fois et je suis accro à la sensation de sa peau douce sous mes doigts et mes lèvres.

Et le goût de son nectar…

Évidemment que j'ai léché le doigt que j'avais profondément enfoncé dans sa virginité. Ma langue sort pour venir humecter ma lèvre inférieure comme si je pouvais toujours l'y sentir.

Il faut que je planifie immédiatement notre second rendez-vous. Malgré mon envie de faire durer les choses, ce n'est pas possible.

Je la désire tant !

Et je doute que ça change un jour.

Son expression reste fermée derrière un masque d'indifférence qui n'évoque peut-être pas le moindre progrès, mais au moins, elle ne me fusille plus du regard comme si j'étais le diable venu l'entraîner en enfer.

Il faut y aller petit à petit, non ?

Elle ouvre la portière et se glisse sur le siège avant d'enclencher la ceinture.

— Salut.

— Bonjour.

Je fais passer la Mustang en première puis en seconde avant de sortir du parking bondé.

— Tu es prête ?

Elle inspire en tremblant puis expire.

— Je crois.

Mon esprit revient au temps où nous étions inséparables, quand je ne pensais pas que quoi que ce soit puisse se dresser entre nous.

— Tu n'as pas passé ton code au lycée ?

— Si.

Dès que la réponse quitte ses lèvres, la raison me frappe. Elle pèse lourdement dans l'air comme une tempête qui s'annonce, prête à causer des ravages.

L'émotion me noue la gorge et je me l'éclaircis tout en essayant de trouver les mots justes pour tourner ma question.

— Tu n'y es jamais retournée pour... euh... terminer ?

Elle s'agite à côté de moi sur le siège en cuir.

— J'ai passé la théorie. C'est la pratique au volant qui me pose problème. C'est juste que je...

Sa voix meurt alors qu'elle regarde droit devant elle.

Il n'en faut pas plus pour que des doigts glacés s'enroulent autour de mon cœur et le serrent si fort qu'inspirer profondément devient terriblement douloureux.

Avant l'accident, Miles et moi la laissions conduire nos voitures sur des routes désertes. Elle n'a jamais eu le moindre problème. Je suis certaine que la nuit enneigée et les conséquences sont responsables de la raison pour laquelle elle n'a pas son permis.

Sans rien d'autre à dire, le reste du trajet vers une église isolée se déroule dans un silence suffocant. Une fois que j'atteins le centre du parking désert, je passe au point mort, laissant le véhicule s'immobiliser. Je lui rappelle rapidement les vitesses et lui montre comment passer la première avant de lâcher lentement l'embrayage tout en appuyant simultanément sur l'accélérateur.

— C'est simple, non ?

Quand je coule un regard à Fallyn pour voir sa réaction, je la découvre en train de se mordre la lèvre.

Concentrée, elle plisse le front en me répétant les informations que je viens de lui fournir.

— Oui, tu as compris. Tu es prête à te glisser sur le siège conducteur pour faire un petit tour ?

— Tu es certain que tu veux faire ça ? demande-t-elle d'une voix nerveuse.

Je déteste l'entendre aussi rongée par l'anxiété et savoir que j'en suis la cause.

— Tout va bien, la rassuré-je. Pour ce soir, on va rester sur le parking.

— Et si je casse ta voiture ?

J'affiche un sourire en coin.

— Ça n'arrivera pas. Je te le promets. C'est comme apprendre à faire du vélo.

Elle me décoche un regard légèrement goguenard.

— Tu as oublié toutes les voitures garées que j'ai embouties en apprenant à faire du vélo à deux roues ?

Je laisse échapper un petit rire. Maintenant qu'elle en parle, je m'en souviens. L'été de nos six ans, son corps entier était couvert d'égratignures et de bleus tellement elle tombait de son vélo. Miles lui avait retiré les petites roues et avait insisté pour qu'elle apprenne même si elle avait pleuré et dit qu'elle n'était pas prête. Il voulait qu'elle soit capable de rester à notre hauteur quand on faisait du vélo dans le quartier.

Cependant, à la fin de l'été, elle était une vraie pro.

En dépit de ma tentation de mentionner Miles et tous les souvenirs qui bouillonnent à la surface, je réprime cette impulsion. On est parvenus à une paix temporaire et je ne voudrais pas la briser.

— Tout va bien se passer, répété-je. Je serai à côté de toi en permanence.

— Très bien.

Tirant sèchement la poignée, elle sort du véhicule et on se croise devant le capot.

Nos pieds s'immobilisent quand nos regards se rencontrent. Je lui saisis le menton pour le relever jusqu'à ce qu'elle soit forcée de soutenir mon regard.

Il n'en faut pas plus pour que l'atmosphère change autour de nous.

Intensifiée par toutes sortes d'émotions réprimées.

— Je ne laisserai rien t'arriver.

Il y a un silence.

— Plus jamais.

Elle inspire à pleins poumons avant de battre en retraite d'un pas et de me contourner.

Je l'imite, m'installant près d'elle alors que le moteur reste au point mort.

Sa main frémit au-dessus du levier avant de s'y poser. Alors, sa respiration s'accélère comme si ses nerfs étaient déjà en pelote. Si je n'étais pas aussi en harmonie avec sa présence, je n'aurais probablement pas remarqué la légère accélération de sa respiration.

Ça a toujours été comme ça entre nous.

Je ne sais peut-être pas tout, mais je parviens encore à la lire.

C'est un fait qui me réconforte.

Elle serre fort les paupières. Sa poitrine se soulève alors qu'elle inspire profondément, s'immobilise et expire à nouveau.

Je déteste voir qu'elle conserve des cicatrices mentales après l'accident. Que ça l'ait abîmée non seulement extérieurement, mais également à l'intérieur. Je ne me pardonnerai jamais de lui avoir fait subir cela.

Je me tourne vers elle.

— J'ai hâte que tu te sentes plus prête. Une semaine. Deux semaines. Un mois. Ce n'est pas forcé d'être ce soir.

Je suis vraiment tenté de tendre le bras pour lui caresser la joue du bout des doigts.

Au lieu de cela, je garde mes mains pour moi.

Je suis terrifié à l'idée d'exiger trop, trop vite et de lui faire peur. Je ne peux pas reprendre une vie solitaire dont elle ne ferait pas partie.

J'ai passé presque cinq années de la sorte et je refuse de continuer à le faire.

Elle ne comprend peut-être pas que tout a changé entre nous hier, mais moi si. On ne peut pas revenir en arrière.

Elle ouvre brusquement les yeux et secoue la tête.

— Non. Je ne vais pas leur donner une raison de vendre la Porsche.

— Alors on va y aller doucement.

Elle hoche sèchement le menton.

Quand elle reste immobile, je place ma main sur celle, gracile, qu'elle a posée sur le levier, avant de la lui serrer d'un geste rassurant. Quand elle ne fait pas un seul mouvement pour la déloger, je dis doucement :

— Je vais te donner des instructions.

Elle me coule un regard pendant une seconde ou deux.

— Très bien.

Son visage exprime un mélange de soulagement et de gratitude qui me remplit d'espoir. J'y décèle des vestiges de notre passé.

— La première chose que tu dois faire est te familiariser avec l'embrayage, le frein et l'accélérateur.

Elle pousse un autre soupir ferme puis le moteur rugit.

— Tu vois ? Tu as trouvé l'accélérateur. La prochaine fois, quand tu enclencheras le moteur, appuie à fond sur l'embrayage.

Je me rapproche pour pouvoir vérifier la position de ses pieds. Elle porte des Converses blanches usées.

— On va passer la première.

Avec un hochement de tête, je guide sa main sur le levier.

— C'est ça. Maintenant, tu vas lentement relâcher…

Quand elle retire son pied de l'embrayage trop rapidement, la voiture cale. Ses doigts se contractent sur le volant et sur le levier jusqu'à ce que ses jointures blanchissent.

Ne voulant pas aggraver la situation, je garde une voix douce.

— C'est bon, Fallyn. Ce n'est pas grave. Recommence.

Elle pousse un soupir.

— C'est plus difficile que dans mes souvenirs.

— Ça va juste prendre du temps pour te revenir, mais ça va venir. Puis tu auras ton permis et la voiture de Miles t'appartiendra. Garde ton objectif en tête et ne sois pas frustrée.

— J'essaierai de ne pas l'être.

Je lui accorde quelques secondes pour se reprendre.

— Tu es prête à réessayer ?

Avec un soupir, elle secoue la tête d'un geste hésitant.

— Démarre. Garde ton pied sur l'embrayage, passe la première puis retire-le lentement tandis qu'avec l'autre tu appuieras sur l'accélérateur. Une fois que la voiture commencera à avancer, retire-toi de l'embrayage.

Je garde la main fermement enroulée autour de ses doigts chauds alors que je la guide pour passer la vitesse.

On fait environ cinq mètres avant que la voiture ne cale, et elle pousse un grognement.

Ça continue pendant vingt minutes. Le pli pincé de ses lèvres m'informe qu'elle est découragée par son incapacité à passer de façon fluide en première puis en seconde sans caler.

— Tu te débrouilles très bien, lui dis-je, tentant de rester positif.
— Menteur, grommelle-t-elle. Je suis vraiment une brêle.
— Comme pour tout, ça demande juste de l'entraînement. Tu veux faire une pause ou bien continuer ?

Elle me coule un regard.

— Juste un peu plus longtemps ?
— Bien sûr. Pas de problème, lâché-je d'un ton décontracté.

Fallyn ne réalise pas que je resterais ici toute la nuit si elle le désirait.

On met encore un quart d'heure, mais on en arrive enfin au point où elle est capable de faire des tours dans le parking. Elle les agrandit de plus en plus jusqu'à ce qu'on atteigne le rebord du trottoir. Le passage de la première à la seconde et à la troisième est un peu saccadé et elle tente de ralentir.

Puis elle recommence le processus depuis le début.

Chaque fois, c'est un peu plus fluide.

Je suis impressionné.

— Tu te débrouilles super bien !

Elle a un petit sourire aux lèvres alors que son regard reste braqué sur le pare-brise. Quand un autre véhicule pénètre sur le parking, ses doigts se resserrent sur le volant et le levier de vitesse. Je lui presse légèrement la main, espérant calmer sa nervosité.

Je coule un regard au minivan bleu.

— Pas besoin de t'inquiéter. Ils sont de l'autre côté du parking. Tu peux continuer.

Quand elle hésite, la panique s'empare de son visage et je murmure :

— Tout va bien. Tu ne cours pas le moindre danger d'avoir un accident.

— Je sais, dit-elle d'une voix légèrement tremblante.
— Bon. C'est bien.

Elle ralentit avant de s'arrêter doucement puis de passer au point mort. Une fois que le véhicule s'immobilise, elle pousse un grand soupir.

— J'ai réussi.

Il y a tant de fierté et d'émerveillement dans ces trois petits mots !

— Tu as été extraordinaire. Tu sauras conduire en moins de temps qu'il ne faut pour le dire.

Ses muscles se détendent alors qu'elle s'effondre sur le volant, son front reposant en plein milieu.

— Fallyn ?

Glacées, des vrilles de panique courent dans mes veines.

Quand ses épaules commencent à tressauter, je me rends compte qu'elle pleure.

Oh, mon Dieu !

Je déteste vraiment voir les femmes pleurer. Dans des circonstances normales, je me serais éloigné discrètement, soulagé d'avoir pu m'enfuir. Mais c'est impossible de le faire avec Fallyn. Ses larmes ont toujours eu le pouvoir de me donner l'impression que mon cœur est pris dans un étau. J'ai simplement envie de réparer ce qui lui fait du mal et l'attriste. En ce qui la concerne, ça a toujours été ma réaction viscérale.

Des décennies plus tard, rien n'a changé.

J'y vais à l'instinct et je glisse les bras autour de son torse, l'extrayant du siège conducteur et la posant sur mes genoux avant de la réarranger afin que ses seins soient plaqués contre mon torse. Ce n'est que lorsqu'elle se retrouve sur mes cuisses que je reprends enfin mes esprits et que je réalise précisément ce que j'ai fait et la façon intime dont je la tiens dans mes bras. Impossible qu'elle ne se débatte pas ! La dernière chose qu'elle veut de moi est que je la réconforte.

À toutes fins pratiques, je reste l'ennemi.

Et ce que je lui ai dérobé est impardonnable.

C'est un choc quand son corps chaud fond contre le mien et qu'elle plaque le visage au creux de mon cou. Ses larmes coulent sur ma peau nue. Mes bras se resserrent autour d'elle, la serrant aussi fort que je peux jusqu'à ce qu'on se retrouve collé l'un à l'autre. Je referme les paupières et inspire profondément.

L'odeur du romarin et de la menthe dans ses cheveux me fait immédiatement bander.

— Je t'en prie, ne pleure pas, murmuré-je. Je n'ai jamais supporté de voir tes larmes.

Ses épaules tressautent encore plus fort alors qu'elle libère toutes les émotions dormantes contenues dans son âme. Ça me tue de ne rien pouvoir y faire. S'il existait une façon de les extraire de son corps pour les endosser moi-même, je le ferais sans la moindre hésitation.

Mais ce n'est pas possible.

Même si je souhaite désespérément le contraire.

Notre histoire est longue et particulièrement intime.

La majeure partie est positive.

Géniale, même.

Les pires côtés sont déchirants.

Dévastateurs.

Et rien n'y changera jamais quoi que ce soit.

Il n'y a aucun moyen d'oblitérer notre passé.

Je la tiens fermement dans mes bras. Ce n'est que lorsqu'elle change de position et se raidit que je me rends compte que j'ai une érection d'acier. Pendant quelques secondes, ni l'un ni l'autre n'osons bouger un muscle.

Je respire à peine.

Si j'ai de la chance, elle fera semblant de ne pas sentir la pression insistante contre le V entre ses jambes. Cette pensée suffit à ranimer le souvenir de son goût, quand j'ai léché son nectar sur mes doigts.

S'il est possible, je bande encore plus fort.

Il ne m'en faudrait guère plus pour exploser dans mon jean.

Après ce qui s'est passé dans la chambre d'hôtel, je n'ai même pas été capable de quitter le bâtiment sans passer à la salle de bains pour me branler. Puis je suis rentré chez moi et j'ai recommencé.

Merde.

Ces pensées ne m'aident absolument pas. D'ailleurs, elles ne font qu'empirer la situation.

Quand elle change de position et se glisse contre mon entrejambe, je pousse un grognement.

— Fallyn...

Ma voix est éraillée comme si on m'avait frotté la gorge avec du papier de verre.

Ses mains se glissent entre nous puis elle plaque les paumes contre ma poitrine et me repousse suffisamment pour que ses grands yeux se fixent sur les miens. Luisants de larmes, ses yeux sont remplis de confusion. Ses cils sombres sont recouverts d'humidité, les faisant paraître plus longs et épais. Le pire, c'est qu'elle n'a jamais été plus belle.

Même lorsqu'elle était étendue devant moi, nue, les jambes écartées en signe d'invitation.

Le masque lui dissimulait les yeux, m'empêchant de déchiffrer ses pensées.

— Tu devrais... J'ai besoin de bouger, murmure-t-elle.

J'ai vraiment envie de protester, mais l'idée de me montrer trop insistant me terrifie.

J'inspire profondément, remplissant mes poumons d'air frais avant d'essayer de reprendre le contrôle de tous ces sentiments incontrôlables.

Ça ne marche pas.

Mes mains se referment autour de sa taille et je la fais descendre de mes genoux. Puis j'ouvre la portière passager, la dépose sur l'autre siège et me redresse d'un bond. Ses yeux restent braqués sur les miens avant de s'écarquiller quand ils descendent vers mon entrejambe.

Elle laisse échapper un grognement étranglé.

Je n'ai pas à baisser les yeux pour comprendre ce qui a attiré son attention. J'ai l'impression que mon érection épaisse va exploser hors de mon pantalon.

Ou bien c'est moi qui vais exploser dans mon jean.

Ne sachant pas quoi dire, je marmonne :

— Désolé.

Puis je me détourne pour m'ajuster. De toute façon, c'est impossible de discrètement repositionner mon érection pour la rendre moins visible alors que je claque la portière de la voiture, l'enfermant à l'intérieur de la Mustang.

CHAPITRE 17

allyn

MON REGARD CHOQUÉ RESTE BRAQUÉ sur Wolf alors qu'il fait rapidement le tour du capot du véhicule. Mes joues s'enflamment tant que j'ai l'impression de frôler l'autocombustion.

Compte tenu des circonstances, ça vaut peut-être mieux.
Alors je n'aurai pas à gérer les conséquences.
Parce que c'est impossible d'ignorer *ça*.
Putain !
Bien sûr, je n'ai pas une très grosse expérience avec les pénis, mais je dirais qu'il est énorme. C'est presque un choc quand l'excitation se concentre dans mon intimité et que je dois changer de position, frottant mes cuisses ensemble pour tenter d'entraver le désir qui s'agite en moi.

Il a beau s'être tourné, je sais qu'il s'est rajusté. Je ne peux pas faire pareil. Cela dit, j'ai la sensation qu'une seule chose pourrait aider à résoudre la situation qui vient de pointer le bout de son nez.

Mouais… Mauvais jeu de mots.

Avec un sursaut, je rebraque le regard devant moi alors qu'il se glisse à mes côtés. L'énergie fait craquer et crépiter l'atmosphère qui nous entoure. Wolf Westerville m'a toujours fait vibrer, mais jamais autant qu'en cet instant.

Je ne sais pas quoi dire ou faire pour apaiser la tension croissante qui ne fait que s'intensifier au fil des secondes. Mon cœur martèle contre mes côtes alors qu'il passe la première, puis la seconde, avant d'accélérer et de sortir du parking.

— Tu veux bien qu'on s'arrête pour manger quelque chose ?

Il coule un regard dans ma direction.

— Oh.

Merde ! J'ai juste envie de m'éloigner de lui avant qu'il n'arrive autre chose.

— Je... euh... je pensais que tu pourrais juste me déposer...

— Je reviens directement de l'entraînement. Je meurs de faim. J'ai l'impression que mon estomac est en train de se digérer.

Comme pour ponctuer ces commentaires, son ventre émet un grondement sonore.

Une vague de culpabilité m'envahit.

— Bien entendu.

Je grimace presque en prononçant ces mots.

Sans pouvoir m'en empêcher, je zieute discrètement son entrejambe pour voir s'il bande.

— Fallyn ?

Le son de sa voix rude ramène brusquement mon attention vers lui. Le sourire qui danse au coin de ses lèvres me révèle que mon inspection n'est pas passée inaperçue.

Il n'en faut pas plus pour que mes joues s'enflamment.

Tuez-moi tout de suite.

— Quoi ? dis-je dans un glapissement.

— Je t'ai demandé si tu voulais aller à *Harvey's Eats and Treats*. C'est un peu isolé et en bordure de la ville, mais ils ont les meilleurs hamburgers.

— Oui, marmonné-je.

Peu m'importe notre destination, j'ai juste envie d'en finir.

— Tout ce que tu veux.

Le reste du trajet se déroule dans un silence étouffant, alors que nous sommes tous les deux perdus dans le tourbillon de nos propres pensées. Alors que je m'apprête à dire que j'ai changé d'avis, il gare la Mustang dans un parking bondé.

L'endroit ressemble à un restau des années cinquante.

— Ça va te plaire. L'atmosphère est fun et la nourriture est plutôt bonne.

On sort de la voiture et Wolf m'attend sur le trottoir avant de se diriger vers l'entrée. Une fois qu'on atteint la porte, il la tient ouverte. Je parcours l'endroit du regard. Je me rends compte que ma première impression n'était pas fausse.

C'est comme un retour dans le temps.

Les carreaux du sol sont blancs et noirs tandis que le plafond est en aluminium rutilant. Des photos encadrées de stars de Hollywood parsemées d'articles commémoratifs de Coca-Cola décorent les murs. Les banquettes sont en cuir rouge luisant avec des sommets en linoléum blanc poli. De la musique vieille de plusieurs décennies émerge des haut-parleurs.

On se glisse sur des banquettes en vinyle rouge au fond du restaurant, loin de la foule. En jetant un autre regard à l'endroit, je me rends compte qu'il y a beaucoup d'adolescents. Ils discutent et rient. Flirtent ensemble. Machinalement, je repense au lycée quand, tous les trois, on traînait dans un endroit qui avait la même atmosphère.

Je n'y suis plus retournée depuis…

Disons simplement que ça fait un moment.

Une épaisse boule d'émotion grossit dans ma gorge. J'ai du mal à me l'éclaircir alors que je m'empare du grand menu plastifié que je regarde sans voir.

— Comment as-tu trouvé cet endroit ? demandé-je, essayant de me distraire des souvenirs qui s'amassent dans les confins de mon cerveau.

Ce n'est absolument pas près du campus.

Wolf m'observe avec attention avant de hausser les épaules. Arrachant le regard de moi, il observe l'endroit plein d'animation.

— Ça me rappelle un peu...
— *Sinclare's,* achevé-je à voix basse.
Il hoche la tête et devient sérieux.
— Bien sûr. Je l'ai découvert en première année. C'était agréable de venir ici et de m'éloigner du campus. J'y viens chaque fois que j'ai envie d'un hamburger.

C'est presque un soulagement quand une jeune fille qui a l'air d'être encore lycéenne s'arrête à notre table. Elle porte un uniforme de serveuse rétro rose pâle qui moule ses courbes.

Elle jette un seul regard à l'homme assis en face de moi et son sourire enjoué se fait éblouissant.

— Salut, Wolf ! On ne t'a pas vu depuis deux ou trois semaines. Comment se passe la saison ? On t'a tous encouragé.

Le visage indéchiffrable, Wolf se cale en arrière contre le dossier.
— Merci, c'est sympa.
— Je t'en prie !

Elle soutient son regard pendant une seconde ou deux supplémentaires avant de se tourner vers moi.
— Bonjour, que puis-je vous servir ?

Je regarde le menu.
— Je vais prendre un hamburger avec toute la garniture sauf les oignons. Et avec ça, une portion de frites au fromage avec un milkshake au chocolat.

Une autre vague de nostalgie s'abat sur moi.

La serveuse me dévisage pendant une seconde de plus que nécessaire avant de se concentrer sur Wolf.
— Je suppose que tu prendras comme d'habitude ?

Son sourire lent qui plisse le coin de ses yeux me fait l'effet d'un coup de poing au ventre et manque de me couper le souffle. Il paraît avoir le même effet sur notre serveuse.

— Tout juste.
— Je reviens dans une minute avec deux verres d'eau.

Elle fait courir le regard sur l'espace bien illuminé avant de baisser d'un ton.
— Même si c'est bondé, je vais faire presser votre commande.

Elle lui adresse un clin d'œil avant de partir.

— Je crois que tu as une vraie fan, dis-je d'un ton détaché.

Je ne veux pas admettre, même dans mon for intérieur, qu'une pointe de jalousie brûle au fond de mon ventre.

Wolf est chaud avec ses cheveux rasés, ses yeux verts et ses muscles ciselés. Même sous ses vêtements, les contours de son corps sont évidents. Ajoutez-y les tatouages colorés qui émergent du col de son sweat noir et il est une vraie drogue pour les femmes. Ne parlons même pas du fait qu'il est le gardien de but principal pour les Western Wildcats et qu'il va certainement passer pro.

Malgré tous mes efforts pour ignorer sa présence gigantesque depuis mon arrivée sur le campus en première année, ça a été impossible. Il a toujours été là, tapi dans les ombres de mon esprit.

Alors que je suis assise en face de lui, je suis hyperconsciente de l'homme qu'il est devenu.

J'ai l'impression qu'il remarque tout.

Chaque mouvement de mon corps.

Chaque inspiration qui remplit mes poumons.

Rien n'échappe à son attention.

Notre proximité est déconcertante.

Je n'arrive pas à croire qu'autrefois, j'étais attirée par lui, je n'en avais jamais assez, je voulais m'abreuver de sa présence 24/24.

À présent, le contraire est vrai.

Ou peut-être ai-je simplement envie que ce soit le cas.

Les lignes que je pensais être clairement délimitées sont à présent floues. Mes pensées et mes sentiments sont un embrouillamini total.

Il hausse les épaules.

C'est un geste décontracté, mais la façon dont il me regarde ne l'est absolument pas. Elle me semble prédatrice.

Possessive.

Je change de position et lance la première chose qui me vient à l'esprit, souhaitant seulement rompre la tension croissante avant qu'on ne s'étrangle dessus.

— Merci pour la leçon.

— Aucun problème. Je t'aurais appris il y a des années si tu me l'avais demandé.

— Je n'étais pas prête à l'époque, j'admets.

Je ne suis même pas sûre de l'être maintenant. Mais ai-je vraiment le choix ? Je ne permettrai pas à mes parents de vendre la Porsche de Miles. Il l'aimait trop.

Alors, je vais apprendre.

Même si ça signifie passer du temps seule avec Wolf.

Il hoche la tête et son expression s'adoucit. C'est comme s'il pouvait lire mes pensées telles qu'elles me viennent et je déteste ça. Je déteste le fait que c'est impossible d'avoir le moindre secret pour lui.

Après toutes ces années de séparation, nous ne devrions pas être autant en harmonie l'un avec l'autre.

Avant qu'il ne puisse poursuivre la conversation, la serveuse blonde guillerette arrive avec nos assiettes. Une autre fille la suit, les milkshakes à la main. Elle dévore Wolf d'un regard adulateur. Écarlate, elle pose la boisson glacée devant nous.

Il lui adresse un sourire charmant qui serait capable de faire fondre la culotte d'une nonne.

— Merci.

Elle inspire brusquement avant de dire rapidement :

— Je t'en prie, Wolf Westerville.

— Bon appétit, dit la blonde qui interrompt la plus jeune avant qu'elle ne puisse lui vomir verbalement tout son amour.

Il est visible sur tous les traits de son visage adorateur. Si je la regardais attentivement, je suis certaine que je verrais des cœurs rose et rouge qui dansent au-dessus de sa tête.

Au lieu de lever les yeux au ciel, je me concentre sur mon assiette. Le hamburger est énorme, avec tous les ingrédients et une grosse pile de frites à côtés. Ma bouche se remplit de salive. Ce n'est qu'à présent que je me rends compte que je meurs de faim. Je n'ai rien mangé de la journée à part une barre protéinée avant de partir en coup de vent ce matin.

Curieuse de voir ce qu'il commande habituellement, je coule un regard à Wolf. Avec un sursaut, je me rends compte qu'on a exactement la même chose, jusqu'au milkshake au chocolat.

Il affiche un grand sourire.

— Comme au bon vieux temps.

L'air s'échappe douloureusement de mes poumons.

Il n'a pas tort.

Après l'école, on finissait tous les trois dans un restau comme celui-ci. Mon frère commandait une barquette de nuggets de poulet et de rondelles d'oignons frits, alors que Wolf et moi mangions toujours des cheeseburgers avec toutes les garnitures (sauf les oignons), accompagnés de milkshakes au chocolat.

Quand je ne réponds pas, il marmonne :

— Désolé. C'est difficile de ne pas ressasser le passé. J'y pense tout le temps.

Pareil.

Il n'en faut pas plus pour que mon appétit disparaisse alors que je contemple le hamburger avec une grosse boule logée dans ma gorge.

Je me force à le regarder dans les yeux et poser la question que je retourne dans un coin de ma tête depuis des années.

— Pourquoi n'es-tu pas venu me voir à l'hôpital ?

Il devient très pâle et se penche en avant, se pliant à la taille. Ses yeux s'assombrissent alors qu'il scrute les miens.

Notre dîner, que j'ai trouvé si tentant il y a quelques secondes, est à présent oublié depuis longtemps.

— Je suis venu, Fallyn. J'étais là tous les jours, mais tes parents ne m'ont pas laissé t'approcher ni venir à l'enterrement. Ils ne m'ont même pas laissé dire au revoir.

Je secoue la tête en fronçant les sourcils.

Non, ce n'est pas vrai.

— Ils m'ont dit que tu ne voulais pas me voir. Que tu étais choqué par ce qui s'était passé et que tu pensais qu'il valait mieux couper les ponts pour qu'on puisse tous guérir.

Il retrousse la lèvre supérieure et tend le bras en travers de la table pour couvrir ma main de la sienne.

— C'est un mensonge.

Cette nouvelle information fait faire un saut périlleux à mon cerveau.

— Je ne te crois pas. Mes parents ne feraient jamais une chose pareille. Ils savaient à quel point j'étais contrariée. Perdue.

Ses épaules s'affaissent alors qu'il passe une main à travers ses cheveux courts et détourne le regard. L'amertume s'infiltre dans sa voix.

— On sait tous les deux que Hugo et Élénore ne n'ont jamais apprécié. Et ils ne me trouvaient pas assez bien pour être ami avec Miles et encore moins avec toi. Juste après l'accident, ton numéro n'a plus été attribué et tes profils en ligne ont été effacés. Quand je suis passé chez toi, tes parents m'ont claqué la porte au nez. Une fois que tu t'es assez remise pour retourner à l'école, ils t'ont désinscrite et envoyée dans une petite académie privée.

Il se rapproche. C'est presque comme s'il allait bondir en travers de la table. Je ne sais pas ce qu'il va faire.

Ou peut-être que si.

J'ai du mal à croire qu'il dise la vérité ou que mes parents soient allés aussi loin pour m'éloigner de lui. Je sais qu'ils se sont éloignés des Westerville après l'accident. Mais avant ? Je ne sais pas. Je crois que je n'avais pas conscience des relations secrètes entre les adultes.

Ou alors... peut-être que Wolf ment.

Tente de se dédouaner de toute responsabilité.

La partie qui me trouble le plus est qu'il a raison : mon numéro avait changé. Mon téléphone avait été détruit dans l'accident et quand ils me l'ont remplacé, c'était avec de nouvelles coordonnées. Leur excuse a été que la compagnie de téléphone n'a pas été capable de le transférer. Sur le moment, j'étais si dévastée et perdue que je n'y ai pas vraiment réfléchi.

Pourquoi me serais-je inquiétée pour un stupide numéro de téléphone alors que mon frère était mort ?

Il est également vrai que mes réseaux ont été effacés, mais seulement parce que tout le monde s'exprimait sur l'accident et ce qui était arrivé à Miles.

Alors, j'ai fait un long hiatus.

Une fois que je me suis sentie la force de retourner au lycée, j'ai été transférée dans un établissement plus petit. Je devais gérer tant d'anxiété et de dépression qu'être entourée de moins de gens me paraissait plus sûr.

Comment aurais-je pu parcourir ces mêmes couloirs sans Miles à mon côté ?

Ou bien Wolf.

À cette époque-là, c'était devenu évident qu'il n'allait pas me contacter.

Un nouveau départ n'était peut-être pas ce dont j'avais envie, mais mes parents m'ont convaincue que c'était ce dont j'avais besoin.

Et je n'avais pas l'énergie de les combattre.

Pas après tout ce qu'on avait traversé en tant que famille.

Pas après avoir encouragé Miles à quitter la maison en douce pour que je puisse passer plus de temps avec Wolf. Certes, c'est lui qui conduisait ce soir-là, mais j'ai une certaine culpabilité concernant cette nuit.

— Je vais le voir tout le temps, murmure-t-il, ramenant mon attention à lui.

Des larmes chaudes me brûlent les yeux. Ne voulant pas les baisser, je cligne des paupières.

— Il me manque tellement ! Encore maintenant, il y a des jours où j'oublie qu'il est parti. S'il m'arrive quelque chose, il est la première personne à qui j'ai envie d'en faire part.

Ce n'est que lorsque les doigts puissants de Wolf se resserrent sur les miens que je me rends compte qu'il les tient toujours.

— Je ressens la même chose.

Aussi déchirante que soit cette conversation, j'y trouve un certain réconfort. Le spectre de Miles a beau peser lourdement sur nos vies, mes parents refusent de parler de lui.

De tous les bons moments qu'on a passés en tant que famille.

Sans ces souvenirs, il ne reste que le négatif.

La partie qui est venue après.

Celle qui est remplie de tristesse et de douleur.

— Rien ne sera plus jamais pareil, murmuré-je.

— Non. Mais ça n'a pas besoin de rester comme ça, non plus. On pourra retrouver le bonheur, Fallyn. Tu le mérites. Tu ne peux pas vivre dans l'ombre de sa mort pour toujours. Quel genre de vie est-ce donc ?

Je détourne brusquement les yeux pour regarder la rue à travers la devanture. L'obscurité est tombée et les lumières de la rue se détachent dans la pénombre.

— C'est difficile alors que mes parents refusent d'avancer.

Je marque un temps d'arrêt avant d'ajouter :

— Mon père a l'obsession de détruire ta famille.

Ses épaules normalement fortes s'affaissent sous le poids de mes mots.

— Je suis désolé. Je regrette terriblement que nous soyons sortis cette nuit-là.

Même si je n'en ai pas envie, je libère ma main de la sienne, tranchant la connexion physique avant que notre lien ne puisse se renforcer.

— Rien de ce que tu diras ou feras ne pourra changer le passé, me forcé-je à dire d'un ton glacial.

La désolation qui envahit son visage me fait l'effet d'un coup de poignard en plein cœur.

— Tu as raison. Rien ne pourra nous le ramener.

CHAPITRE 18

allyn

Plusieurs jours se sont écoulés depuis ma conversation avec Wolf. Ses paroles continuent de me trotter dans la tête. Et rien ne peut les arrêter. Chaque fois que je parle à mes parents, l'envie d'aborder le sujet me démange, mais je continue à réprimer les questions.

Ce que je crains le plus est qu'il dise vrai. Je suis terrifiée à l'idée qu'ils m'aient menti pendant toutes ces années et je ne suis absolument pas prête à l'affronter. La vie n'a pas ménagé notre famille. Je doute qu'on soit capable d'en tolérer beaucoup plus avant d'exploser complètement. Je ne suis pas certaine qu'il existe un moyen de réparer ce genre de dégâts.

Confirmer ses paroles changerait aussi ce que je ressens pour lui. Et je ne suis absolument pas prête pour ça non plus.

Quelque part, ma vie s'est complexifiée.

Quand je suis partie au travail il y a dix minutes, j'avais espéré qu'il ne m'attende pas à l'extérieur. Ce dont j'ai besoin est d'espace pour gérer mes pensées et mes sentiments. Je n'y arrive pas quand il est là. Il les embrouille, rendant tout flou.

Sans surprise, il patientait près du trottoir. À présent qu'il est revenu en force dans ma vie, il continue de faire pression de tous les côtés, refusant de m'octroyer le temps dont j'ai besoin.

Sur le chemin de *Slap Shotz*, il a posé quelques questions afin de briser le silence et j'ai répondu à contrecœur.

Je suis soulagée quand il pénètre sur le parking. À la seconde où il passe au point mort, mes doigts se referment sur la poignée afin d'ouvrir la porte. Alors que je m'apprête à me glisser hors de la Mustang, la paume de Wolf se pose sur ma cuisse. Il ne serre pas fort, mais ses doigts brûlent un trou à travers le jean, brûlant la peau en dessous. Je l'observe un instant avant de me forcer à soutenir son regard.

— Je reviendrai après le match.

Je scrute ses prunelles, choquée par l'intensité qui couve comme une tempête naissante dans les profondeurs vertes. C'est comme si le chaos pouvait éclater d'un instant à l'autre. À contrecœur, je suis bien forcée d'admettre que cela n'a fait que croître entre nous depuis qu'il m'a prise sur ses genoux après notre première leçon de conduite. J'ai la sensation qu'il essaye de bien se comporter et de se contrôler, mais c'est de plus en plus difficile au fil des jours.

Le besoin de prendre de la distance vibre en moi alors que j'ouvre brusquement la portière.

Ses doigts se resserrent autour de ma cuisse, retenant ma fuite.

— Tu ne vas pas me souhaiter bonne chance ?

— Tu n'as pas besoin de chance, me forcé-je à dire d'une voix qui ne trahit pas la nervosité que je ressens en sa présence. Tu as du talent.

Depuis qu'il est tout petit, les capacités naturelles de Wolf sur la glace ont attiré l'attention des entraîneurs et des recruteurs.

Son regard continue d'incendier le mien. Ça suffit à me couper le souffle. Quand il aspire le coin de sa lèvre dans sa bouche, mon attention suit le mouvement, faisant l'effet d'une flèche de désir en plein dans mon intimité.

— Je dois y aller, murmuré-je.

Sur ce, je me glisse hors du véhicule. Alors que l'air glacial pénètre mes poumons, j'en inspire une grande goulée, espérant que cela suffise à m'éclaircir les idées. Mon cerveau est embrumé, chose qui est entièrement due à ce mec dans la voiture qui continue d'observer mes moindres gestes. Je n'ai pas besoin de lui jeter un seul regard pour savoir que ses yeux sont braqués sur les miens.

Je peux sentir leur chaleur.

Serrant fort mon sac sur ma poitrine, je bats en retraite d'un pas hâtif.

— Bonne chance.

Les yeux brillants, il incline la tête.

— Je pensais que je n'en avais pas besoin.

Je fais un autre pas en avant. C'est la seule chose capable de calmer mon cœur battant. Avec le regard plein de désir qui lui remplit les yeux, il me rappelle un animal en maraude.

— Certes, mais je t'envoie plein de bonnes ondes.

Son expression se radoucit jusqu'à ce qu'il ressemble davantage au garçon avec qui j'ai grandi. Pas à l'homme séduisant qu'il est devenu.

— Merci. Je te retrouve dans quelques heures.

La promesse qui remplit sa voix me provoque un frisson.

Avec un hochement de tête rapide, je tourne les talons et file à l'arrière du bâtiment en briques avant de m'engouffrer à travers la porte en métal. J'adresse un bonjour rapide au videur. Gerry est une véritable montagne au cou quasiment inexistant et aux biceps carrément massifs. Je suis incapable d'enrouler les deux mains autour. Je le sais parce que l'autre soir – à son grand amusement –, j'ai essayé. Il affirme que c'est naturel, mais je ne pense pas que ce soit possible.

J'adresse un salut à Sully qui se tient derrière le bar, ainsi qu'à Nathan, un des assistants-barmen. Il n'y a que quelques personnes assises ici et là. L'endroit se remplira au fil de la soirée. Une fois que le match sera terminé, les gens débarqueront et se retrouveront serrés comme des sardines en attendant l'arrivée de l'équipe.

Alors, je profite du calme et de la tranquillité tant que c'est possible.

Lors de mon dernier service, j'ai été si occupée que je ne me suis pas rendu compte que la soirée était terminée avant que Sully ne rallume les lumières.

Les pourboires ont été étonnement bons. Je ne m'y attendais pas, vu le nombre d'étudiants qui fréquentent l'endroit.

S'ils vont couvrir mes frais de scolarité ?

Non, loin de là.

Je m'en sers pour payer le loyer et les courses afin que mes parents ne puissent pas revenir à l'assaut en me disant qu'ils n'ont pas le budget pour. Ou bien qu'ils veulent vendre la voiture de Miles pour m'aider. En ce qui me concerne, c'est hors de question.

Bonus supplémentaire, c'est une super sensation d'être capable de payer les choses toute seule et de devenir indépendante de mes parents. Je ressens une sensation d'accomplissement dont je n'avais jamais fait l'expérience avant.

J'écarte ces pensées alors que les clients franchissent la porte. La plupart sont des étudiants qui veulent regarder le match sur l'un des écrans géants tout en sifflant une bière. Alors que je fais le trajet entre le bar et mes tables chargée d'un plateau de commandes, mon attention est continuellement attirée par les nombreux écrans de télé. Ce serait impossible de ne pas regarder Wolf.

Avant le match, il a effectué une série d'étirements pour se préparer. Il a toujours été grand et large d'épaules. Sous son rembourrage, il a l'air encore plus menaçant alors qu'il glisse d'avant en arrière, s'assurant de rester mobile.

Vous pensez que j'ai gardé les yeux braqués sur lui pendant tout son échauffement ?

J'admets…

Un regard en douce autour du bar m'a démontré que je n'étais pas la seule. Un certain nombre de filles ont trouvé nécessaire d'essuyer la bave qui leur coulait sur le menton.

Moi y compris.

La foule continue de grossir alors que le match progresse. Des vivats bruyants éclatent quand le premier but est marqué contre l'équipe en déplacement. Je regarde Ford Hamilton patiner en arrière jusqu'à la ligne bleue comme si c'était un jeu d'enfants. Il se tourne vers les gradins bondés et je parierais qu'il cherche sa copine. Ils ne peuvent jamais se passer l'un de l'autre.

Et ça me plaît.

Ça me plaît de voir que Carina a trouvé son bonheur.

Particulièrement vu la façon dont elle dévore des romances.

Mouais... C'est peut-être ce qui manque à ma vie.

Apparemment, ça a aussi marché pour Juliette McKinnon et Ryder McAdams.

Lorsqu'une table de mecs attire mon attention, j'écarte ces pensées et me dirige vers eux. J'ai servi pas mal de shots et de pichets de bière. Les soirs de matchs, ils sont moitié prix. Ce qui signifie un certain nombre de clients bourrés qui se prennent pour les rois de la drague.

Sans surprise, ils ne le sont pas.

Je ne suis pas encore contrariée, mais ça vient lentement. La semaine dernière, pendant un de nos services, Erin a filé un coup de genou dans l'entrejambe d'un mec. Après quoi, Gerry s'est interposé et l'a traîné jusqu'à la sortie de derrière par la peau du cou. En plus, Sully a banni ce connard à vie. Je suis rassurée de savoir que les gens avec lesquels je travaille couvrent mes arrières si jamais il se produit quelque chose.

Du coin de l'œil, j'aperçois une chevelure caramel.

— Salut ! dit Britt avec un geste de la main.

Dès qu'elle est assez proche, je lui donne une brève étreinte.

— Je ne savais pas que tu passerais ce soir.

Elle secoue le sac en papier qu'elle tient à la main.

— Je ne peux pas rester longtemps. Ma tante Mary a préparé des lasagnes et m'en a emballé plusieurs parts.

Elle désigne Sully.

— Mon oncle en a ramené.

— Oh, c'est gentil. Je parie que tu apprécies d'avoir de la famille dans le coin.

— C'est vraiment super. Ça fait dix ans qu'on vit en Californie, alors je n'ai pas eu l'occasion de passer beaucoup de temps avec eux jusqu'ici.

— Sully est un mec super, dis-je en coulant un regard à mon boss.

— C'est le meilleur.

Elle pointe le menton vers la sortie.

— Je devrais probablement y aller avant que l'équipe ne débarque ici.

— Je n'ai pas hâte, grimacé-je.

Elle sait qu'il y a un hockeyeur en particulier que j'ai essayé d'éviter.

— Je veux bien te croire. On se voit plus tard, dit-elle avant de partir.

Malgré moi, je jette un œil à l'écran de télévision et une vague de nostalgie s'abat sur moi. Dès l'âge de cinq ans, je m'installais dans les gradins et regardais les matchs de Wolf et de Miles. Je suis dans cette fac depuis deux ans et demi et je n'ai assisté qu'à un seul match de hockey. Et c'est seulement parce que Madden avait passé un accord avec Viola quand il essayait de la reconquérir.

Impossible de la laisser y aller seule.

Même après toutes ces années, ça a été difficile de rester assise dans les gradins et regarder Wolf sur la glace sans Miles. Alors que Wolf est gardien d'aussi loin que remontent mes souvenirs, mon frère était défenseur. Il arrêtait tous ceux qui patinaient à moins de trois mètres de la cage. Tous les deux jouaient bien ensemble, se nourrissant de leurs énergies mutuelles. C'était comme s'ils communiquaient télépathiquement.

— Il est vraiment chaud, n'est-ce pas ? dit Erin avec un soupir plein de désir.

J'écarte le regard de l'écran et hausse les épaules d'un geste que j'espère indifférent.

— Il est pas mal. Si c'est ton type, ajouté-je.

Elle s'esclaffe alors qu'un large sourire lui illumine le visage.

— Oh que oui ! C'est tout à fait mon type de beauté masculine.

Son regard parcourt le bar.

— Comme pour la moitié des pimbêches de cet établissement.

À contrecœur, je n'arrive pas à me retenir de contempler les filles qui remplissent à présent les tables, avec leurs jeans moulants et leurs hauts décolletés. Plus d'une porte des maillots avec le nom et le numéro de Wolf estampillés sur leur dos et leurs seins. Ce n'est pas comme si je n'avais jamais vu des filles qui traversent le campus, vêtues de son maillot, mais pour une raison quelconque, présentement, ça me ronge.

Et c'est ça qui me dérange plus que tout autre chose.

Ne voulant pas me demander pourquoi, je chasse Wolf de ma tête et me dirige vers un groupe d'étudiants qui ont l'air d'avoir besoin de refaire le plein.

— Je ferais mieux d'aller m'occuper de mes tables, marmonné-je.

On entend des acclamations réjouies et je me tourne vers la télévision à temps pour voir Wolf, à genoux, se redresser. Un frisson danse le long de mon dos alors que je contemple l'écran.

— Il est vraiment à fond ce soir, dit Erin.

L'heure suivante se passe quasiment de la même façon. Tout le monde ne parle que des capacités de gardien de Wolf ainsi que de sa potentielle carrière en ligue nationale. Quand l'équipe débarque après le match, l'endroit est surpeuplé et j'ai les nerfs à vif. Je perçois le moment où son regard se pose sur moi.

Comment l'ignorer alors qu'un frisson court le long de ma colonne vertébrale et que le duvet de ma nuque se redresse ?

Après toutes ces années, Wolf Westerville a fait l'impensable.

En quelques semaines, il a réussi à abattre mes défenses et je ne sais pas combien de temps ça va durer avant qu'il n'oblitère ce qu'il en reste.

Ce que je sais est que c'est terrifiant.

CHAPITRE 19

olf

Dès que je m'engouffre par la porte arrière et pénètre dans le bar mal éclairé, je scanne du regard la foule dense, ayant besoin de la trouver. Même durant le match, alors que généralement, je suis concentré à cent pour cent sur la protection de ma cage, Fallyn était au centre de mes pensées. Je ne pensais qu'à elle en train de me regarder sur les grands écrans.

Aurais-je préféré qu'elle soit dans les gradins pour m'encourager ?

Bien entendu, mais je sais aussi que ça n'arrivera pas.

Au moins, pendant qu'elle travaillait, elle a été forcée de regarder le match. Chaque fois que j'arrêtais un but, les fans présents criaient mon nom et chantaient mes louanges. Ça n'a fait que m'encourager. Je ne voulais pas qu'elle fasse plus de trois mètres sans qu'on mentionne mon nom.

Et vous savez quoi ?

J'ai joué le meilleur match de ma vie avec vingt-six arrêts. Seuls deux buts ont réussi à m'échapper.

On a gagné.

Au moment où mes yeux se posent sur elle, un grésillement électrique me traverse, manquant de me brûler vif. Cette sensation suffit presque à me faire piler net. Jamais une fille ne m'a affecté de la sorte.

Et je doute que cela se reproduise un jour.

D'aussi loin que remontent mes souvenirs, il n'y a eu que Fallyn.

À l'époque, elle était mon tout.

Et elle le reste.

Ses cheveux d'un noir de jais sont rassemblés en une queue-de-cheval, m'offrant un aperçu de la ligne gracieuse de son cou. Je m'imagine soudain faire descendre des baisers le long de cette colonne. Mon esprit revient à l'autre jour, dans la Mustang, quand je l'ai prise sur mes genoux et que j'ai enfoncé mon visage au creux de son cou. Elle sentait si bon.

Ce souvenir suffit à réveiller ma verge.

Un sourire joue sur ses lèvres alors qu'elle se déhanche et adresse un geste du menton au type qui lui fait du gringue. Son expression me donne un coup au ventre. C'est presque suffisant pour me plier en deux. Ça fait bien trop longtemps qu'elle ne m'a pas regardé de la sorte. Autrefois, tous ses sourires m'étaient réservés. C'était comme du soleil en bouteille et je n'avais qu'une seule envie : m'en abreuver.

La jalousie gronde dans mes veines, enflammant mon sang.

Sans pouvoir m'en empêcher, je fusille du regard le mec qu'elle est en train de servir. Il se penche vers elle, tentant de refermer la distance entre eux.

J'émets un son moqueur.

S'il croit qu'il va se passer quelque chose...

Avant que je m'en rende compte, je me mets en mouvement, traversant la mer des étudiants. Des mains se tendent vers moi pour me claquer l'épaule, mais je ne regarde même pas dans leur direction.

Comment le pourrais-je ?

Je suis incapable de détourner mon attention de Fallyn.

Ou du connard qui se fait l'illusion que la draguer va le mener quelque part.

Va paître ailleurs, mon pote. Parce qu'ici, il n'y a rien à voir.

Au moment où je me positionne derrière elle, mes mains se posent sur ses épaules d'un geste possessif puis je la colle à mon torse. Ce n'est que lorsqu'elle est dans mes bras que tout se calme en moi et que je peux recommencer à respirer. Même avec l'odeur puissante du houblon et de l'orge qui sature l'atmosphère, je suis capable de détecter le shampoing menthe-romarin qu'elle a utilisé sur ses cheveux. C'est pareil que lorsque nous étions adolescents et il y a quelque chose d'apaisant dans cette odeur qui s'enroule doucement autour de moi, m'enveloppant dans un cocon familier.

Le mec qui a tenté son coup plisse le front avant de me décocher un regard irrité. Il ne met qu'une seconde à me reconnaître et à cligner des paupières avant de se redresser sur sa chaise comme s'il s'était pris une poutre dans le cul.

C'est exactement la réaction que je recherchais.

— Salut, Wolf. Super match !

— Merci.

Mes doigts se referment sur la peau en dessous du t-shirt en V noir de *Slap Shotz* qu'elle porte. Je déteste le fait qu'il la moule comme une seconde peau, mettant en valeur la moindre de ses courbes délectables.

Enfin… ce n'est peut-être pas entièrement vrai.

J'adore. Ce que je déteste, ce sont tous les connards qui la matent, convaincus qu'ils ont la moindre chance de la ramener chez eux à la fin de la soirée.

Je resserre ma prise alors en la rapprochant si près que ses fesses se retrouvent lovées contre mon entrejambe.

Quand un silence malaisant s'abat sur la table, Fallyn s'éclaircit la gorge et tente de briser l'embarras.

Ça ne marche pas.

— Je reviens avec le pichet de bière.

Mes mains descendent le long de ses bras et s'enroulent autour de ses biceps avant qu'elle ne puisse tenter de s'échapper.

— J'ai besoin de te parler, murmuré-je contre son oreille.

Ma proximité lui provoque un frisson.

— Tu ne vois pas que je travaille ?

— Ça ne prendra qu'un moment.

Ne prenant pas la peine d'attendre une réponse, je la dirige vers un couloir sombre. On passe devant les toilettes avant de tourner à l'angle, là où est situé le bureau de Sully. De l'autre côté, il y a une petite réserve. Alors seulement, je la fais reculer jusqu'à ce que son dos se retrouve collé au mur et que je sois capable de l'emprisonner avec ma grosse carrure.

Je désigne le bar d'un geste de la tête.

— Ces connards te draguaient ?

Ma voix est étonnamment rauque.

Levant le menton, elle se redresse de toute sa taille alors que la colère pétille dans ses prunelles bleues.

— Probablement.

— Ce n'est pas seulement *probable*, grondé-je.

Je franchis le petit espace qui nous sépare, la contraignant à tendre le cou pour soutenir mon regard.

— Ils ne devraient pas te harceler. Tu es ici pour servir à boire et rien de plus. Je vais en parler à Sully ce soir.

— Ne me dis pas que tu es sérieux, dit-elle en secouant la tête. Tu n'as pas besoin de te mêler de ça. Ces types ne faisaient rien de mal. Ils étaient amicaux et rien de plus. S'il y a un problème, j'en parlerai à Sully. Je n'ai pas besoin que tu te battes à ma place. Je suis parfaitement capable de me débrouiller toute seule. J'ai eu cinq ans d'entraînement.

Mes muscles se contractent tandis que j'inspire profondément. La douleur me fait vibrer tout entier. Je déteste qu'on me rappelle que je n'ai pas été là pour elle.

Quand je reste silencieux, sans savoir quoi dire, elle plaque les paumes contre mon torse et me repousse. J'ai beau être une montagne de muscles et peser quelque trente kilos de plus qu'elle, je fais un pas en arrière. Le petit espace qu'elle a créé est juste assez pour lui permettre de s'esquiver.

Sans m'adresser un regard de plus, elle retourne d'un pas rapide dans la salle principale du bar.

Un mélange puissant de désespoir et de jalousie m'envahit. C'est une combinaison mortelle et la seule explication logique pour laquelle je lui lance :

— Cela ne plairait pas à Miles.

Elle pile net et ses épaules se raidissent alors qu'elle me décoche un regard glacial par-dessus son épaule.

— Mais Miles n'est plus là, n'est-ce pas ?

Ses mots chassent tout l'air de mes poumons. Sur ce, elle disparaît à l'angle du mur.

Quoi que je dise ou fasse, j'ai toujours faux. Je ne suis pas plus près d'écorner l'armure qui la protège que je l'étais il y a quelques semaines de cela.

J'ai très envie d'abattre mon poing dans le mur, mais au fond de moi, je sais que cela ne servira absolument à rien.

Ça ne changera ni le passé ni ce qui s'est passé entre nous.

CHAPITRE 20

allyn

Quatre heures se sont écoulées et je tremble toujours d'une colère contenue.

Comment ose-t-il mentionner Miles !

Rien que songer à mon frère est comme recevoir un coup de couteau dans le cœur. Il n'en faut pas plus pour que la douleur se répande à travers tout mon être jusqu'à ce qu'elle batte à son propre rythme. Il est impossible d'imaginer un futur où ça ne sera pas le cas.

J'évite Wolf et la table de hockeyeurs avec qui il est assis durant le reste de mon service et je laisse Erin s'occuper d'eux. Du coin de l'œil, je vois un nombre ridicule de filles tourner autour de lui comme des abeilles enivrées, essayant d'attirer son attention. Si elles y parvenaient, il arrêterait peut-être de me regarder comme s'il ne voyait que moi. Où que j'aille, son regard ténébreux me suit.

C'est un soulagement quand Sully rallume les plafonniers et dit à tout le monde qu'ils n'ont pas besoin de rentrer chez eux, mais qu'ils ne peuvent pas rester ici. Comme pendant à la fin de tous mes autres services, tout le monde grogne. Je crois que c'est devenu une blague plus qu'autre chose. Quelques types mentionnent un *after* qui se tient près du campus et essayent de me convaincre d'y faire une apparition. Ils plaisantent en disant que c'est eux qui vont me servir un breuvage de mon choix. Au lieu de refuser carrément, je hausse les épaules et ne m'avance à rien.

Après avoir effectué un service de sept heures, je n'ai aucune envie de m'attarder ou de faire la fête. Je suis épuisée. J'ai simplement hâte de prendre une douche rapide et de m'écrouler sur mon lit, la tête la première. Le mec qui m'a draguée tout à l'heure vient me rejoindre avant de regarder autour de lui.

— Alors… Wolf et toi, vous êtes… euh… un couple ?

Je secoue la tête, souhaitant étouffer dans l'œuf cette rumeur qui, ce soir, s'est propagée dans le bar comme une traînée de poudre.

— Absolument pas.

Ses yeux plissés se font sceptiques.

— Tu en es certaine ? Parce qu'on aurait dit que…

— C'est un ami de la famille et rien de plus.

Il hoche la tête et ses muscles se détendent. Un petit sourire danse au coin de ses lèvres.

— D'accord, super. Ce n'est pas un type que j'ai envie de contrarier, si tu vois ce que je veux dire ?

— Absolument, dis-je avec un soupir irrité.

Il a beau être mignon, avec ses cheveux blonds qui retombent sur ses yeux brun foncé, la façon dont il se fait tout petit, regardant par-dessus mon épaule comme si Wolf allait sortir de nulle part pour le mordre suffit à étouffer dans l'œuf tout intérêt que j'aurais pu ressentir pour lui. Et il était déjà quasiment inexistant à l'origine.

Il se balance d'un pied sur l'autre avant de passer une main à travers ses cheveux épais.

— Je me demandais si tu voulais bien qu'on se retrouve un jour. On pourrait aller voir un match de hockey ou un film. C'est toi qui vois.

L'appréhension fait se contracter les muscles de mon ventre.

— Hmm…

Ce n'est pas le premier homme à m'inviter ce soir et je les ai tous éconduits en gardant un sourire poli aux lèvres.

— Merci, mais je vais faire une pause, côté relations.

Je m'éclaircis la gorge quand il continue de me regarder et je me force à ajouter :

— Rupture douloureuse.

Il se rapproche et baisse d'un ton.

— On peut juste baiser, si c'est plutôt ton style. Je m'en fiche.

Beurk.

Voulant mettre plus d'espace entre nous, je fais un pas rapide en arrière, mais ce n'est pas suffisant.

— Désolée, mais non.

Ma voix s'est faite glaciale.

— Oh.

Ne voulant pas que cette conversation dégénère davantage, je désigne la porte.

— Tu devrais probablement te casser avant que Gerry ne t'aide à le faire.

Cela dit, après son dernier commentaire, ça ne me ferait rien de le voir se faire virer du bar.

L'air inquiet, il désigne la porte arrière d'un regard noir.

— Ce mec est une montagne de muscles.

— En vrai, il est très gentil, lancé-je.

J'en ai vraiment assez de ce type. J'ai eu tort de corriger la rumeur qu'il a entendue. Je serais peut-être plus en sécurité si ces connards pensaient que j'étais avec Wolf. Un frisson court le long de ma peau. Cela dit, la dernière chose que je veux est que les gens pensent que je suis une des groupies de Wolf Westerville.

Non merci.

Cette pensée me dérange encore plus que ce type qui pense qu'il peut me baiser puis quitter la scène du crime.

Quel connard.

Il a besoin de nous faire une faveur à tous et de se casser.

Vite fait.

Sans quoi, je l'éjecterai du bar moi-même.

Quand mon regard accroche celui de Gerry, il arque un sourcil pour me poser une question silencieuse avant de faire craquer les jointures de ses doigts. Sa démonstration musclée suffit à dissoudre mon irritation.

— Tu as besoin d'aide ?

À présent qu'on a éteint la musique, sa voix résonne à travers le local.

Les yeux écarquillés, le mec qui vient de me faire une proposition disparaît sans demander son reste.

Un sourire tremble au coin de mes lèvres tandis que je secoue la tête.

— Non, tout va bien. Merci.

— Pas de problème, ma belle. Si quelqu'un t'embête, préviens-moi.

Il y a un moment de silence puis il ajoute :

— La foule était plutôt tranquille ce soir. Il n'y a pas eu une seule bagarre.

— Je suis certaine que tu pourras briser quelques crânes demain, plaisanté-je.

Il fait craquer les muscles de son cou inexistant.

— J'espère bien.

Alors que la foule continue de s'éclaircir, je cherche Viola et Madden. Ils étaient là plus tôt avec le reste des hockeyeurs. J'espérais qu'ils puissent me ramener au lieu de Wolf.

Après notre conversation de tout à l'heure, je ne veux pas passer une minute de plus avec lui.

Je parcours la pièce du regard jusqu'à ce qu'il tombe sur la personne que je cherche à éviter. Il est appuyé contre le bar alors que deux de mes collègues, ainsi que Sully, lui font la conversation. Ses bras puissants sont croisés sur sa poitrine large et il garde son attention braquée sur moi. Son t-shirt gris lui va à la perfection. La façon dont ses biceps se gonflent suffit à me rendre la bouche cotonneuse.

Il hausse un sourcil sombre alors que nos regards ne se quittent pas. Il n'en faut pas plus pour qu'à mon grand désarroi, je ressente une bouffée de chaleur dans mon intimité. Ce mec a un effet sur moi que je trouve importun. Je reste figée sur place, incapable de me libérer du sort qu'il m'a jeté. Ce n'est que lorsque son index me fait signe de m'approcher que j'émerge du brouillard mental qui m'emprisonne et que je me détourne.

Je prends mon temps pour rassembler les verres éparpillés. Une fois que le plateau est couvert de plats sales, je reviens à contrecœur. Son regard reste braqué sur moi. Malgré mon envie de filer à l'autre bout du bar, je ne peux pas. Ce n'est probablement pas une coïncidence si Wolf a élu résidence près des poubelles, là où les verres sont lavés. C'est une bataille constante pour garder mon attention braquée sur Victor, un des barmen, et pas sur le gardien musclé qui envahit la moindre de mes pensées.

— Tu as passé une bonne soirée, Fallyn ?

Victor récupère quelques verres et un pichet.

— Oui, dis-je en hochant la tête. C'est passé en coup de vent.

— C'est toujours comme ça les soirs de match. Je ramène Erin à la maison. Ça te tente ?

Avant que je puisse réagir, une voix profonde s'interpose.

— Je m'en occupe. Merci de veiller sur ma copine.

Grrr.

Victor sourit avant de lever les deux mains d'un geste de reddition.

— Désolé, mon vieux. Je n'essayais pas de marcher sur la moindre platebande. Je voulais juste m'assurer qu'elle rentre en sécurité.

Je fronce les sourcils en coulant un regard à Wolf.

Sa copine ?

Non. Je ne suis certainement pas *sa* copine. Je ne serai jamais *sa* copine.

Et il est bien placé pour le savoir.

Son sourire me met au défi de protester.

— En fait, j'allais me faire ramener par Viola et Madden, dis-je, essayant désespérément de le repousser.

— Ce serait difficile, vu qu'ils sont partis il y a une heure.

Merde.

Je coule un regard à Victor.

Enfin... il me l'a proposé avant que Wolf ne l'interrompe grossièrement.

C'est comme si Wolf savait exactement à quoi je pense parce qu'il secoue la tête avant d'envahir mon espace personnel pour murmurer :

— Le deal était que je te conduise au travail et te ramène à la maison.

Je serre les dents.

— C'est vraiment important ?

Ses yeux verts pétillent de chaleur autant que de défi.

— Oui. Ça l'est. Je te retrouve à la voiture.

Sur ce, il s'écarte du bar et se rend à la porte de derrière avant que je puisse rajouter quoi que ce soit. Je le regarde partir en plissant les paupières.

— Je serais un vrai con si je me mêlais de cette histoire, dit Victor en s'esclaffant.

— Il n'y a aucune histoire, grommelé-je avant de partir chercher d'autres verres et pichets.

Quelqu'un devrait probablement l'en informer.

On met encore un quart d'heure à nettoyer l'endroit et le préparer pour le lendemain. Puis on compte les pourboires. J'en donne un petit pourcentage à l'assistant-barman avant de récupérer mon sac et mon manteau. Mon ventre tremble alors que je pousse la porte en métal qui mène au parking presque désert. Près du fond, le moteur de la Mustang de Wolf tourne alors que je m'enfouis dans le col de ma veste. Malgré la distance, je sens la chaleur de son regard posé sur moi. Il n'y a aucun moyen d'y échapper. Où que j'aille, il est là, dressé en travers de ma route, me forçant à reconnaître son existence.

Ainsi que notre passé.

Après presque cinq ans de silence, il refuse de se laisser ignorer.

Je pile net en titubant alors que je lui rends son regard pénétrant.

Au fond de moi, je sais que je si me glisse à côté de lui, tout explosera entre nous. Une tension épaisse grandit depuis plusieurs jours.

Je redoute ce qui se passera si cela arrive.

J'arrache mon regard au sien avant de me tourner vers l'allée. Une seconde passe. Puis une autre avant qu'une portière de voiture ne claque au loin. Je sursaute et accélère le pas, parfaitement consciente qu'il ne me laissera pas tranquille. La tension fait crépiter l'air glacial alors qu'un mélange de nervosité et d'excitation prend vie au creux de mon ventre.

Même si je sais parfaitement ce qui va arriver, je laisse échapper un couinement quand ses doigts se resserrent autour de mon biceps.

Sa voix craque comme le tonnerre dans l'obscurité de velours qui pèse sur nous.

— Où tu crois que tu vas ?

Avant que je puisse répondre, il me fait me retourner et reculer jusqu'à ce que mon dos cogne contre les briques grossières du bâtiment. Comme tout à l'heure, il plaque son corps immense contre le mien, m'emprisonnant, me faisant me sentir toute petite alors que je le regarde avec de grands yeux.

— Je rentre à pied.

— Certainement pas, gronde-t-il.

— Tu ne prends pas les décisions à ma place.

— Peut-être pas, mais Miles voudrait que je veille sur toi.

L'entendre mentionner mon frère pour la deuxième fois de la soirée suffit à faire exploser ma colère comme un geyser. Je serre les poings que j'abats sur la poitrine d'acier de Wolf.

Je laisse échapper un sifflement quand la douleur se propage dans les jointures de mes doigts que je secoue. J'ai probablement causé plus de dégâts à moi-même qu'à lui, ce qui ne fait que m'irriter davantage.

— Arrête de parler de lui ! Arrête d'essayer de ressusciter le passé !

Je déteste les larmes chaudes qui me brûlent les yeux.

Ses mains se referment autour de mes poings serrés qu'il porte à ses lèvres pour en embrasser chaque jointure. Un instant plus tard, il me rapproche de lui. Ses bras se referment autour de moi alors que je contemple la largeur de son torse et tente de réprimer l'émotion séditieuse qui n'est qu'à quelques secondes de se frayer un chemin hors de moi.

— La dernière chose que je veux est de te faire du mal, Fallyn.

Ce petit aveu suffit à ouvrir les vannes et les larmes roulent le long de mes joues. Ses bras se resserrent davantage, m'écrasant contre lui alors qu'il dépose un baiser au sommet de mon crâne. Une chaleur naît au creux de mon ventre tandis que des doigts puissants glissent sous mon menton et le soulèvent afin de pouvoir abattre une pluie de baisers sur mon visage.

J'ai beau essayer de le retenir, un gémissement de désir m'échappe juste avant que ses lèvres ne s'abattent sur les miennes. Il lève son autre main puis me saisit les joues, ne me donnant pas d'autre choix que de soutenir son regard langoureux. La chaleur qui emplit à présent ses yeux suffit à m'incendier vivante.

Il interrompt la caresse le temps de dire :

— Tu sais combien de temps j'ai attendu de pouvoir faire ça ?

CHAPITRE 21

olf

La question reste en suspens dans l'air glacial entre nous.

Ébahie, elle tente de déchiffrer mon regard.

J'ai très envie d'écraser mes lèvres sur les siennes pour la seconde fois de la soirée.

Je désire terriblement la goûter à nouveau.

Incapable de résister à son attrait, je lui mordille la lèvre inférieure et je suis récompensé par une inspiration rapide. Sa réaction incontrôlée suffit à me donner une érection d'acier.

— On ne peut pas, murmure-t-elle avec des yeux implorants.

— Pourquoi pas ?

Ma voix est rauque et animale, celle de la bête que je tente de contenir sous la surface depuis toujours face à cette fille.

Ma main continue de lui saisir la joue. Je ne voudrai jamais la laisser partir. Ce n'est que lorsque je la touche que je sens le sang courir dans mes veines et l'oxygène remplir à nouveau mes poumons.

Ça faisait si longtemps que j'avais presque oublié la sensation d'être vivant.

— Parce que ça ne sert à rien.

Quand sa langue sort pour humecter ses lèvres, un grognement émerge du plus profond de ma poitrine.

— Nous ne sommes plus amis.

Je ne sais pas si c'est moi ou elle-même qu'elle essaye de convaincre.

— Nous avons toujours été amis, Fallyn. Il n'y a jamais eu une époque où je n'ai rien ressenti pour toi ni pensé à toi.

Obsessivement. Mais je garde cette partie pour moi, conscient que cela ne ferait probablement que l'éloigner davantage alors que je ne veux que la rapprocher de moi. Je veux la lier à moi pour toujours.

M'abstenant de répliquer quoi que ce soit, j'abaisse la bouche et attends qu'elle me repousse ou proteste contre cette intimité croissante. En l'absence de réaction, ma langue vient caresser ses lèvres, souhaitant qu'elle s'ouvre et me laisse entrer.

C'est tout ce que j'ai toujours souhaité.

Qu'elle me laisse entrer.

C'est presque une surprise quand ses doigts s'enroulent dans le tissu épais de mon sweat pour m'attirer vers elle. Quand je passe la langue sur ses lèvres pour la seconde fois, elle s'ouvre juste un peu.

Ce n'est peut-être pas beaucoup, mais c'est plus qu'assez pour que je me glisse à l'intérieur de la chaleur de sa bouche et que nos langues se mêlent.

Elle a tellement bon goût !

Alors que j'approfondis le baiser, le bip de son téléphone pénètre le brouillard épais qui s'est abattu sur moi. Quand il se répète, elle s'écarte et tire le petit appareil de son sac avec des mains tremblantes.

Dès qu'elle jette un coup d'œil au téléphone, ses muscles se contractent. Elle s'écarte rapidement, se détournant afin que je ne voie pas l'écran. Je ressens un pincement de jalousie, convaincu que c'est un des types de ce soir qui lui envoie déjà un texto pour tenter son coup.

— Qui est-ce ? demandé-je d'une voix rauque.

— Mes parents. Je ne leur ai pas envoyé de texto plus tôt et ils voulaient s'assurer que je suis bien rentrée.

Sa réponse laconique me fait l'effet d'un seau d'eau froide sur la tête. Je ne pensais pas que quoi que ce soit parviendrait à éteindre l'incendie qui fait rage dans mon corps.

J'avais tort.

— On devrait probablement y aller, dit-elle d'une voix sèche comme si ma bouche ne venait pas de conquérir avidement la sienne.

Je vois bien que chaque pas en avant avec cette fille est accompagné de trois pas de géants en arrière.

CHAPITRE 22

allyn

Je pousse un soupir tremblant et essaye d'apaiser la nervosité qui court sur ma peau alors que je fais glisser ma carte sur la serrure de la suite de l'hôtel. Dès que la lumière devient verte, j'ouvre la porte, la gorge nouée. À l'intérieur, rien ne bouge. L'atmosphère est intouchée. Une senteur florale remplit l'espace.

Elle est familière.

Des pivoines.

Alors que rien dans cette situation ne devrait m'apporter le moindre soulagement, je trouve cela réconfortant.

Laissant cette pensée me trotter dans la tête, je me glisse dans le vestibule et referme l'épaisse porte en bois à laquelle je m'adosse avant de serrer fort les paupières. Après une seconde ou deux, je me force à pénétrer davantage dans la suite.

Même si ce n'est pas la même que la dernière fois, elle est quasiment identique. Quelques petites touches lui donnent une ambiance différente : les tableaux sur les murs, les courbes des meubles sophistiqués et la palette de couleurs utilisées pour leur donner vie.

Cette fois, je ne contemple même pas la vue sur la ville ou la rue en contrebas. Je file vers la chambre somptueuse dotée d'un immense lit deux places qui domine l'espace. Mes pieds s'arrêtent brutalement quand je découvre un autre peignoir plié sur le couvre-lit ainsi qu'un mot et le bandeau en satin noir.

Après la façon dont il avait caressé le moindre centimètre carré de ma personne la dernière fois, je me suis demandé s'il se passerait du masque. J'ai beau désirer que ces rencontres demeurent anonymes, une partie de moi a désespérément envie de voir le seul homme qui a jamais touché mon corps de façon si intime, qui m'a caressée jusqu'à l'orgasme.

Dès que cette pensée s'infiltre dans mon cerveau, je la repousse.

C'est mieux ainsi.

Après les trois rencontres pour lesquelles il a payé une somme exorbitante, je ne voudrai plus jamais repenser à ce triste chapitre de ma vie. J'ai honte d'avoir été forcée de m'abaisser à une telle chose.

Ne voulant pas m'attarder sur ces pensées dangereuses, je m'empare de l'épais papier cartonné et trouve les mêmes instructions qu'avant. Le fait que ce « rendez-vous » se déroulera exactement de la même façon que le premier apaise quelque chose au plus profond de moi. Je sais à quoi m'attendre et j'y trouve un étrange réconfort.

Le peignoir toujours serré entre mes mains, je me dirige vers la salle de bains en marbre blanc veiné de gris. Elle est lumineuse et spacieuse, avec un plafond haut. Il y a une grande baie vitrée de l'autre côté d'une baignoire à pied en porcelaine qui domine la ville en contrebas. Dans une autre vie, une vie où je n'aurais pas eu besoin de trouver des combines pour régler mes frais de scolarité, je pourrais presque m'imaginer en train de me détendre dans l'eau chaude savonneuse et de faire trempette pour dissiper tous mes problèmes.

Je retire mon jean et mon pull que je replie proprement sur le comptoir en marbre. La dernière fois, je me suis habillée et j'ai pris grand soin de mon apparence, désireuse qu'il apprécie le spectacle. Cette fois, je n'ai pas pris cette peine. Je n'ai même pas de sous-vêtements sexy. Je n'ai pas vu l'intérêt. Je me suis épilée, j'ai raidi mes cheveux et j'ai appliqué un maquillage léger.

C'est tout.

Une autre vague d'anxiété s'abat sur moi alors que je serre l'épaisse ceinture autour de ma taille et retourne dans la pièce avant de grimper sur le lit et de m'emparer du masque. D'une main tremblante, je prends le téléphone et envoie un texto au numéro. Puis je glisse le masque sur mes yeux jusqu'à ce que l'obscurité m'engloutisse entièrement et je me pose sur les oreillers.

Il ne me fait pas attendre. Quelques minutes plus tard, la porte extérieure s'ouvre et des pas traversent le plancher en bois de la pièce principale avant de franchir le seuil de la chambre à coucher.

Il n'en faut pas plus pour que l'électricité crépite tant dans l'air que j'ai l'impression que le duvet de mes bras se hérisse. Tous mes sens sont affinés.

Il n'y a que lui.

Et moi.

Rien d'autre n'existe au monde.

Quand il s'arrête, mon cœur bat la chamade dans ma poitrine et ma bouche se dessèche, forçant ma langue à sortir afin d'humecter mes lèvres. Il ne m'a même pas encore touchée que ma respiration est devenue laborieuse.

C'est alors que je reconnais les sensations qui courent dans mes veines.

L'anticipation.

La peur aussi, mais également l'excitation face à cette nouvelle expérience.

Mes doigts se replient, mes ongles arrondis grattant le couvre-lit jusqu'à ce que je m'y accroche.

Dira-t-il quelque chose, me laissant entendre le son de sa voix ?

Sera-t-elle profonde et rauque ?

Parce que c'est ainsi que je me l'imagine.

Une image de Wolf s'impose à mon esprit, ainsi que le baiser qu'on a échangé dans l'allée. J'ai beau avoir envie de la bannir, c'est impossible. J'ai ressassé le souvenir pendant bien trop longtemps.

J'ai songé à ce que ça ferait d'aller plus loin avec lui.

Toutes ces pensées sont chassées de mon esprit quand un poids incurve le matelas. J'ai beau être aveugle à tout ce qui m'entoure, je tourne le visage dans sa direction. Comme avant, ses doigts caressent mes joues, traçant les contours de ma mâchoire avant de passer sur mes lèvres. Il joue d'avant en arrière alors que de la chaleur liquide se rassemble entre mes cuisses.

Un doigt est pressé entre mes lèvres comme pour tester ma réaction. Elles s'écartent inconsciemment, lui permettant d'entrer. Un léger goût de sel envahit mes sens. La pointe repose contre ma langue et je ne me rends pas compte que je me suis refermée autour de lui et ai aspiré le doigt plus profondément jusqu'à ce qu'un grognement douloureux sorte de sa poitrine en grondant. Ce son guttural suffit à faire exploser dans mon intimité une autre vague d'excitation. Le fait que je parvienne à l'exciter simplement en lui suçant le doigt est enivrant et puissant.

Je ne peux pas dénier que ça m'excite.

Il libère son doigt puis deux mains se déplacent vers la ceinture nouée autour de ma taille. Il s'arrête pendant un instant. Puis un autre. Quand je me contorsionne sous lui, il le défait, écartant les deux pans jusqu'à ce que je me retrouve entièrement exposée.

J'ai très envie d'arracher mon masque pour voir enfin qui est cet homme. Celui qui a acheté ma virginité. Celui qui me donne plus de plaisir qu'il n'en prend. Au lieu de cela, mes bras restent plaqués contre mon corps.

Encore quelques secondes et il plaque ses lèvres sur l'horrible cicatrice qui m'a toujours poussée à me recroqueviller et me dissimuler à l'intérieur de moi.

Mais voici un homme qui n'est pas dégoûté par mon imperfection physique. Ce rappel permanent de la pire nuit de toute ma vie. Celle qui a tout changé.

C'est étrange de me rendre compte qu'il me donne tellement plus que de l'argent.

Il en embrasse chaque millimètre, faisant courir sa langue sur la vieille blessure. Quand on ne peut plus dénier l'effet que ça a sur lui, il se redresse et s'assied. Ses doigts tirent en tandem sur mes mamelons, les pinçant et jouant avec jusqu'à ce qu'ils deviennent tous deux des petites pointes dures qui le prient de leur prêter attention. Je cambre le dos, voulant qu'il me touche davantage.

Quand ses doigts s'écartent de mon sein, une protestation m'échappe alors qu'il aspire la pointe dure d'un sein entre ses lèvres et l'aspire profondément dans la chaleur de sa bouche. Le désir explose en moi comme des feux d'artifice et la sensation qui se propage à travers tout mon être me tire un petit cri. C'est comme si un lien invisible connectait la pointe de mon sein à mon intimité. Dès que la sensation se réveille dans un sein, l'autre palpite d'excitation.

Un autre grognement m'échappe alors qu'il libère mon mamelon avant de prodiguer au deuxième les mêmes attentions. Je ne peux pas m'empêcher de me contorsionner sous lui.

Je ne me serais jamais imaginé que l'expérience me donnerait autant de plaisir. J'ai pensé que c'était quelque chose que je devrais endurer afin de payer mes frais d'inscription.

Mais ça n'a pas été le cas.

J'en ai envie.

J'ai envie de lui.

Qui qu'il soit.

J'ai passé du temps à rêver à deux hommes cette semaine.

Celui qui a acheté ma virginité.

Et Wolf.

La culpabilité m'envahit, jugulant une partie de mon excitation. Dans mes fantasmes innocents, j'ai toujours imaginé que c'était lui qui me toucherait pour la première fois. Même après les répercussions, il a toujours trouvé le moyen de se glisser dans mes rêves.

S'il y a un point positif à cette situation, c'est que cet homme l'effacera de mes pensées une bonne fois pour toutes. Alors, enfin, je serai peut-être capable de tourner la page et d'arrêter de penser à lui.

Du moins, c'est ce que j'espère.

Quand il mordille la pointe de mon mamelon avec des dents acérées, je halète. Il n'en faut pas plus pour que Wolf disparaisse de mon esprit et que je me concentre sur le plaisir qui découle de cette morsure douloureuse. Il lèche rapidement mon mamelon avant de le sucer dans sa bouche.

Je laisse échapper un gémissement. Impossible pour moi de le garder prisonnier alors que le désir enflamme mes veines.

Ses coups de langue et ses baisers descendent le long de ma cage thoracique, adorant chaque centimètre de chair jusqu'à atteindre le V entre mes jambes. Pendant un battement de cœur, il enfonce le visage contre ma fente. L'air reste coincé dans mes poumons alors qu'il m'aspire comme une drogue.

Un grognement bas résonne dans sa poitrine. Il me provoque des milliers de frissons qui courent le long de mon épine dorsale tandis qu'il pousse contre mes cuisses jusqu'à ce que je me retrouve complètement écartelée. L'embarras m'enflamme le cou et les joues. Je n'imagine plus que cet inconnu sans visage qui me regarde, me dévorant des yeux.

Il fait glisser un doigt le long de mes lèvres délicates, de haut en bas, avant de s'enfoncer profondément dans ma chaleur. Une fois enfoncé jusqu'à la garde, il le maintient parfaitement immobile comme pour me donner le temps de m'ajuster à l'intrusion. Le plaisir se propage dans mon intimité alors qu'un besoin renouvelé contracte mes muscles. Je pousse un autre grognement quand il le retire de mon corps.

Je m'agite sur le matelas, souhaitant ressentir à nouveau la sensation délicieuse. Au lieu de cela, je sursaute quand ses grandes mains se posent à l'intérieur de mes cuisses, insupportablement près de mon intimité. Ses doigts en taquinent les pourtours avant d'en étirer les lèvres. Dans mon esprit, je m'imagine qu'elles sont écartelées, révélant ce qui est caché à l'intérieur.

Mon cœur va marteler contre ma cage thoracique alors que son souffle chaud frôle la partie la plus intime de mon anatomie. J'ai beau avoir les yeux bandés et ne pas voir ce qui se passe, mes autres sens sont éveillés et augmentés. Tentant de me contenir, je tords le tissu luxueux entre mes doigts, mais c'est difficile.

Le premier frôlement de ses lèvres m'arrache un cri rauque. Ses doigts se resserrent sur mes cuisses pour me maintenir en place alors qu'il transperce la douceur veloutée de mon intimité.

Mon cerveau court-circuite quand la sensation court à travers mes veines.

Il m'étire encore davantage et continue de me lécher jusqu'à ce que je sois réduite à quelque chose que je n'aurais jamais pensé être.

Un chaos tremblant d'hormones.

La pointe de sa langue tourne paresseusement autour de mon clitoris. Les sensations délicieuses qui brassent à l'intérieur de moi sont presque trop pour que j'y comprenne quoi que ce soit. Mon dos se cambre sur le matelas tandis qu'il continue de lécher et de sucer ma chair. Avant que je réalise ce qui est en train de se passer, je jouis avec une frénésie enivrante. Cette vague s'abat sur moi avant de m'entraîner vers le large où personne ne me retrouvera jamais.

La dernière fois a beau avoir été extraordinaire, ce n'est rien comparé à l'orgasme qui me dévaste, me coupant la respiration.

M'abrutissant.

Mes muscles sont aussi mous qu'une nouille trop cuite. Il continue de me mordiller comme s'il ne pouvait jamais en avoir assez.

Je suis tentée d'enfoncer mes doigts dans ses cheveux.

Sont-ils longs ou courts ?

Foncés ou clairs ?

Je n'en ai aucune idée.

Une image de Wolf se réinfiltre dans mon esprit.

C'est trop facile de l'imaginer en train de me toucher de la sorte.

Ma langue sort humecter mes lèvres alors qu'un millier de pensées différentes tournent en cercle dans ma tête.

Devrais-je dire quelque chose ?

Le remercier, peut-être ?

Il a déboursé tout cet argent et n'en a rien retiré. Je sais que je ne devrais pas me sentir coupable, mais ça me ronge.

Il me dérobe ma décision en se redressant. Mes oreilles restent à l'affut du moindre son. C'est alors que j'entends ses pas résonner sur le plancher quand il sort de la chambre. Avant que la porte extérieure ne se referme, j'arrache mon masque et me précipite vers la pièce principale, mais c'est trop tard.

Il est parti.

Il ne reste que l'odeur boisée qui imprègne l'atmosphère.

Je cours vers la porte que j'ouvre à la volée. Une fois dehors, je regarde d'un côté du long couloir avant de faire pareil de l'autre côté, mais il est vide.

C'est presque comme si cet épisode tout entier n'était qu'une invention de mon imagination.

Ma tête continue de tourbillonner alors que je me glisse à l'intérieur de la suite et me dirige vers la chambre à coucher. Dès que je franchis le seuil, mon téléphone bipe. Le bruit est déchirant dans le silence qui m'entoure. Je jette un œil à l'écran et découvre que dix mille dollars supplémentaires viennent d'être déposés sur mon compte. Je me laisse tomber sur le lit en contemplant la somme.

Entre ça et le premier versement, j'ai largement assez pour régler les frais de ce semestre ainsi que mon loyer pour les mois qui viennent.

Je ressens une vague de soulagement.

Mais il y a également quelque chose d'autre d'enfoui en dessous.

Quelque chose d'indéniable.

Quelque chose dont je ne suis pas fière.

L'anticipation.

Parce que la prochaine fois que je retrouverai cet homme mystérieux, il me prendra ma virginité.

CHAPITRE 23

olf

Je patiente contre un muret de briques rouges, les bras croisés, parcourant tous les visages à la recherche de Fallyn alors que les étudiants se déversent par les portes en verre. Je change de position, impatient de l'apercevoir. Trois jours se sont écoulés depuis notre deuxième rendez-vous à l'hôtel. Je n'ai qu'à m'humecter les lèvres pour percevoir encore les vestiges de sa saveur.

Je meurs d'envie d'en avoir plus.

La route que j'ai établie est dangereuse. Si j'avais un peu de jugeote, je reconsidèrerais chaque décision avant de la prendre.

Soyons honnête, je suis bien trop impliqué et ça n'arrivera jamais.

— Salut, Wolf.

Je tourne brusquement la tête et je réalise qu'une jolie fille est venue se coller à moi alors que je n'y prêtais pas attention. Mon regard revient sur elle pendant une seconde ou deux avant de retourner vers l'entrée du bâtiment. J'ai déjà vu cette fille sur le campus et au bar, mais je ne saurais pas dire comment elle s'appelle.

— Salut, ça va ?

Je lance la question, mais la réponse ne m'intéresse absolument pas.

Malheureusement, elle le prend comme un feu vert et se rapproche.

Un peu trop près à mon goût.

— Super. Qu'est-ce que tu fais ? Tu as fini tes cours pour la journée ?

Je lui coule un second regard.

— Euh, oui. J'attends quelqu'un.

J'aimerais pouvoir arrêter net cette conversation. Dans mon esprit, je vois déjà comment ça va se passer. Elle me demandera de faire quelque chose (probablement la raccompagner chez elle) et je refuserai carrément.

— Oh.

Elle replace une courte mèche blanche derrière son oreille.

— Puisque tu n'es pas occupé, je me disais peut-être que...

Je me redresse de toute ma taille alors que Fallyn sort au soleil. Ses longs cheveux noirs tombent sur ses épaules alors qu'elle fait courir son regard sur la foule dense. On dirait qu'elle porte du gloss, mais je sais que c'est sa couleur naturelle. Elle n'a jamais aimé porter beaucoup de maquillage.

Et c'est très sexy.

La puissance de sa beauté me frappe en plein dans le ventre à chaque fois. C'est comme ça depuis que nous sommes enfants. À l'époque, j'étais trop jeune pour comprendre ce que ça signifiait.

Tout ce que je savais était que je voulais la protéger et veiller sur elle.

Être aussi proche que possible.

Il y a une attraction naturelle entre nous.

C'est comme un fil invisible sur lequel on tirerait lentement.

Du moins pour moi.

Et ça n'a fait que se renforcer avec le temps.

Me tenir à distance pendant toutes ces années a été une vraie torture. À présent qu'elle est revenue dans ma vie, ces petits fragments de temps que j'ai été capable d'arracher ne sont largement pas suffisants pour rassasier la bête qui vit au plus profond de moi.

J'ai envie d'en avoir davantage.

J'ai envie de tout.

Particulièrement maintenant que j'ai goûté à sa chair soyeuse.

Je ne serai pas satisfait avant que chaque partie d'elle ne m'appartienne.

Jusqu'à ce qu'elle ne voie plus que moi.

Qu'elle ne pense plus qu'à moi.

Jusqu'à ce que son désir devienne aussi vorace que le mien.

Je ne sais même pas si c'est possible.

— Désolé, je dois y aller, marmonné-je avant que la blonde ne puisse poursuivre.

Au moment où je m'avance en direction de Fallyn, elle m'aperçoit et s'immobilise. Quelques personnes la bousculent dans leur hâte de s'échapper du bâtiment, puis elle se met brusquement en mouvement. Son regard se déplace vers la fille que j'ai laissée dans mon sillage puis elle se reconcentre sur moi en plissant les paupières. Les gens s'écartent en me voyant alors que je traverse la congestion qui obstrue l'allée avant de l'atteindre enfin.

Le menton pointé, elle soutient mon regard.

— Que fais-tu ici ?

À présent qu'elle est face à moi, assez proche pour que j'enroule les mains autour d'elle et la serre contre mon corps, je dois me contraindre à garder mes muscles détendus.

Particulièrement quand l'odeur du shampooing au romarin et à la menthe taquine mes narines.

J'ai envie de l'inspirer profondément dans mon âme et la retenir captive jusqu'à ce qu'elle ne trouve plus nécessaire de lutter contre l'inévitable.

— J'ai un peu de temps entre les cours et l'entraînement. J'ai pensé qu'on pourrait peut-être passer du temps ensemble.

Je garde un ton détaché pour que ça n'ait pas l'air d'être important alors que rien ne saurait être plus éloigné de la vérité.

— Où ça ?

Sa réaction me déstabilise. Je m'attendais à un refus direct et au fait de devoir la convaincre de passer du temps avec moi. J'avais préparé un discours tout entier dans ma tête.

Est-il possible que je sois en train de faire de légers progrès avec elle ?

J'affiche un sourire en coin.

— C'est une surprise.

Moins elle en sait, mieux c'est.

Quand l'indécision s'empare de ses traits, je réalise qu'elle pense à notre dernière rencontre fixée pour plus tard dans l'après-midi. Aussi stupide que ça puisse paraître, je ne veux pas coucher avec Fallyn sans avoir passé plus de temps ensemble.

Chaque fois que je lui envoie un texto, elle répond à peine.

Donc... je suis forcé de suivre ses déplacements sur le campus.

Je suis tenté de me passer une main sur le visage.

On en est vraiment là ?

— Je ne sais pas...

L'envie de tendre le bras pour la toucher palpite en moi. Quand c'est presque trop pour moi, je serre les poings contre mon corps.

— Ce sera amusant, je promets.

Elle pousse un soupir tremblant avant de hocher sèchement la tête.

— Très bien.

Dès que mon cerveau me donne l'ordre de la toucher, mes doigts s'enroulent autour des siens alors que je traverse la foule des étudiants. Quand elle se crispe, j'attends qu'elle se démêle de moi et rompe la connexion. Si j'avais eu la tête sur les épaules, j'aurais dû garder mes distances, peut-être placer ma main sur ses reins pour la guider à travers la foule dense.

Au bout de deux pas seulement, ses muscles perdent leur rigidité.

Même si j'ai peur de trop insister, d'aller trop vite, je ne peux pas m'en empêcher. Maintenant qu'elle est de retour dans ma vie, je réalise que j'ai été très seul sans elle.

Et sans Miles.

Ils ont constitué mon monde tout entier pendant plus d'une décennie.

Ils étaient tout ce dont j'avais besoin.

Tout ce que je voulais.

Ils me complétaient dans tous les sens du terme.

Puis un jour, ils ont disparu.

Et je n'ai pas pu y faire quoi que ce soit.

Au fil des années, mes camarades de Western sont devenus comme des frères, mais ce n'est pas pareil. Impossible pour ces mecs de me connaître comme le faisaient Miles et Fallyn, parce que je ne suis plus la même personne qu'à l'époque.

Comment pourrais-je l'être, alors que les gens qui comptent le plus pour moi m'ont été arrachés ?

C'est quelque chose qui vous fait changer... en pire.

Alors qu'on traverse le campus, ses doigts restent prisonniers des miens. Je suis hyperconscient de leur douceur et de leur chaleur.

— Les gens nous observent, marmonne-t-elle du coin de la bouche.

Ayant tout oublié des étudiants qui nous entourent, je regarde autour de nous et réalise qu'elle a raison. Les gens nous regardent. Enfin, des filles nous regardent en ouvrant de grands yeux incrédules. Quelques-unes, choquées, en restent bouche bée.

C'est bien.

Maintenant, elles comprendront enfin que je ne suis pas intéressé. Cette fille à mes côtés est la seule qui m'intéresse. Je veux que tout le monde sache que Fallyn DiMarco m'appartient.

Qu'elle le comprenne ou pas.

Mes doigts se resserrent autour des siens alors que ces pensées traversent mon esprit. Bien sûr, elles me remplissent d'un véritable plaisir.

— On s'en fiche. Qu'elles nous regardent !

Elle pince les lèvres, gênée par l'attention.

Quand le centre sportif se fait voir, elle s'immobilise et me coule un regard. Je garde les doigts enroulés autour des siens, ne voulant pas lui donner l'opportunité de filer.

— Qu'est-ce qu'on fait ici ?

Sa voix est rauque, comme à nu. J'ai l'impression de l'avoir trahie et je me sens terriblement mal.

Mais on a besoin de le faire.

Elle a besoin de le faire.

Je garde un ton décontracté.

— La patinoire est ouverte et j'ai pensé que ce serait amusant si on y passait un moment.

Il y a un silence.

— Quand as-tu été sur la glace pour la dernière fois ?

Livide, elle lève l'autre main pour se frotter la poitrine.

Je baisse les yeux vers le mouvement. Alors seulement, je comprends qu'elle frotte la cicatrice. Celle que je ne savais pas qu'elle avait avant d'ouvrir les pans de son peignoir et de dévoiler sa poitrine. Ça me déchire de savoir que son corps porte un rappel constant du pire jour de nos vies. Je n'ai pas pu m'empêcher de me pencher et de plaquer mes lèvres contre la chair plissée comme s'il était possible d'ôter toute la douleur qui vit à l'intérieur d'elle.

Le texto qu'elle m'a envoyé après notre premier rencard pour me demander si elle m'avait dégoûté a brisé mon cœur en un million de morceaux. J'ai dû me retenir de faire demi-tour, retourner à la suite et la prendre dans mes bras.

Je devine que c'est la raison pour laquelle elle est toujours vierge à vingt ans.

Je déteste savoir que son corps l'embarrasse. Si je pouvais siphonner toute sa douleur pour la ressentir moi-même, je le ferais sans la moindre hésitation.

— Je n'ai pas patiné depuis que...

Sa voix meurt.

— Tu adorais ça, lui rappelé-je doucement.

Elle se mord la lèvre inférieure alors que son regard revient vers l'immense structure.

— Il est temps, Fallyn. Temps de tourner la page et d'arrêter de laisser l'accident contrôler tous les aspects de ta vie. Ce n'est pas ce que Miles aurait voulu pour toi.

Ses muscles se raidissent.

Au moment où je pense qu'elle va s'écarter et me lancer d'aller me faire voir, elle répond :

— Je ne sais pas. Tu as peut-être raison.

CHAPITRE 24

allyn

Dès que ces mots m'échappent, j'ai envie de les ravaler et lui dire d'oublier. Je n'ai mis les pieds dans le bâtiment qu'à une seule reprise. Et c'était pour ma cousine Viola.

Quand j'ai accepté d'assister au match pour que Vi puisse regarder Madden jouer, je ne m'étais pas attendue à ce que tous ces souvenirs et sentiments se déterrent et tourbillonnent en moi. Dans l'ensemble, les patinoires sont toutes les mêmes.

Les mêmes sensations et la même odeur planent dans l'air.

Les gens.

Les athlètes, les fans, les familles.

Les enfants qui courent partout. Ils font un détour par l'aire de jeux vidéo afin de dépenser l'argent de leurs parents ou bien par les kiosques pour acheter du popcorn, des bretzels chauds et des boissons gazeuses.

Rester assise à côté de Viola et regarder Wolf dans les buts a été encore plus douloureux que ce à quoi je m'étais attendue. Une douleur physique avait grandi dans ma poitrine, devenant impossible à ignorer. Le temps que le match prenne fin, j'avais eu l'impression de suffoquer et je ne pouvais pas respirer.

— Tu en es certaine ? demande-t-il doucement en resserrant les doigts autour des miens. Parce qu'on peut aller autre part. Je pensais simplement que ce serait amusant. Des souvenirs heureux de notre passé.

Je prends une inspiration frémissante puis arrache les yeux de lui pour regarder le bâtiment qui se dresse devant nous.

— Non, ça va.

Je sors mon téléphone et jette un œil à l'écran.

— Je dois aller quelque part dans trois heures, alors je ne serai pas capable de rester pendant bien longtemps.

Rapidement mouchée, une émotion pétille dans son regard.

— Ça ne sera pas un problème, dit-il en désignant le bâtiment du menton. On rentre ?

Je me mordille la lèvre inférieure.

— Oui.

Nos mains toujours unies, il m'entraîne vers les larges marches de pierre qui mènent vers l'entrée. La fois où je m'y étais rendue, c'était bondé et tout le monde portait les couleurs des Wildcats. Certains avaient peint leur visage en orange et en noir. La plupart portaient des maillots. Je n'ai pu m'empêcher de remarquer que beaucoup de personnes portaient celui de Wolf.

On franchit la porte vitrée pour entrer dans le vestibule spacieux. Des bannières sont accrochées au plafond, décorées des photos des joueurs des Wildcats. Il n'en faut pas plus pour qu'une vague d'émotions s'abatte sur moi, menaçant de m'engloutir. Une boule épaisse remonte dans ma gorge tandis que j'observe l'espace.

À part quelques personnes qui traînent par-ci par-là, l'endroit est tranquille.

— Allons te chercher une paire de patins.

Wolf m'entraîne vers une fenêtre où un mec de notre âge est assis, le nez dans un manuel. Ce n'est que lorsqu'il lève la tête que je réalise que c'est Anthony. Il se redresse d'un bond et son visage s'éclaire lorsqu'il me reconnaît.

— Salut, Fallyn ! Ça me fait plaisir de te voir.

— Salut. Je ne savais pas que tu travaillais ici.

— Oui, depuis la première année. Ce ne sont que quelques heures par semaine, mais je ne vais pas cracher sur un peu de fric supplémentaire.

Maintenant que je suis contrainte de payer moi-même pour mes courses et le nécessaire, je comprends tout à fait.

Je coule un regard à l'homme à côté de moi et un frisson d'excitation danse le long de mon dos parce que c'est exactement ce qu'il est devenu.

Un homme.

Le garçon qu'était Wolf a complètement disparu. Ses joues ont perdu la rondeur de la jeunesse. Au lieu de cela, son visage n'est que lignes et angles droits. Quelques poils de barbe assombrissent son menton et ses joues. Ses yeux verts me capturent, me rappelant la forêt qui entourait notre cottage en plein été. Un cercle doré clair encercle les pupilles. De nombreuses mouchetures variées composent cette teinte.

Quand on était enfants, je m'asseyais sur sa poitrine et le regardais dans les yeux, essayant de dénombrer toutes les teintes différentes. Il restait toujours parfaitement immobile et m'autorisait à le faire.

Je repousse ces souvenirs d'un clignement de paupières et reporte mon attention sur Anthony. Je ne l'ai pas recroisé depuis qu'il m'a redemandé de sortir avec lui.

Wolf le dévisage en fronçant les sourcils.

— Vous vous connaissez ?

— Euh, oui, dis-je, agitée. On a suivi quelques cours en commun.

Anthony saisit l'occasion pour ajouter :

— Et on est sortis plusieurs fois ensemble l'année dernière.

Wolf hausse un sourcil et se rapproche légèrement jusqu'à ce que nos corps se touchent.

— Ah oui ?

Je m'éclaircis la gorge, espérant changer de sujet.

— On devrait probablement prendre nos patins.
— Tu fais toujours la même taille ?
Quand je hoche la tête, Wolf dit :
— Je peux avoir une paire en trente-huit et demi ?
Le jeune homme nous dévisage successivement d'un air déçu.
— Bien sûr. Vous avez besoin d'autre chose ?
— Absolument pas. Il y a beaucoup de gens à la patinoire ? demande Wolf en désignant la glace.

Anthony détourne le regard pendant suffisamment longtemps pour y jeter un œil rapide.

— Peut-être quatre ou cinq. C'est très calme, cet après-midi. Dites-moi s'ils ne vont pas, dit-il en tendant les patins.

Wolf s'en empare avant d'inspecter les lames.

— Ça ira.
— Dis-moi, Fallyn... Tu as repensé à...

Wolf enroule un bras autour de mes épaules, m'éloignant du comptoir en direction de la patinoire avant qu'Anthony ne puisse terminer sa phrase.

— Ravie de t'avoir recroisé, m'écrié-je avant de foudroyer Wolf du regard. C'était malpoli !

— Fais-moi confiance, il valait mieux que je t'emmène loin d'ici avant qu'il ne t'invite à sortir. *Encore une fois*, ajoute-t-il d'une voix sombre.

— C'étaient juste quelques rencards, marmonné-je, détestant le fait d'avoir besoin de me justifier.

On franchit les lourdes portes pour sortir dans l'air glacial. J'inspire à pleins poumons, l'odeur de la glace me frappe de plein fouet et une autre vague de nostalgie s'abat sur moi. Je me souviens malgré moi de toutes les fois où Wolf, Miles et moi avons été déposés à la patinoire près de notre maison pour une séance. On a passé de nombreuses heures à s'amuser dans le centre sportif. Les garçons tiraient au but tandis que je tournoyais sur moi-même, m'imaginant être la prochaine Gracie Gold.

On fait le tour de la courbe de la patinoire où sont situés les vestiaires. Wolf désigne un banc plaqué contre le mur.

— Si tu t'asseyais ici pour te changer ?

Ça ne me vient même pas à l'idée de ne pas lui obéir. Une fois que je me laisse tomber sur le banc, il se penche, saisit mon pied et retire une chaussure. Une chair de poule généralisée remonte le long de mes bras alors que son pouce glisse sur ma voûte plantaire.

Surprise par le contact physique ainsi que par ma réaction, je murmure :

— Que fais-tu ?

Il me coule un regard. À la seconde où nos yeux se croisent, mon ventre se creuse.

— Je t'aide à enfiler tes patins.

— Je suis parfaitement capable de me débrouiller toute seule.

Ma voix est éraillée comme si on m'étranglait de l'intérieur.

Avec un haussement d'épaules, il retire la deuxième puis défait les lacets usés des patins avant d'en enfiler un prudemment sur mon pied.

— Je n'ai jamais dit que tu n'en étais pas capable.

Ma bouche se dessèche alors qu'il lace le second patin. Puis il s'empare de mes chaussures et se redresse de toute sa taille avant de reculer d'un pas.

Je le dévisage en fronçant les sourcils.

— Où vas-tu ?

Il fait un signe du menton à gauche.

— Au vestiaire, pour prendre mes patins.

— Pourquoi emportes-tu mes chaussures ?

Il affiche un petit sourire.

— Je m'assure que tu ne t'enfuies pas.

— Tu es sérieux ?

Son regard enjoué disparaît alors que son attention s'intensifie.

— Parfaitement.

Sans savoir quoi faire, je croise les bras.

— Je ne vais pas m'enfuir. Tu peux les reposer tout de suite.

— Certainement pas, dit-il en les secouant doucement. Je vais considérer ça comme une garantie. Je reviens dans une seconde.

Avant que je puisse protester, il tourne les talons et se dirige vers le vestiaire, franchit la porte métallique et disparaît à l'intérieur. Je la regarde pendant quelques instants avant de jeter un œil à la glace. Il y a un couple plus âgé qui se tient la main ainsi qu'une femme avec un petit enfant qui porte un pantalon de neige. Il se sert de ce qui ressemble à un siège fait de tubes en PVC. Je ne peux m'empêcher de sourire alors que je le regarde pousser la chaise sur la surface lisse, à la poursuite de la femme. De l'autre côté de la patinoire se trouve une blonde qui a probablement notre âge.

La grâce naturelle de ses mouvements me dit qu'elle a des années d'entraînement. Avant, je faisais semblant d'être Gracie Gold. Cette fille lui ressemble, du point de vue des capacités. Elle fait le tour de la glace avant de bondir puis de tournoyer si vite que je me demande comment elle fait pour ne pas avoir le vertige. C'est un plaisir à regarder et je me perds dans les mouvements fluides.

— Tu es prête ?

Arrachée à mes pensées, je découvre Wolf debout devant moi, ayant l'air plus grand qu'avant sur ses patins. Je dois tendre encore plus le cou afin de soutenir son regard appuyé.

Je me redresse. Quand je chancelle, je tends les bras pour essayer de me rattraper et de ne pas tomber comme une tonne de briques. Les mains de Wolf se referment autour de mes côtes pour me tenir en place. Même si plusieurs couches de vêtements séparent ses paumes de ma peau, je sens sa présence alors que son visage n'est plus qu'à quelques centimètres du mien.

Il n'en faudrait guère plus pour qu'on se touche…

Dès que cette pensée insidieuse envahit mon cerveau, j'ai un sursaut de recul et je manque de trébucher. Ses doigts se resserrent autour de moi.

L'énergie fait crépiter l'atmosphère qui nous entoure.

— Ça va ?

— Oui. Je n'ai plus l'habitude. Ça fait longtemps.

Je m'éclaircis la gorge et détourne le regard de l'intensité qui remplit ses yeux et laisse échapper :

— Tu vois ? Je suis toujours là ? Je ne suis pas partie.

— Je t'aurais pourchassée si tu l'avais fait.

La promesse sombre dans sa voix rappelle mon attention vers lui.

Un regard rapide à ses yeux me dit qu'il ne plaisante pas. Ils sont emplis de possessivité. C'est le même regard que j'ai remarqué le soir après le match, quand il s'est présenté au bar. Je m'efforce de ne pas penser à ce qui s'est passé dans l'allée après mon service.

Malheureusement, le film repasse constamment en boucle dans mon cerveau.

Il n'en faut pas plus pour que des papillons palpitent au creux de mon ventre et prennent vie.

— Prête ?

Je hoche sèchement la tête, tout en faisant semblant que ses commentaires n'ont pas enflammé quelque chose au plus profond de moi.

— Je ne pourrais pas l'être davantage.

C'est un soulagement quand ses mains se retirent de ma taille. Je ne pense pas pouvoir supporter une autre seconde de son contact.

Alors qu'un soupir m'échappe, ses doigts s'enroulent autour des miens. Puis il m'entraîne vers le portail qui nous sépare de la glace. D'un mouvement rapide, il tire sur la poignée et l'ouvre d'un geste brusque avant de s'engager sur la surface lisse.

Il fait un tour sur lui-même et tend la main. Je la prends sans me poser de question. C'est plutôt par instinct. Sa prise se resserre autour de moi alors que je m'avance sur la glace et glisse sur la surface lisse. La tension vibre à travers chaque muscle.

Ça fait longtemps que je ne l'ai pas fait et ça ne me semble plus être une seconde nature comme lorsqu'on était jeunes. Mon autre main se referme alors que j'essaye de rester debout et ne pas finir sur les fesses. Si j'étais inquiète quand je me suis redressée près du banc, ce n'est rien comparé au malaise que je ressens à présent.

C'est comme si Wolf pouvait lire dans mon esprit. Il me tire en avant pour pouvoir glisser un bras autour de ma taille afin de me maintenir en place.

— Tu vois ? C'est super facile. C'est comme faire du vélo.

— Je n'irais pas jusque-là, dis-je avec un reniflement moqueur. En fait, si c'est un peu comme de remonter sur un vélo, je ne devrais probablement pas essayer non plus, parce que j'ai l'impression d'être à deux doigts de me faire plusieurs fractures.

— Je ne le permettrai pas.

Le bras enroulé autour de ma taille, il me serre plus près de lui. Je suis plus ou moins propulsée en avant alors que mes pieds restent fermement plantés sur la glace.

Enfin, aussi fermement plantés qu'ils peuvent l'être.

Il faut que je fasse un tour complet autour de l'ovale pour que la raideur qui s'emparait de mes muscles se dissipe enfin et que je commence à passer un bon moment. Je cesse de me concentrer sur la possibilité de me prendre une gamelle et deviens plus consciente de l'homme à mes côtés. Même après le traumatisme de notre passé, je sais toujours que Wolf me gardera en sécurité. Cette pensée continue de me tourner au fond de la tête.

Ce n'est que maintenant que je suis capable de l'admettre complètement.

Quand on était enfant, Wolf a déployé des efforts formidables pour me protéger.

Il se prendrait une balle pour moi.

Ou pour Miles.

Je suppose que c'est pour ça que la perte de notre amitié a été si dévastatrice. Ou que j'étais si blessée par le fait qu'il disparaisse de ma vie sans un mot.

Hormis mon frère, je n'ai jamais fait confiance à personne plus qu'à Wolf.

— À quoi tu penses ? demande-t-il doucement, m'arrachant au passé qui continue de s'enrouler sournoisement autour de moi.

Au lieu d'admettre la vérité et de plonger la tête la première dans quelque chose d'aussi douloureux, je conserve un ton détaché.

— À l'étang près de chez nous, quand on allait patiner pendant l'hiver. Miles et toi déblayiez la neige et créiez des buts de chaque côté.

— Et on ne rentrait pas à la maison avant que nos doigts et nos orteils ne soient engourdis et que nos dents claquent, ajoute-t-il avec une ébauche de sourire.

Je ne peux m'empêcher de sourire parce que c'est absolument vrai.

Les jours de neige étaient les meilleurs. Les garçons jouaient au hockey. Parfois, d'autres gamins du quartier se joignaient à nous, mais je préférais quand c'était juste nous trois.

— Ça fait partie de mes meilleurs souvenirs, dit-il doucement.

— Moi aussi. Rien n'a pu s'y comparer depuis.

Comment cela aurait-il été possible ?

Avant que je réalise ce qu'il fait, Wolf me fait me tourner pour que je patine à reculons devant lui alors qu'on se serre toujours fermement les mains.

— Détends-toi, murmure-t-il, continuant de nous guider. Je te tiens.

Son regard pénètre le mien alors que je force mes muscles à se détendre.

Pour être tout à fait honnête : Wolf m'a toujours eue.

Il a toujours possédé le pouvoir de m'absorber et de me maintenir captive.

En grandissant, je ne voulais pas m'échapper. Je ne me suis jamais posé la question.

Maintenant, je n'en suis plus aussi certaine.

Plus on passe de temps ensemble, plus j'ai du mal à conserver mes distances, tant physiquement qu'émotionnellement. C'est trop facile de se souvenir de tout ce qui m'avait attirée vers lui comme un aimant. Je n'aurais pas pu résister, même si je l'avais voulu.

Plus ses yeux verts pénètrent les miens, plus le monde se rétrécit autour de nous jusqu'à ce que je n'aie plus conscience d'autre chose. C'est aussi enivrant que dangereux.

C'est presque un soulagement quand il rompt le contact visuel et salue quelqu'un d'un geste du menton. Je me force à détourner le regard et j'aperçois la patineuse que j'ai regardée plus tôt. D'aussi près, elle est encore plus belle que je l'avais imaginé.

Élancée.

Blonde et aux yeux bleus comme une poupée de porcelaine.

La jalousie bouillonne en moi, mais je la réprime rapidement.

Se connaissent-ils ?

Intimement ?

Cette pensée me contrarie.

Parce que c'est probablement vrai.

Je suis certaine qu'elle est juste une des nombreuses filles du campus avec qui il a couché.

Mon regard trouve le sien, le découvrant en train de me contempler avec une intensité qui manque de me couper la respiration.

— Tu la connais ?

Je m'efforce de garder un ton détaché. La dernière chose que je veux est qu'il pense que je suis jalouse.

Une étincelle d'humour pétille dans ses yeux. Quelque part, il sait exactement quelles pensées me tourbillonnent dans le cerveau. Plus il me regarde, plus la chaleur se concentre dans mes joues jusqu'à ce que j'aie l'impression qu'elles sont en feu.

Je pince les lèvres afin de ne pas m'enfoncer plus profondément dans un trou. Un trou dont je ne serais pas capable de m'extirper.

Son regard ne dévie pas du mien alors qu'il se rapproche et baisse la voix pour que je sois la seule à l'entendre.

— Tu n'as pas à être jalouse de quoi que ce soit.

Ces mots, comme ceux de notre passé, résonnent à mes oreilles.

Avec ce commentaire, mon humiliation est totale.

Je m'éclaircis la gorge.

— Je ne le suis pas.

Son attention reste braquée sur moi alors qu'il pointe le menton vers la fille qui vient de quitter la patinoire, nous laissant seuls.

— C'est la fille du nouvel entraîneur.

— Oh.

Maintenant, je me sens comme une idiote.

Une idiote jalouse est la dernière chose que je devrais être. Je devrais me ficher de savoir avec qui Wolf sort ou couche.

Nous ne sommes plus amis.

Nous ne sommes… rien.

Putain ! Je savais que passer du temps seule avec lui était une idée désastreuse.

Je suis si concentrée sur mes pensées que je me rends seulement compte que Wolf nous a manœuvrés vers les bancs des joueurs lorsque ses mains encerclent ma taille. Il me soulève puis me dépose sur le muret. Nos yeux sont au même niveau. Mon cœur accélère l'allure alors que nos regards s'accrochent.

C'est lentement qu'il franchit l'espace entre nous jusqu'à ce que son souffle chaud me caresse les lèvres. Je ne peux m'empêcher d'inhaler son odeur à pleines narines, l'aspirant profondément dans mes poumons.

— Fallyn, grogne-t-il comme s'il était en détresse.

Comme si son ventre était plein de petits nœuds douloureux.

Je n'ai peut-être pas voulu l'admettre, mais je sais exactement ce qu'il ressent, parce que j'en fais l'expérience aussi.

Mon corps gravite vers le sien jusqu'à ce que sa bouche puisse frôler la mienne. Alors que mes lèvres s'entrouvrent, s'ouvrant en une invitation silencieuse, il ne perd pas le contrôle comme il l'a fait l'autre nuit. Ses mouvements sont mesurés comme si nous avions tout le temps du monde pour explorer.

Mon cerveau s'éteint lorsque je suis parcourue d'une vague de désir et que j'enroule les bras autour de son cou avant de l'attirer plus près de moi. En cet instant, rien ne compte plus que la sensation de sa bouche qui recouvre la mienne.

Pas le chagrin de notre passé.

Ni l'incertitude de notre futur.

Ce n'est que lorsque quelqu'un s'éclaircit la gorge qu'on se sépare brusquement. On tourne la tête jusqu'à ce qu'un quadra portant une planchette à pince entre dans notre champ de vision. Il nous observe en haussant un sourcil.

— Bonjour, Coach.

Euh…

— Wolf.

L'homme me coule un regard avant de revenir vers son goal.

— Tu as vu ma fille ? Je croyais qu'elle était ici pour l'entraînement.

— Je crois qu'elle est partie il y a dix minutes.

— Merci.

Sans rien ajouter, le monsieur disparaît dans les vestiaires, nous laissant seuls sur la patinoire glaciale. Quand je coule un regard vers

Wolf, je vois simplement un sourire qui tremble au coin de ses lèvres.

Je lui frappe la poitrine avant d'enfoncer mon visage contre sa veste et de marmonner :

— C'est tellement embarrassant.

Il n'en faut pas plus pour que ses épaules tressautent d'un rire silencieux. Il glisse les bras autour de moi puis dépose un baiser sur le sommet de ma tête. Alors que je me colle contre sa force réconfortante, je réalise que je pourrais rester ici pour toujours. Wolf a toujours été mon *safe space*.

Alors que je m'abandonne davantage à ses caresses, mes paupières s'ouvrent et je me désengage rapidement de lui. Mes doigts se referment sur mon téléphone et je le tire de ma poche pour regarder l'écran.

Merde.

Je n'avais pas réalisé qu'il s'était écoulé tant de temps.

— Qu'est-ce qu'il y a qui ne va pas ?

Mon regard revient vers le sien alors que le regret s'abat sur moi.

Comment puis-je embrasser Wolf alors que je m'apprête à retrouver l'homme qui va prendre ma virginité ?

Je détourne le regard et marmonne :

— Rien. Je dois aller quelque part et il faut que je me bouge.

Le silence descend alors qu'une tension épaisse vibre dans l'air glacial.

— Où tu vas ?

J'ouvre la bouche, mais n'émets pas un seul son. Plus je garde le silence, plus l'atmosphère se fait tendue. Impossible de lui dire la vérité : que j'ai vendu ma virginité pour payer mes frais de scolarité pour le semestre. Je ne m'imagine pas sa réaction.

Ou peut-être que si.

Sa réaction probable est largement suffisante pour évaporer le rire incontrôlable qui remonte dans ma gorge.

Ma langue vient humecter mes lèvres.

J'ai du mal à articuler une excuse.

— J'ai un rendez-vous en centre-ville.

Le silence malaisant se prolonge entre nous alors qu'il scrute mon regard comme s'il essayait de déterrer la vérité. Je ne l'y autoriserai jamais. Je préférerais mourir plutôt que de lui expliquer la situation.

C'est un soulagement quand il change de sujet et dit plutôt :

— Je vais t'y conduire pour que tu n'arrives pas en retard.

N'envisageant même pas cette possibilité, je secoue la tête.

J'ai besoin d'avoir du temps loin de Wolf avant de retrouver mon homme mystérieux. Je coule un nouveau regard à mon téléphone. Même si j'appelais un Uber, impossible de ne pas arriver en retard ! La probabilité qu'une voiture y parvienne en moins de dix minutes est négligeable.

Je me mordille la lèvre inférieure d'un geste indécis.

Mon attention revient vers lui quand ses doigts glissent sur ma joue. Il y a quelque chose de réconfortant dans son contact tendre. Je suis tentée de m'y abandonner et je ferme les yeux, oubliant le monde autour de nous.

— Laisse-moi t'y conduire, murmure-t-il.

C'est vraiment une mauvaise idée…

Mais ai-je vraiment le choix ?

— Oui, d'accord, dis-je enfin. Merci.

— Je t'en prie.

Dix minutes plus tard, on est dans sa Mustang pour aller en centre-ville. Toutes les deux secondes, son regard revient dans ma direction. Je sens la chaleur de ses yeux scrutateurs comme une caresse physique. Je ne pourrais pas être plus consciente de la situation ou de sa personne.

Incapable de croiser son regard interrogateur, je regarde par la vitre du côté passager. Autrefois, je pensais que ce serait Wolf qui prendrait ma virginité. N'est-ce pas étrange qu'il me pousse à coucher avec un autre homme ?

Même s'il ne s'en rend pas compte.

Je me mordille la lèvre inférieure et regarde vaguement à travers la vitre passager. Alors seulement, je réalise qu'avoir permis à Wolf de me conduire ici a été une erreur. Je déteste le fait qu'il sera pour toujours lié à cette expérience.

Quand on est à deux pâtés de maisons de l'hôtel, je désigne un centre médical.

— Tu peux me déposer juste ici.

Il jette un œil au bâtiment en briques de trois étages sur le côté gauche de la rue. Une neige légère tombe du ciel et saupoudre le trottoir.

— Devrais-je attendre ?

Absolument pas.

Ce serait vraiment horrible.

Le voir après…

Va-t-il deviner ce qui s'est passé en un seul regard ?

— Non. Je ne sais pas combien de temps le rendez-vous va durer.

— Peu m'importe. J'ai du temps avant l'entraînement.

J'ouvre la portière et me glisse hors du véhicule.

— Je vais rentrer toute seule. Merci.

Son regard pénètre le mien, le prenant au piège.

— Tu en es certaine ?

— Oui.

Il y a une pause tandis qu'il fronce les sourcils. Des émotions s'emparent de son visage et sa langue vient humecter ses lèvres.

— Fallyn, il y a quelque chose que je dois…

Je ne peux pas avoir une conversation avec lui.

Pas maintenant.

Mes pensées sont déjà embrouillées. J'ai besoin d'aller jusqu'au bout et de tourner la page. Peut-être que plus tard, on pourra se poser et discuter de ce qui s'est passé entre nous. Mais ce n'est pas quelque chose que je peux faire maintenant. Je ne peux pas penser à Wolf alors que je m'apprête à coucher pour la première fois avec un autre homme.

Cette pensée me retourne l'estomac.

— Je t'en prie, murmuré-je. Je ne peux pas le faire maintenant. Donne-moi juste un peu de temps.

Des nuages de tempête se rassemblent dans ses yeux, les rendant vibrants.

— Je sais, mais…

— On en parlera demain.

Avant qu'une parole supplémentaire ne lui échappe, je claque la portière et me détourne pour m'éloigner d'un pas vif. J'ai si peur qu'il n'accepte pas ma réponse et essaye de me suivre. Les épaules voûtées, je me glisse à l'intérieur du bâtiment et me dirige vers l'arrière, cherchant une sortie qui mènera à l'allée. Mon cœur bat la chamade alors que je coule un œil par-dessus mon épaule pour m'assurer que je suis toujours seule.

Un mélange puissant de confusion et de tristesse tourbillonne à l'intérieur de moi. Je déteste voir que nos vies ont tourné ainsi.

Mais je ne peux rien y faire.

Je dois finir ce que j'ai commencé.

Alors seulement, je serai capable d'avancer.

CHAPITRE 25

olf

MÊME APRÈS QUE Fallyn a traversé les portes de verre du bâtiment, je fixe le dernier endroit où je l'ai vue avant de passer rudement la main sur mon visage et d'abattre les poings contre le volant en cuir.

Merde.

J'aurais dû tout lui avouer quand j'en ai eu l'occasion et admettre non seulement que c'est moi qui ai acheté sa virginité, mais que je sais aussi pourquoi elle a désespérément besoin d'argent.

Un coup de téléphone à mon connard de père m'a renseigné sur la situation. Il s'est vanté d'avoir enfin réussi à dérober la société à Hugo et à ruiner les DiMarco.

Ça m'a rendu malade.

Mais comment aurais-je pu lui révéler la vérité sans qu'elle me déteste encore plus ? Mes progrès avec Fallyn sont tout récents. C'est impossible de revenir à une vie dans laquelle elle ne serait pas. Ces dernières années, j'ai vécu en noir et blanc. Sa présence a rempli mon monde de tant de couleurs vivaces ! Je ne peux plus reprendre mon existence dans l'obscurité.

Quoi que je doive faire pour la garder, je le ferai.

Sans poser de questions.

Ce n'est que lorsque le téléphone de rechange que j'ai acheté sonne, annonçant un nouveau texto, que je m'engage dans la circulation et conduis jusqu'à l'hôtel. Je me gare dans le parking souterrain afin que ma Mustang ne soit pas visible et je me dirige vers les ascenseurs.

L'indécision spirale à travers moi alors que je passe une main dans mes mèches courtes. Une partie de moi veut qu'on en finisse pour qu'on puisse passer à autre chose comme s'il ne s'était rien passé. Comme si ce n'était pas moi qui avais éveillé son corps et lui avais donné du plaisir.

Est-ce vraiment mal ?

Je suis quasiment certain que oui. Et si elle découvre que je suis derrière cette histoire, elle ne me reparlera plus jamais.

Est-ce un risque que je suis disposé à courir ?

Une fois que je sors de l'ascenseur et trouve la suite, j'hésite devant la porte.

Je songe à partir immédiatement. Ce serait plus facile de me contenter de transférer l'argent sur le compte de Fallyn et de disparaître. Elle ne saura jamais que c'était moi. On continuerait à passer du temps ensemble et voir où notre relation nous entraînerait.

Alors, ce serait sa décision de coucher avec moi.

Au fond, je sais que c'est ce que je devrais faire.

Au lieu de battre en retraite, je glisser la carte sur la serrure. La lumière devient verte et la porte émet un signal, annonçant mon arrivée.

Malgré toute mon envie de faire ce qui est noble et honorable, j'en suis incapable.

Parce que c'est elle qui est en jeu.

Je la désire tant !

Je l'ai toujours fait.

Fallyn DiMarco m'appartient.

Elle m'a toujours appartenu et rien ne saurait y changer quoi que ce soit.

Je me glisse à l'intérieur de la suite et referme la porte avant d'effectuer une ligne droite vers la chambre à coucher. À peine arrivé dans le vestibule, je peux sentir l'odeur persistante de son parfum floral qui imprègne l'air.

Il ne m'en faut pas plus pour que je bande.

Quand j'ai arrangé ça avec Chloé, j'avais parfaitement l'intention de prendre sa virginité. Je me suis assuré que ce soit stipulé qu'on se rencontre trois fois pour être certain de me satisfaire d'elle.

Assez pour me durer le reste de ma vie.

Cette première fois, après l'avoir vue enveloppée dans l'épais peignoir blanc, je n'ai pas réussi à me forcer à le faire. Particulièrement après en avoir écarté les pans et aperçu la cicatrice qui défigure sa poitrine. J'en ai tracé les contours du bout des doigts, regrettant de ne pas pouvoir effacer toute la douleur que j'ai causée avec cet accident.

Au lieu d'avoir pris mon propre plaisir, j'ai adulé chaque centimètre de son corps, m'assurant qu'elle comprenne à travers mes caresses révérentes à quel point elle était magnifique. À l'intérieur comme à l'extérieur.

La regarder basculer est une expérience que je n'oublierai jamais.

La deuxième fois, je l'ai chérie avec mes lèvres et ma langue.

Mes pas s'arrêtent sur le seuil et ma gorge se noue quand je l'aperçois. Contrairement à nos précédentes rencontres, le peignoir que j'ai laissé est replié proprement au bord du matelas et elle est étendue au milieu du grand lit, le masque lui couvrant les yeux.

Nue.

J'ai simplement envie de rester debout ici pour m'abreuver du spectacle qu'elle offre, le gravant dans mes souvenirs.

Ses cheveux noirs sont répandus sur le lin blanc de la taie d'oreiller et sa cicatrice est entièrement exposée. Ses seins affichent de petites pointes roses dures qui m'implorent de les aduler. Je salive en les voyant.

Fallyn a gagné encore plus de courbes que lorsqu'elle était ado et je ne peux m'empêcher de m'en délecter. Elle est complètement épilée. Si je passais ma langue sur mes lèvres, je pourrais encore l'y goûter.

Un seul coup de langue et je suis devenu accro.

Fallyn ne comprendra jamais la profondeur de mon amour pour elle.

Je ne suis même pas certain de la comprendre moi-même.

Il n'y a jamais eu personne d'autre que cette fille. Alors que je baisse les yeux vers sa silhouette vulnérable, je réalise que quoi qu'il arrive aujourd'hui, il n'y aura plus jamais personne d'autre.

Comment cela serait-il possible ?

Je gravite jusqu'au lit avant de me poser à côté d'elle sur le matelas. Sa poitrine remonte et redescend rapidement à chaque inspiration tremblante. Elle a beau être courageuse, son anxiété est telle une entité vivante.

Mes doigts s'élèvent, encerclant un mamelon durci, tirant doucement dessus avant de faire la même chose de l'autre côté. Ses mains se tordent sur le tissu épais de la couverture alors qu'elle se cambre contre moi comme si elle me cherchait en silence. Je nous rapproche avant de plaquer mes lèvres sur la cicatrice, en embrassant la longueur.

J'ai envie qu'elle réalise à quel point elle est belle.

Je déteste voir qu'elle se pose toujours la question.

Une autre vague d'incertitude s'abat sur moi alors que je pose le front contre la vallée entre ses seins. Elle reste parfaitement immobile, son cœur battant à un rythme régulier sous moi. Quand je reste figé sur place, elle lève des bras hésitants qu'elle enroule autour de moi, me serrant davantage jusqu'à ce que je me retrouve entouré par elle.

Jusqu'à ce qu'elle devienne mon monde tout entier.

Le début et la fin.

Comme ça a toujours été censé l'être.

— Retire ton masque, murmuré-je.

Quand elle ne bouge pas, je dis plus fermement :

— Retire-le, Fallyn.

Ses muscles se raidissent alors que ses bras retombent sur le matelas, comme alourdis par une tonne de briques. Après cela, je me force à me redresser. Elle arrache le masque noir et cligne des paupières sous la faible lumière du soleil qui filtre à travers les fins rideaux qui recouvrent les fenêtres.

Au moment où son regard se pose sur moi, ses yeux s'écarquillent alors qu'elle hoche la tête.

— *Non*.

L'air quitte mes poumons alors que je fourre une main dans mes cheveux courts. Je savais qu'elle serait en colère et je n'avais pas tort.

Ses yeux pétillent de colère alors que son visage devient cendreux.

Quand je garde le silence, sa voix gagne en intensité à chaque parole qu'elle aboie.

— C'était *toi* pendant tout ce temps ?

Je me force à soutenir son regard furieux.

— Oui.

Elle descend maladroitement du lit et reprend le peignoir, me tournant le dos avant de l'enfiler d'un coup d'épaule et de l'enrouler autour de son corps nu. Ce n'est que lorsqu'elle est couverte des pieds à la tête qu'elle se retourne pour me faire face.

Denses et suffocantes, des vagues de rage s'échappent d'elle alors qu'elle replie les bras sur sa poitrine.

— Je n'arrive pas à croire que tu sois capable de faire quelque chose comme ça !

Sa voix vibre d'une émotion contenue.

— Je suis désolé.

Malgré mon envie de dévorer la distance qui nous sépare pour la prendre dans mes bras, je reste immobile.

— Ce n'est peut-être pas évident, mais j'essayais de t'aider.

— En achetant ma virginité ?

L'incrédulité fait vibrer sa voix qui résonne contre le plafond et les murs.

— Tu aurais vraiment préféré qu'un inconnu la prenne ? Un vieillard ?

Rien que d'y penser me fout en rogne. Je déchirerais en morceaux quiconque oserait toucher ce qui m'appartient.

— Oui ! J'aurais préféré que ce soit un inconnu sans visage que je n'aurais jamais été obligée de revoir.

Je secoue la tête et fais un pas hésitant vers elle. La vérité m'échappe avant que je puisse la retenir.

— Comment aurais-je pu permettre à un autre homme de te toucher ?

Je marque un temps d'arrêt avant d'arriver à articuler le reste.

— Tu as toujours été censée m'appartenir.

— Je n'ai *jamais* été à toi.

Le feu et la rage brûlent dans ses yeux bleus.

— Pas après l'accident.

Je fais un autre pas en avant, traversant la pièce à la hâte.

— Peu importe ce qui s'est passé, j'ai toujours été là, à attendre. Si tu avais besoin d'argent, j'aurais dû être la première personne à qui tu aurais dû demander. Miles et toi étiez ma famille. Parfois, j'ai l'impression que vous étiez la seule que j'avais. Tu aurais dû te rendre compte que je t'aurais donné tout ce dont tu aurais besoin. Ce n'était pas nécessaire de vendre ton corps au plus offrant.

Dès que cette dernière phrase m'échappe, je me rends compte que c'est une erreur.

Son visage devient pâle alors qu'un mélange de douleur, de colère et d'embarras s'empare de ses traits.

— Je ne voulais pas de ton aide, murmure-t-elle d'une voix épaisse.

Quand je tends les mains, voulant simplement la prendre dans mes bras et apaiser la fureur qui court dans ses veines, elle fait un bond de côté comme si mon contact était capable de la brûler.

— Mais tu en avais besoin. Tu avais besoin de *moi*, ne puis-je m'empêcher d'ajouter.

Des étincelles crépitent dans ses yeux alors qu'elle arrache le peignoir qu'elle vient d'enrouler autour d'elle il y a quelques minutes à peine. Le tissu duveteux tombe, se rassemblant à ses pieds sous son regard.

— Alors tu devrais prendre ce pour quoi tu as payé.

Quand je reste figé sur place, elle incline la tête et carre les épaules.

— Tu désires tant ma virginité ? Alors, prends-la !

Je lève la main pour me masser la nuque alors que tous mes muscles vibrent d'une tension contenue. Je suis vraiment tenté de bondir en avant et d'accepter ce qu'elle offre.

Au lieu de cela, je me force à rester immobile et à secouer la tête.

— Non. Pas comme ça.

Un calme étrange s'abat sur elle tandis qu'elle projette les seins en avant et arque un sourcil.

— Qu'est-ce qui ne va pas ? Ce n'est pas comme ça que tu t'imaginais ton scénario ?

Au lieu d'attendre une réponse, elle se retourne et regagne le lit à grands pas avant de se glisser sur le matelas deux places au milieu duquel elle s'installe. Mon regard reste braqué sur elle durant tout ce temps. Impossible de détourner le regard même si j'en avais eu envie. Particulièrement quand elle cambre le dos et écarte tant les jambes que j'observe le moindre centimètre délicat de sa personne.

Un grognement torturé vrombit au plus profond de sa poitrine alors que mon esprit s'embrume.

— Allez, Wolf, me provoque-t-elle. Prends ce que tu as acheté.

CHAPITRE 26

allyn

L'AIR RESTE EMPRISONNÉ dans mes poumons, m'empêchant de respirer alors que j'attends sa réaction. Mon cerveau carbure à toute vitesse alors que je scrute Wolf. C'est quasiment impossible de digérer que ça a été lui depuis le début.

Est-ce une chose qu'il fait souvent ?

Acheter des vierges ?

Cette pensée me rend malade et la bile me remonte dans la gorge.

Mon attention reste braquée sur lui alors qu'il parcourt la distance et s'installe au bout du lit entre mes cuisses écartées. À tout moment, mon cœur va exploser hors de ma poitrine avant de s'agiter sur le plancher alors qu'une nouvelle vague de nervosité s'abat sur moi.

Je me contracte alors qu'il tend la main et fait glisser ses doigts de ma cheville à mon genou. Même si je suis tentée de me contorsionner sous ses douces caresses, je me force à rester parfaitement immobile. Alors que je pense que sa main va remonter, elle redescend vers ma cheville.

Mon corps est secoué par les tremblements alors que son regard capture le mien pendant un instant avant de revenir au V entre mes cuisses.

— Tu es si belle !

Le désir qui se terre dans ses yeux les assombrit de plusieurs teintes.

— Tu sais quoi ?

Je secoue la tête en pinçant les lèvres. Si j'essaye de parler, j'ai peur que ça sorte comme un couinement.

— Eh bien, tu l'es.

Cette fois-ci, quand ses doigts glissent vers le haut, ils ne s'arrêtent pas à mon genou. Ils remontent doucement jusqu'à ce que la chair douce de ses doigts frôle la peau délicate de l'intérieur de ma cuisse. Mes dents s'enfoncent dans ma lèvre inférieure dans un effort pour ravaler le gémissement d'excitation. Je ne veux pas qu'il réalise à quel point il m'affecte.

Ses mouvements s'interrompent pendant une seconde ou deux puis il se sert de l'autre main pour écarter mes cuisses davantage. Je ne me suis jamais sentie aussi exposée de toute ma vie. Même durant nos deux rencontres précédentes. Avec le bandeau qui couvrait mes yeux, dissimulant le monde autour de moi, je parvenais presque à me convaincre que ce qu'on faisait était dissimulé dans l'obscurité, et que l'homme qui me touchait n'était pas capable de m'inspecter avec une telle rigueur.

Il n'est plus possible de croire en ce mensonge.

Pas alors qu'il est assis en face de moi, à me regarder de façon aussi intense.

Ce que je ne peux pas dénier est l'expression adulatrice sur son visage alors qu'il fait glisser son pouce sur ma fente. Il n'en faut pas davantage pour que la sensation explose dans mon sexe avant de se répandre jusqu'aux extrémités de mes doigts et de mes orteils. Il écarte doucement mes lèvres et s'approche. Quand je m'agite sous l'intensité de son regard, il m'observe comme pour jauger la réaction.

Sa voix descend de quelques octaves, se faisant rauque.

— Tu as aimé quand je t'ai touchée plus tôt ?

Je pince les lèvres, refusant de lui en donner davantage.

Les yeux braqués sur les miens, il se remet à caresser lentement ma chair. Cette sensation délicieuse ondule à travers mon être, m'arrachant une réaction à contrecœur.

— Oui !

Je retiens mon souffle quand son pouce remonte et qu'il frotte mon clitoris avec de légers cercles.

— Et quand je t'ai léchée ?

L'avalanche de plaisir suffit à me faire tourner de l'œil.

— J'ai aimé ça.

Il incline la tête.

— Personne ne t'a jamais touchée comme ça ?

Je ne peux m'empêcher de me cambrer contre sa main, cherchant inconsciemment d'autres sensations délicieuses.

— Non. Jamais.

Il souffle avant de recentrer son attention sur mon intimité.

— Je m'en réjouis, bien sûr, mais tu n'aurais jamais dû permettre à cette cicatrice sur ta poitrine de te retenir.

Son regard accroche à nouveau le mien alors qu'il introduit un doigt dans ma douceur jusqu'à ce qu'il se retrouve enfoncé jusqu'à la garde.

— Tu es si magnifique, Fallyn !

Ses yeux s'assombrissent alors qu'il reste parfaitement immobile.

— Tu es super étroite ; je le sens. Tu te rends compte à quel point c'est sexy ?

C'est une combinaison puissante entre sa voix rauque, les mots qui sortent de sa bouche et la sensation de son doigt à l'intérieur de mon corps chaud – là où aucun autre homme n'a jamais été – qui me fait me contorsionner.

— *Je t'en prie.*

Les mots m'échappent avant que je puisse les ravaler.

— De quoi ? Dis-moi ce que tu veux.

Il me lance cette question alors que son doigt se retire, ne laissant que l'extrémité plaquée contre mon intimité. Mes muscles internes se contractent, désireux d'être à nouveau délicieusement remplis. Avant que je puisse dire quoi que ce soit, il s'enfonce à nouveau.

Je grogne alors qu'une vague de plaisir s'abat sur moi.

— Tu as acheté ma virginité.

Ma langue vient humecter mes lèvres puis je me force à dire :

— J'ai envie que tu la prennes.

Ses yeux verts pétillent de tant de chaleur que je suis presque surprise de ne pas exploser. Il se retire puis revient.

— Tu as raison. Je l'ai fait. Mais ce n'est pas forcé d'être cet après-midi. On peut attendre.

L'idée qu'on puisse s'arrêter est douloureuse.

Particulièrement puisque je n'ai jamais été plus excitée de toute ma vie. J'ai beau avoir du mal à l'admettre, savoir que c'est Wolf qui joue avec mon corps ne fait que me pousser plus près du bord.

Son attention descend vers le V entre mes cuisses.

— Je n'ai aucun problème à lécher cette douce petite chatte jusqu'à ce que tu ressentes le plaisir que tu désires tellement.

Les paroles cochonnes de Wolf décuplent le désir qui palpite à travers moi. Je ne comprends pas comment c'est possible alors que je danse déjà au bord du précipice.

Je me cambre sous ses caresses.

— *Je t'en prie.*

Il arbore un air satisfait avant de s'installer entre mes genoux repliés. Au lieu d'attaquer ma chair et de me faire basculer dans le précipice afin de me priver de ma raison, son regard reste collé au mien tandis qu'il colle doucement ses lèvres sur ma jambe. Ses caresses sont emplies d'adulation, comme s'il avait tout le temps du monde pour explorer. La douceur veloutée de sa langue danse sur moi avant qu'il n'enfonce des dents aiguës dans l'intérieur de ma cuisse, remontant lentement vers mon intimité. Mais ce n'est pas suffisant. Il ne fait que raviver des flammes qui brûlent déjà de façon incontrôlable. Je trépigne d'impatience alors que je le regarde s'approcher de la partie de moi qui palpite d'une excitation renouvelée.

Des volutes d'anticipation grésillent à travers mes veines alors que les souvenirs de la sensation de sa bouche festoyant sur moi se succèdent dans mon esprit. J'en ai tellement envie !

J'expire avec un sifflement à la seconde où sa bouche se pose sur ma chair délicate. Mes paupières se ferment quand la sensation me consume. Rien n'a jamais été aussi formidable. Sa langue me caresse pour la seconde fois et mon dos se cambre ; une tentative pour me rapprocher de la chaleur de sa bouche.

Quand elle s'éloigne, un grognement torturé m'échappe. Je suis tentée de pousser un cri de frustration.

— Ouvre les yeux, gronde-t-il. J'ai envie que tu voies qui est entre tes jambes, qui te donne tout ce plaisir.

Cet ordre provoque en moi une seconde réaction en chaîne. Ce n'est que lorsque mes paupières s'ouvrent brusquement que ses lèvres se reposent entre mes cuisses. Nos regards s'accrochent alors qu'il continue de me lécher. Voir sa tête sombre entre mes jambes écartées est particulièrement érotique. Je serais incapable de détourner la tête même si je l'avais voulu.

Avant l'accident, je m'imaginais ce que cela ferait si Wolf me touchait et m'embrassait, mais ça n'a jamais été ainsi. Mes rêveries étaient bien plus innocentes et chastes.

Ses doigts s'enfoncent dans ma peau délicate tandis qu'il m'écarte les jambes. Je suis à sa merci. Demain matin, il y aura probablement des bleus. Je ne peux m'empêcher de penser au contraste qu'on présente. Sa chair plus sombre et tatouée contre ma peau plus laiteuse et vierge. Alors que ses paumes sont calleuses et rudes, les miennes sont douces et chouchoutées.

Par le passé, il a toujours pris soin de me traiter avec délicatesse, comme si j'étais fragile. Faite en verre filé. Ce n'est plus le cas. Quelque part au fond de mon cerveau, dans un endroit que je ne veux pas inspecter, j'en suis reconnaissante.

Quand il enfonce profondément la langue en moi, un gémissement m'échappe. Il recommence avant de tracer des cercles lents sur mon clitoris. Le plaisir s'abat sur moi en vagues puissantes avant de m'entraîner au large. J'ai envie de trouver un moyen de demeurer pour toujours dans ce moment de suspension bienheureuse. Quand mes muscles se contractent et que l'intensité dans mon intimité devient trop difficile à supporter, je me brise en un million d'éclats acérés. Savoir que Wolf est enfoncé entre mes jambes étendues est ce qui me pousse enfin au-delà du point de non-retour jusqu'à ce que je tombe en chute libre. Mes ongles s'enfoncent dans le tissu épais du couvre-lit tandis que je crie mon plaisir.

Il dépasse de loin les deux orgasmes précédents.

C'est là que je me rends compte que rien dans mon monde ne sera plus jamais pareil.

Toutes les molécules se sont modifiées, se changeant en quelque chose de nouveau.

C'est à la fois effrayant et excitant.

Il continue de lécher ma chair détrempée alors que je reviens m'écraser sur terre avec un bruit sourd douloureux. Mes muscles n'ont jamais été aussi détendus. Ma respiration m'échappe en halètements marqués qui emplissent le silence de la pièce. Je contemple le plafond pendant de longues minutes, essayant de rassembler mes pensées désorganisées avant de me forcer à regarder l'homme qui, fourré entre mes jambes, me lèche et m'embrasse. À présent, j'ai l'impression que ma chair engorgée est à vif. Il garde les yeux braqués sur les miens. Le désir qui y brille est immanquable.

Je ne peux courir pour m'échapper nulle part.

Je suis nue et vulnérable. Offerte comme un festin qu'il a l'intention de dévorer, avec les mêmes vêtements qu'on portait à la patinoire il y a un peu moins d'une heure.

C'est un spectacle déroutant.

Quand je garde le silence, ignorant quoi dire, il me donne un dernier baiser avant de lever la tête. Il ne détourne pas le regard, ne rompt pas le contact visuel. Ça me soulagerait qu'il le fasse. Au lieu de cela, je reste épinglée sur place comme un papillon sur du carton mousse.

Tout en moi s'immobilise alors qu'il fait remonter des baisers le long de mon ventre puis de ma cage thoracique, adorant chaque centimètre de ma chair alors qu'il se dirige vers la cicatrice irrégulière qui fend sa poitrine. Mes poumons se remplissent d'oxygène alors qu'il colle les lèvres sur la peau imparfaite et froncée. De la chaleur se rassemble en moi, me réchauffant de l'intérieur. Hormis mes médecins, personne ne m'a jamais touchée là. J'ai envie de me tortiller et de l'écarter avant de me replier sur moi-même, mais je réalise que Wolf ne me le permettra pas.

Plus maintenant.

Ces soupçons sont confirmés quand il se redresse et plaque la bouche contre la mienne, mordillant ma lèvre inférieure avant d'y enfoncer sa langue.

Alors que je m'abandonne à cette caresse intime, il se retire suffisamment pour gronder :

— Ne t'y trompe pas, Fallyn. Tu m'appartiens maintenant autant que tu m'appartenais à l'époque. Tu seras *toujours* à moi.

Je vois un souffle tremblant s'échapper de mes poumons. La possessivité qui illumine son regard fait faire un saut périlleux à mon cœur.

— Maintenant, rhabille-toi. Je vais te ramener chez toi.

CHAPITRE 27

allyn

— On a un acheteur intéressé, annonce maman. Il vient de soumettre une offre.

— Vraiment ?

J'ai beau savoir que vendre la maison est raisonnable, je reste mitigée.

— Ce sont de bonnes nouvelles.

— En effet, soupire-t-elle. J'aurais simplement préféré que tout ça ne soit pas nécessaire.

— Je sais.

— Et ton père essaye toujours de trouver le moyen d'annuler la décision, murmure-t-elle discrètement. Il a contacté plusieurs avocats et a parlé aux membres du conseil. Je ne pense pas qu'il soit capable de faire quoi que ce soit.

Je fais volte-face pour regarder par la fenêtre.

— Peut-être que ce qu'il faut est couper tout lien avec les Westerville.

Ça aurait dû arriver il y a des années. Alors, la colère et la rage de mon père auraient cessé de couver. Nous aurions tous pu guérir au lieu de demeurer coincés pour toujours dans ce purgatoire.

— Je ne sais pas, Fallyn. Je ne sais vraiment pas.

Il y a un moment de silence avant qu'elle change de sujet.

— Comment se passe ton travail au pub ?

Je grimace, consciente qu'un jour ou l'autre, je devrai avouer la vérité.

— Euh, très bien.

— Je sais parfaitement que tu es contente d'avoir obtenu ce prêt pour le semestre, mais ça ne m'aurait rien fait si tu étais revenue à la maison pour la saison de printemps. Ça aurait rendu tout cela plus facile à supporter.

— Je ne pense vraiment pas que ce soit le cas, maman. C'est mieux si tu n'as à t'inquiéter que de vous deux pour le moment.

— Je suppose que c'est vrai.

Quand je reçois un texto, j'écarte le téléphone de mon visage pour regarder l'écran.

Je passe te prendre dans dix minutes.

Mon ventre se contracte.

— Fallyn ? Tu es toujours là ?

— Désolée ! Il faut que j'y aille, maman. Mais on se reparle bientôt, d'accord ?

— Bien sûr. Je t'aime, ma chérie.

— Je t'aime aussi.

Je regarde le texto de Wolf et passe mes options en revue. Après hier, je ne suis absolument pas prête à le revoir. Trop d'émotions conflictuelles luttent en moi. Je ne sais absolument pas ce que je veux.

Ou ce dont j'ai besoin.

Cela dit, je mentirais si je refusais d'admettre que l'attirance que je ressens pour Wolf n'est pas plus dévorante que lorsqu'on était jeunes.

Ma décision prise, je passe ma tête dans la chambre de Viola.

— Hé, tu veux bien me conduire au boulot ?

Assise à son bureau en train d'étudier, elle lève les yeux vers moi avant de se pencher en arrière et de s'étirer les muscles. Depuis qu'on vit ensemble, je vois qu'elle travaille super dur pour décrocher les notes maximales à la fac. Ça me rend aussi doublement heureuse de ne pas étudier l'ingénierie.

Cela dit, aucun risque.

Je l'ai aidée en lui faisant réviser quelques contrôles. C'est comme si elle parlait une langue étrangère.

Une langue que je n'ai jamais voulu apprendre.

— Bien sûr, une pause me fera du bien.

Quand elle ne quitte pas sa chaise, je jette un œil à mon téléphone et m'éclaircis la gorge.

— Je ne veux pas te presser, mais il faut que je me bouge.

— Oh, désolée !

Je me force à sourire.

— Ce n'est pas grave.

— Je ne voudrais pas te mettre en retard pour ton nouveau travail.

Et je ne voudrais pas croiser Wolf en sortant. Il exigera probablement que je parte avec lui puis il laissera échapper que j'ai vendu ma virginité pour payer mes frais de ce semestre.

Je n'ai pas eu le courage d'en faire part à ma cousine.

Je sais que je devrais, mais quand même…

C'est humiliant de me retrouver dans cette position.

On prend toutes les deux nos vestes avant de sortir dans le couloir. Quand on passe devant la porte des escaliers qui mènent au vestibule, je l'ouvre brusquement.

— Prenons plutôt les escaliers. Ça sera plus rapide.

Elle hausse les épaules.

— Bien entendu.

Dès qu'on arrive au rez-de-chaussée, j'observe les alentours, soulagée que Wolf ne soit pas encore arrivé. Parfois, il s'approche du trottoir pile au moment où je quitte le complexe. Je retiens ma respiration alors que je franchis la porte en verre. L'air froid caresse mes joues et j'enfonce le visage dans le col de ma veste. Je fais courir mon regard sur le parking, soulagée de ne pas voir son véhicule.

Prenant Viola par le bras, je la traîne vers sa jeep blanche.

— Punaise ! Tu es super pressée, marmonne-t-elle en accélérant le pas pour rester à ma hauteur. Tu dois vraiment aimer être serveuse là-bas.

— Oui. Je ne veux pas être en retard.

Moins de deux minutes plus tard, on s'engage dans la rue et on quitte l'immeuble que je regarde dans le rétroviseur. Quand on tourne à l'angle de la rue, j'aperçois la Mustang bleu électrique de Wolf et me baisse rapidement.

Viola me coule un regard en fronçant les sourcils.

— Tout va bien ?

Je mets une seconde ou deux pour tâtonner sur le plancher.

— Euh, oui. J'ai laissé tomber mon téléphone sous le siège.

En secouant la tête, elle regarde à travers le pare-brise.

— Ne le prends pas mal, mais tu te comportes bizarrement. Tu as quelque chose à dire ? J'ai l'impression que ça fait longtemps qu'on n'a pas passé du temps ensemble. On devrait peut-être retrouver Juliette, Stella, Carina et Britt pour une soirée entre filles. La dernière était vraiment fun.

Je me mordille la lèvre inférieure, essayant de décider si je dois lui dire la vérité. Ce serait si bon de pouvoir enfin tout exprimer ouvertement. Même si techniquement, je ne mens pas à ma cousine, j'ai l'impression de le faire et je déteste ça. Le temps que le choc se dissipe, on sera à *Slap Shotz* et je pourrais sauter de la voiture, esquivant la moindre question.

— Oui. Ça serait bien. Je vérifie mon calendrier et je te communique la date de ma prochaine soirée de libre.

Elle m'adresse un sourire.

— Je vais envoyer un texto aux filles.

Quand je m'apprête à admettre la vérité, je reçois un texto.

Hé, je t'attends en bas.

Les muscles de mon ventre se contractent alors que je regarde ces quatre petits mots.

Au lieu de réagir, je fourre le téléphone au fond de la poche de ma veste.

Chaque nouveau message que je reçois intensifie ma nervosité.

Viola me décoche un nouveau regard tandis qu'on s'arrête devant le bar.

— J'ai l'impression que quelqu'un essaye de te joindre. Tu devrais peut-être voir qui c'est.

— Non. C'est juste du spam.

— Fais-toi une faveur et bloque le numéro.

— Oui. Je vais le faire.

Mes doigts agrippent la poignée que j'ouvre avant de me glisser hors de la Jeep.

— Merci encore de m'avoir accompagnée. J'apprécie.

— Quand tu veux.

Dès que la porte se referme avec un bruit sourd et sonore, elle redémarre et je cours dans le bar comme si j'avais le diable aux trousses.

Enfin… Peut-être juste un.

CHAPITRE 28

 olf

Je contemple l'immeuble avec un froncement de sourcils. Aucun signe de Fallyn. Puis je regarde mon téléphone pour la énième fois. Tous les textos que j'ai envoyés dans les quinze dernières minutes n'ont pas reçu de réponse.

Son téléphone est mort ou alors…

Elle m'ignore.

Après la révélation choquante d'hier soir, j'aurais probablement dû m'attendre à ce qu'elle m'évite. Putain ! Après le retour malaisant à la maison, j'ai glissé mes doigts sous son menton et l'ai contrainte à soutenir mon regard avant qu'elle ne puisse s'enfuir du véhicule.

Puis je lui ai dit de ne même pas songer à m'éviter.

Alors que je m'apprête à entrer dans l'immeuble, la jeep blanche de Viola pénètre sur le parking. Quand elle sort du véhicule seule, je réalise qu'elle a probablement déposé Fallyn au travail.

Putain !

Quand elle disparaît dans le vestibule, je mets les gaz pour sortir du parking et me diriger vers *Slap Shotz*. Moins de dix minutes plus tard, je me gare et pénètre d'un pas vif à l'intérieur. Il est encore tôt dans la soirée et il n'y a pas beaucoup de clients.

Au moment où je franchis la porte, mon regard parcourt l'espace jusqu'à ce qu'il tombe sur la tête sombre de Fallyn. Alors seulement, je redeviens calme.

— Salut, Westerville, dit Gerry qui me salue en tendant le poing.

— Du neuf ?

— Pas grand-chose. Malheureusement, dit-il en s'étirant le cou d'un côté puis de l'autre.

J'émets un son moqueur.

— Je suppose que tu es ici pour voir ta gonzesse ?

Je le regarde.

— Oui.

Un petit sourire joue sur son visage.

— Je pensais bien que c'était le cas.

Sa longue queue-de-cheval bat l'air derrière elle alors qu'elle s'arrête à une table de mecs. Il n'en faut pas plus pour que la jalousie me parcoure alors que je me rends directement vers elle. Son rire flotte dans l'atmosphère avant de dévaler mon dos.

— Alors, que puis-je vous servir ? demande-t-elle d'un ton bien plus léger que ce que j'ai l'habitude d'entendre. Un autre pichet ? Une tournée de shots ?

— On prendra un shot si tu…

Quand je referme les doigts autour de son biceps, elle me coule un regard. Ses yeux s'écarquillent quand elle me reconnaît.

— Wolf, dit-elle en déglutissant.

Le soupçon d'un tremblement s'infiltre dans sa voix.

— N'aie pas l'air si choquée, mon ange. Je crois que tu m'attendais.

Avant qu'elle ne puisse rajouter autre chose ou que ces mecs ne décident de se mêler de nos histoires, je l'écarte de la table et l'emmène dans le couloir sombre où sont situées les toilettes. On tourne à l'angle près du bureau de Sully jusqu'à ce qu'on soit protégés des regards curieux. Je lui plaque le dos contre un mur avant de l'emprisonner entre mes bras.

Alors que nos visages sont à quelques centimètres de distance, je scrute ses yeux bleus écarquillés.

— Je suis ici pour rester, Fallyn. Je ne supporterai pas que tu me repousses après toutes ces années.

Quand sa langue vient humecter mes lèvres, je perds complètement le contrôle et ma bouche s'abat sur la sienne. Dès que ma langue caresse la commissure de ses lèvres, elle s'ouvre et je plonge à l'intérieur. J'ai simplement envie de la soumettre jusqu'à ce qu'elle cesse de lutter contre moi.

Cesse de lutter contre *nous*.

Il faut qu'elle se rende compte que ça ne lui fera pas le moindre bien.

Tout ce que j'ai fait, c'était pour elle.

Le baiser se fait frénétique alors que nos dents s'entrechoquent. Je bande. À tout moment, je vais jouir dans mon jean.

C'est l'effet que cette fille a sur moi.

Un gémissement explose hors de sa gorge et brise le silence qui était retombé sur nous. Alors seulement, je m'écarte suffisamment pour poser mon front contre le sien. On respire tous les deux fort alors que nos regards continuent de s'accrocher.

— Tu vas continuer à me fuir ?

Elle reste immobile pendant une seconde ou deux avant de secouer la tête.

— Non.

Mes muscles se détendent de soulagement.

— Sache simplement que tu ne pourras t'enfuir nulle part où je ne chercherai pas à te retrouver.

Un léger tremblement la parcourt alors qu'elle murmure :
— Wolf.
— Oui, mon ange.
— Je voulais juste un peu de temps pour tout trier dans ma tête. C'est vraiment trop demander ?

Peut-être pas. Mais ma réponse n'est pas près de changer.

— Je t'en ai donné autant que je peux. Je n'autoriserai pas plus de distance entre nous.

Je dépose un autre baiser sur ses lèvres avant de me retirer.

— Je dois aller à l'entraînement. Je repasse plus tard pour te ramener.

Elle hoche la tête, me donnant exactement ce que je veux.

Ce dont j'ai besoin.

— Très bien. On se voit plus tard.

Une fois cela réglé, je dépose un dernier baiser sur sa bouche avant de me retourner et de sortir du bar.

CHAPITRE 29

allyn

LA FAÇON dont la mâchoire de ma cousine se décroche est presque comique. Elle reste bouche bée et me dévisage avec de grands yeux incrédules. Comme si je venais de l'ébahir.

Puis elle me donne une tape sur le bras.

Fort.

— Aïe ! dis-je en frottant l'endroit. Pourquoi tu as fait ça ?

— Parce que tu ne m'as rien dit de tout ça !

Ses sourcils blond foncé se rapprochent d'un air consterné.

— Comment as-tu pu me cacher une chose pareille ?

J'entends la douleur dans sa voix.

Il n'en faut pas plus pour que la culpabilité m'engloutisse entièrement. Je coule un regard vers la fenêtre de ma chambre qui donne sur la cour au-delà de la pelouse. Même d'ici, je peux voir les branches nues et la couche de neige fraîche qui les recouvre.

Mes épaules s'affaissent sous le poids pesant de son accusation avant que je ne les secoue d'un mouvement sec.

Sa question tournoie dans mon cerveau avant que j'admette doucement :

— Je n'ai tout simplement pas pu.

— Wolf a acheté ta virginité ! dit-elle dans un murmure théâtral comme si je n'étais pas au courant de ce fait.

La chaleur et l'humiliation remontent le long de mon cou avant d'envahir mes joues.

— Je dois lui rendre l'argent.

Sauf que... La moitié a déjà été dépensée et mon compte étudiant n'est plus en attente. J'ai entièrement réglé le semestre de printemps et l'enregistrement pour l'été et l'automne se profile à l'horizon.

Ce n'est que lorsque je suis entrée dans le bâtiment après le trajet silencieux – et plutôt malaisant – de l'hôtel jusqu'à la maison qu'une alerte a fait sonner mon téléphone, m'indiquant que le dernier versement venait d'être transféré sur mon compte.

Quand je m'étais tournée pour le regarder, ses yeux avaient brièvement croisé les miens avant de démarrer à toute vitesse pour filer hors du parking, dans la rue plongée dans la pénombre, pour disparaître à l'angle.

— Est-ce qu'il l'accepterait ? demande-t-elle avec prudence.

— Absolument pas.

Quelques secondes plus tard, je lui avais envoyé un texto pour lui demander d'annuler le paiement. Ou au moins, ce qu'il venait de transférer, et il avait catégoriquement refusé.

— Je ne pense sincèrement pas pouvoir être plus choquée.

J'émets un son moqueur.

— Rejoins le club.

Pour la première fois depuis que j'ai annoncé la nouvelle à Viola, j'affiche un léger sourire.

— Et maintenant, tu vas...

Elle s'interrompt quand je reçois une notification de texto. Pas besoin de regarder l'écran pour savoir qui c'est. On a une nouvelle leçon de conduite cet après-midi. J'ai vraiment envie d'annuler, mais comment pourrais-je le faire alors que la voiture de Miles est en jeu ?

— ... le revoir comme s'il ne s'était rien passé ? achève-t-elle avec incrédulité.

— Oui, c'est le plan, marmonné-je avant de me redresser lentement et de me diriger vers la commode pour prendre mon sac.

Alors que je franchis le seuil, elle dit :

— En grandissant, Wolf faisait tant partie de ta vie ! Ça t'aide de passer du temps avec lui ?

Je m'immobilise alors que cette question tourbillonne dans mon cerveau. Je me la pose aussi secrètement. Je jette un regard par-dessus mon épaule jusqu'à accrocher le sien. J'y découvre une véritable curiosité mêlée d'inquiétude.

Parfois, j'avais l'impression que Wolf éclipsait tout le reste dans ma vie. Le soleil se levait et se couchait sur lui. Puis le pire est arrivé. Les deux personnes les plus importantes ont disparu, me laissant toute seule. Même si j'ai toujours eu Viola, mon monde a rétréci au fil des années, devenant une ombre pitoyable de ce qu'il était autrefois. À présent que Wolf s'est réintroduit de force dans ma vie, j'ai l'impression que je tente de lutter pour me libérer de l'obscurité opprimante qui s'est abattue sur moi après la mort de Miles.

Il n'y a rien de bien dans le fait que mes parents ont perdu tout ce pour quoi ils ont travaillé si dur au fil des années, mais ça m'a forcée à me réveiller et à devenir une participante plus active dans ma propre vie. Je ne me rendais pas compte que je fonctionnais en pilotage automatique et permettais aux choses de se produire jusqu'à ce que j'aie été forcée de prendre ma vie en main.

Ça m'a pris longtemps.

Wolf sera jumelé pour toujours à mes meilleurs et mes pires souvenirs.

Avec ma descente dans l'obscurité et l'ascension qui a suivi.

Son retour fulgurant dans ma vie n'a fait que prouver que notre relation – quelle qu'elle soit – est compliquée et ne se démêlera pas facilement.

— Je crois que oui.

Ma voix s'adoucit alors que je tente de garder le contrôle sur mes émotions.

— Étrangement, je me sens plus proche de mon frère quand on est ensemble. J'ai passé tant de temps à enterrer le passé que c'est plutôt agréable de s'en souvenir et d'en parler avec quelqu'un qui l'aimait tout autant que moi.

Tout émue, Viola hoche la tête.

— Il t'aimait tant !

Il y a une pause puis elle murmure.

— Ils t'aimaient tous les deux. Je devine que c'est encore le cas pour Wolf.

Mon cœur se serre douloureusement jusqu'à ce que je ne parvienne plus à remplir mes poumons d'air.

— Je sais.

— Sache simplement que je serai toujours là si tu as envie de parler.

— Merci.

Viola n'est pas seulement ma cousine, mais également ma meilleure amie. Je suis contente de l'avoir dans ma vie. Elle a été mon rocher durant une période turbulente. C'est la seule personne à laquelle je pouvais me raccrocher et avec qui conserver un semblant de santé mentale.

— J'apprécie.

— Je t'aime, cousine, dit-elle avec un léger sourire.

Le poids qui m'a plaquée à terre s'évapore un peu.

— Je t'aime aussi.

Je lui envoie un baiser avant de disparaître par la porte de l'appartement pour sortir dans le couloir. Tout ce dont nous venons de parler fait des sauts périlleux dans mon cerveau alors que je prends l'ascenseur vers le rez-de-chaussée et traverse le vestibule. Aussi embarrassée que j'aie été d'en parler à Viola, je suis soulagée qu'elle sache.

Je déteste les secrets.

Dès que je franchis les portes vitrées pour sortir à la lumière de la fin de l'après-midi, je remarque la Mustang bleu électrique de Wolf qui effectue un tournant près du trottoir. Un frisson danse le long de mon épine dorsale quand nos regards entrent en collision. Il n'en faut pas plus pour que l'atmosphère autour de moi s'alourdisse et s'électrise d'une énergie irrépressible.

Mes pensées reviennent vers l'autre nuit, au bar.

Le laisser en plan a-t-il vraiment été une bonne idée ?

Probablement pas.

Au fond, je savais qu'il me suivrait.

Après m'avoir fait promettre de ne pas essayer de l'éviter, il était sorti avant de revenir quelques heures plus tard après l'entraînement. Sa présence a fait vibrer ma peau pendant tout le temps qu'il était là.

Des papillons nerveux se réveillent dans mon ventre, menaçant de s'échapper alors que j'ouvre la porte et me glisse sur le cuir avant de lui décocher un léger regard en coin. Parfois, regarder Wolf en face est trop. Ça démultiplie mes sens. À présent qu'on est plus vieux, ses yeux verts contiennent une multitude de secrets.

Comme moi, il n'est plus le livre ouvert qu'il était autrefois. Les tatouages qui décorent ses bras, son cou et ses mains sont tout nouveaux, le transformant en une personne complètement différente. Aussi tentant que ce soit de les inspecter tous, je ne l'ai pas fait. Cela exigerait que je me rapproche de trop près.

Comment le ferais-je alors que je m'efforce de le tenir à bonne distance ?

Mon regard se pose sur ses doigts qui serrent le volant.

Ça paraît être l'endroit le plus sûr.

Sauf que... alors que je continue à l'observer, je songe seulement à ce que ça faisait de les sentir me caresser et s'enfoncer dans mon corps. Il n'en faut pas plus pour qu'une lame de fond brûlante me submerge et se concentre dans mon intimité comme du miel chaud. Quand je m'agite sur le siège, tentant d'apaiser mon malaise grandissant, un grognement profond fait vibrer sa poitrine.

Ce son animal qui lui échappe me fait écarquiller les yeux avant d'observer son visage. La chaleur qui assombrit ses yeux suffit à faire douloureusement tressauter mon cœur qui se met alors à battre rudement dans ma poitrine.

Il referme la main sur le tissu sur ma cuisse par-dessus mon jean. Les doigts que je viens d'observer se contractent, s'enfonçant dans ma chair. Ils me tiennent ancrée sur terre, pour que je ne flotte pas dans l'atmosphère et disparaisse pour toujours.

Je pousse un soupir irrégulier, essayant de dissiper l'excitation qui cavalcade dans mes veines, se propageant à toutes les cellules de mon être. Je n'ai encore jamais ressenti une telle attirance et je ne sais pas quoi en faire.

Ce n'est peut-être pas totalement vrai.

Je sais exactement quoi en faire, mais je ne sais pas comment passer à l'étape suivante, ni même si je suis prête. Je suis une vierge de vingt ans qui ne sait pas vraiment comment procéder.

J'étais sérieuse quand j'ai dit à Viola que notre relation était compliquée.

— Tu es prête à le faire ? dit-il, pénétrant le tourbillon chaotique de mes pensées.

Quand je cligne des paupières, ne comprenant pas ce qu'il demande, il affiche un lent sourire alors que son intensité redescend de quelques degrés, me permettant de remplir à nouveau mes poumons d'oxygène.

Il baisse la voix.

— Je te demandais si tu es prête à conduire.

Savoir qu'il est capable de me lire aussi facilement me fait monter le rouge aux joues. Quand ma langue sort humecter mes lèvres desséchées, son regard suit le mouvement. Alors qu'il m'observe, ses dents frôlent sa lèvre inférieure pulpeuse alors que ses paupières s'alourdissent.

Je suis à deux doigts de m'enflammer.

Il ne prononce pas un mot supplémentaire puis se tourne vers le pare-brise, s'éloigne du trottoir et sort du parking.

Je ne pourrais pas être plus consciente de l'homme à côté de moi, même si je l'avais voulu.

Le temps qu'on atteigne le parking de l'église, j'ai l'impression d'avoir repris le contrôle de toutes mes folles émotions. Du moins, j'espère faire semblant jusqu'à ce que j'y arrive.

Il se gare au milieu du parking vide et une autre vague de nervosité explose au creux de mon ventre, quoique pour une raison entièrement différente. Moi qui cherchais désespérément quelque chose pour atténuer l'excitation qui parcourt mon système... L'idée de me glisser au volant y parvient.

Sans un mot, il tire brusquement la poignée et se glisse hors de la voiture de sport avant de faire le tour du capot brillant. Ce n'est que lorsqu'il ouvre ma portière que je me rends compte que je suis figée sur place, terrifiée à l'idée de remuer le moindre muscle.

Je serre fort les paupières et tente de repousser la terreur. J'aimerais que l'idée de conduire ne soit pas aussi paralysante. Des millions de gens le font tous les jours sans problème.

Pourtant, je reste prisonnière du passé, revivant le pire jour de ma vie chaque fois que l'idée d'allumer le moteur et de m'engager dans la rue me vient à l'esprit.

Arriverai-je un jour à conquérir cette peur ?

Des doigts tendres se glissent sous mon menton.

— Ouvre les yeux, Fallyn.

Le son de sa voix douce, mais autoritaire me fait ouvrir les paupières, et je le découvre penché devant moi, se mettant à ma hauteur.

— Je ne te reproche pas le fait d'avoir peur, mais tu as besoin de bosser dessus. Et on le fera ensemble, d'accord ? Je resterai à tes côtés en permanence. Miles serait fier de te voir sauter le pas.

Cette promesse sincère me fait monter les larmes aux yeux. Un long moment s'étire entre nous alors que je scrute ses yeux verts et n'y décèle que de la sincérité. Il ne m'en faudrait guère plus pour m'y perdre.

C'est aussi facile que de dégringoler dans un trou sans fond.

Mon cœur martèle un rythme douloureux contre ma cage thoracique.

Son visage s'approche assez pour que son souffle mentholé caresse mes lèvres écartées.

— Je ne laisserai rien d'autre t'arriver.

Il y a une sauvagerie dans ses paroles alors que ses doigts se referment sur mon menton. La pression n'est pas suffisante pour causer de la douleur. Cela me raccroche au moment et dissipe la douleur et la colère de notre passé qui essaye sournoisement de se refermer sur nous.

Son regard scrute le mien. Quand il est satisfait de ce qu'il y trouve, il demande :

— Tu es prête ?

Je hoche fermement la tête.

Quel autre choix ai-je que de persévérer ?

Quand je reste figée, il tend le bras, le frottant contre moi alors qu'il déboucle la ceinture de sécurité, retirant la sangle protectrice. L'odeur boisée de son eau de Cologne me réconforte, me faisant me sentir étrangement en sécurité en sa présence.

Il s'écarte avant de se redresser de toute sa taille alors que je me force à descendre de la voiture. L'électricité crépite dans mes veines quand il attrape mes doigts et m'attire dans le cercle réconfortant de ses bras avant de m'envelopper fort dans leur puissance. La moindre distance que je me suis forcée à maintenir s'écroule comme un mini château de cartes alors que je me love contre la largeur de son torse. Mon anxiété met quelques minutes à se dissiper, le temps que je respire plus facilement.

Wolf dépose un baiser sur le sommet de mon crâne et murmure :

— Tu en es capable, Fallyn. Je crois en toi.

Avec une dernière pression, il déplie les bras et bat en retraite d'un pas.

Je le contourne et me dirige du côté conducteur avant de me glisser à l'intérieur du véhicule cher et enclencher ma ceinture de sécurité avec des mains tremblantes. Puisque le moteur n'a pas été coupé, la voiture continue de tourner dans le vide. Je pose prudemment le pied sur l'embrayage et l'autre sur le frein alors que mes doigts se referment sur le levier de vitesse. Je pousse un soupir tremblant et tente d'apaiser tout ce qui vibre en moi comme un fil électrique. J'ai beau regretter la façon dont sa main s'est refermée sur la mienne, la guidant durant notre dernière leçon, je ne lui demande pas de recommencer.

Je parcours une liste mentale et ajuste les rétroviseurs avant de rapprocher le siège du volant vu que Wolf est plus grand que moi.

Puis j'appuie doucement sur l'embrayage et la pédale de gaz alors que je passe la première comme il vient de me l'enseigner. La voiture fait une embardée avant de caler.

Tout en moi se dégonfle. Si ce n'est pas un signe divin, je ne sais pas ce que c'est.

Il pose une grosse paume sur ma main.

— Ça va. Oublie. Rallume le moteur et recommençons.

— Très bien, marmonné-je en répétant le processus.

Quand il ne s'écarte pas et me livre à moi-même, une partie de mon anxiété se dissout. Cette fois, la Mustang ne s'arrête pas immédiatement. Quand elle commence à crachoter, j'appuie sur l'accélérateur et le moteur rugit tandis que la voiture fait un bond en avant. J'accélère et passe la seconde.

Il presse doucement ma main.

— Bon travail. Tu vois ? Ce n'est pas si difficile.

J'émets un son moqueur.

Oh ! C'est étonnamment plus difficile que ça en a l'air quand on voit quelqu'un d'autre conduire. Pourquoi prendre la peine d'apprendre à conduire manuellement alors qu'une boîte automatique est bien plus facile ?

On fait le tour du parking au moins une douzaine de fois jusqu'à ce que je passe la troisième, presque entièrement confiante que je ne perdrai pas le contrôle pour aller m'écraser contre la façade de l'église.

— D'accord. Tu maîtrises cette partie-là.

Il désigne la rue du menton.

— Je crois que tu es prête à t'engager dans la rue.

Je lui coule un regard nerveux avant de recentrer mon attention sur le pare-brise.

— Ne me dis pas que tu es sérieux.

— Bien entendu. Tu te débrouilles super bien.

Sa main reste enroulée autour de la mienne.

— Je ne le proposerais pas si je ne pensais pas que tu es prête.

Je fais encore plusieurs fois le tour du parking pavé, essayant de trouver le courage d'en sortir.

— Allez, Fallyn, insiste-t-il. Tu peux le faire.

— Ne me pousse pas à bout, grommelé-je, sortant du parking à contrecœur pour m'engager dans la rue.

Mon pouls fait des bonds, s'activant sous ma peau alors que mes doigts se referment autour du volant. Il trace des cercles apaisants sur le dos de ma main. La caresse est juste assez pour attirer mon attention et dissoudre la glace qui tapisse mes entrailles.

— Détends-toi, mon ange. Tu te débrouilles bien. Prends à gauche au prochain feu.

Alors qu'on approche de l'intersection, je descends d'une vitesse et tourne le volant avant de pousser une profonde exhalaison. Puis je repasse en troisième. Wolf allume la radio jusqu'à ce que du rock indie remplisse le petit habitacle. Au bout de quelques minutes, je me surprends à chantonner au rythme de la musique.

Quand « Mr. Brightside » des The Killers se déverse hors des haut-parleurs, mon esprit me repasse la fois où il l'a chanté durant le karaoké à *Slap Shotz*. Son regard a glissé sur la foule déchaînée des étudiants avant de se braquer sur le mien. J'aurais dû réaliser sur le moment que tout allait changer.

Que je sois prête ou pas.

— Je t'avais dit que je sortais de ma cage, murmure-t-il comme s'il comprenait les pensées qui tourbillonnent follement dans ma tête.

C'est déconcertant.

On a toujours possédé cet étrange pouvoir entre nous. C'est ce qui se passe quand tu connais quelqu'un depuis toujours.

Je tourne les yeux vers lui pendant juste un instant avant de revenir vers le ruban noir de la route qui s'étire devant moi. Un frisson danse le long de mon dos tandis que je me creuse les méninges pour trouver quelque chose à dire. Lourde, ma langue est inutilisable. La tension continue de grimper jusqu'à devenir explosive. Il n'en faudrait guère plus pour nous faire voler en des milliers d'éclats.

C'est presque un soulagement quand il dit :

— Tourne à gauche ici.

Je m'engage dans un parking à demi bondé et me rends compte qu'on est au même restau que la première fois qu'on est allés conduire. Je me gare sur une place près de l'arrière, où il y a moins de monde, et je coupe le moteur. Toute la tension qui m'a enserrée s'évapore alors que je me détends sur le siège et pousse un soupir irrégulier.

— J'ai réussi.

Ma voix est tremblante.

— Oui, tu l'as fait. Tu devrais être fière de toi. Je suis fier de toi, Fallyn, sourit-il. Tu t'es battue pour surmonter ta peur.

Le plaisir explose en moi comme un ballon gonflé à bloc. Ses compliments ne devraient pas avoir le pouvoir de m'affecter, mais c'est pourtant le cas. Je refuse de me mentir et de prétendre que ce n'est pas vrai.

Ce n'est que lorsqu'il contracte les doigts que je me rends compte qu'ils sont toujours enroulés autour des miens et l'ont été depuis le début afin de me témoigner silencieusement son soutien.

— Tu as faim ?

Après ça, je suis affamée. J'ai l'impression d'avoir gravi une montagne et d'avoir survécu.

Je hoche le menton, on sort du véhicule et on se retrouve devant le capot. Quand il glisse mes doigts dans sa main, je ne peux m'empêcher de baisser les yeux vers eux. Après toute l'intimité qu'on a partagée, se tenir la main n'est rien.

Et pourtant, ce contact semble insupportablement intime.

Alors que je songe à les décoller de moi et à placer entre nous une distance nécessaire, je suis frappée par la réalisation que je n'en ai pas envie. J'aime la sensation de sa main protectrice refermée autour de la mienne. Ça fait longtemps que je ne me suis pas sentie aussi protégée et en sécurité.

Ces pensées dérangeantes tourbillonnent dans mon cerveau alors qu'on s'installe à une table à l'intérieur du restaurant. Je regarde le menu plastifié même si je sais exactement ce que je vais commander. Quelques clients et employés saluent Wolf, l'appelant par son prénom et lui disant qu'il a fait un super match l'autre soir et qu'ils ont hâte de voir le suivant.

Une autre serveuse prend notre commande. Elle a l'air plus âgée. Elle doit être à l'université, comme nous. Pendant tout le temps qu'elle flirte avec Wolf, il ne détourne pas les yeux de moi.

Il n'est absolument pas impoli, mais il ne fait pas non plus l'effort de l'encourager à discuter. Elle ne met guère de temps à comprendre qu'elle ne sera pas capable de détourner son attention de moi et son comportement se fait brusque avant qu'elle ne disparaisse finalement. Elle vient nous apporter nos boissons en nous adressant à peine la parole.

Deux verres d'eau ainsi que des milkshakes au chocolat.

Je m'agite sur le siège en vinyle rouge alors que son regard reste collé au mien. L'intensité de son attention entière est aussi flatteuse qu'alarmante. Quand je porte la paille à mes lèvres, son regard descend vers le mouvement et ses yeux s'assombrissent, ses pupilles engloutissant le vert de ses iris. Il inspire le coin de sa lèvre dans sa bouche avant de me couler un regard langoureux.

La chaleur dans ses yeux suffit à raviver l'excitation qui frémit dans mon intimité depuis notre dernier rendez-vous dans la chambre d'hôtel. Je n'ai pas été capable de m'empêcher de penser à la sensation d'avoir sa bouche sur moi. Certes, j'ai entendu des copines parler de sexe, mais je n'aurais jamais imaginé que ça puisse être aussi génial.

C'est comme si le monde avait explosé autour de moi.

Et je m'en contrefiche.

Je ne peux pas m'empêcher d'en vouloir davantage.

Avec Wolf.

Il incline la tête sans cesser de scruter attentivement mon regard. Garder secrètes toutes mes pensées intimes est impossible.

— À quoi tu penses, comme ça ? demande-t-il d'une voix éraillée.

Je devine qu'il le sait déjà.

Je détourne les yeux alors que la chaleur envahit mes joues.

— Réponds-moi, Fallyn.

Sa voix a un tranchant qui attire à nouveau mon attention sur lui.

— Quoi ?

— Dis-moi à quoi tu penses ?

Je me mordille la lèvre inférieure alors que mon pouls s'emballe. Je ne devrais pas aborder le sujet comme si j'étais impatiente qu'il repose les mains sur moi.

Sauf que c'est exactement ce que je suis.

Impatiente.

Pleine de désir.

Je suis une boule de tension sexuelle qu'une minuscule étincelle pourrait faire exploser.

C'est démoralisant.

Et à en juger par l'intensité visible sur son visage, il le comprend.

J'ai honte d'admettre que l'autre soir, c'était si fort que j'ai fermé les yeux et me suis imaginé à quoi il ressemblerait entre mes cuisses écartées. Puis je me suis touchée. Je n'ai pas mis bien longtemps avant d'être trempée. Malheureusement, cet orgasme était une pâle imitation de ce que cela aurait fait si Wolf avait enfoncé son doigt en moi ou fait courir ses lèvres sur ma chair tremblante de désir.

Quand je garde le silence, il tend le bras au-dessus de la table et enroule une de ses grandes paluches sur ma main. Son pouce effectue des cercles légers sur ma paume. Cette caresse innocente fait naître des ondes de choc à travers mon corps.

— Tu ne peux plus t'enfuir, murmure-t-il comme si j'avais besoin qu'on me le rappelle.

Après l'autre nuit, je l'avais déjà compris.

— Maintenant, dis-moi ce qui se passe dans ta tête parce que, quoi que ce soit, je le lis clairement sur ton visage.

— Alors, tu es déjà au courant. Pas besoin de dire un mot.

Il se rapproche, franchissant la distance qui nous sépare.

— Oui, mais c'est important pour moi de l'entendre de tes lèvres, mon ange.

Ce petit nom me va droit au cœur avant d'exploser au moment de l'impact.

Je carre les épaules et me force à poser la question.

— Tu vas toujours prendre ma virginité ?

Ses narines se retroussent alors que quelque chose de sombre et de possessif s'infiltre dans ses yeux.

— Oui, mais pas parce que j'ai payé pour. J'ai envie que tu me la donnes de ta propre volonté.

J'ai beau être tentée d'aller me cacher, fuyant la sincérité de son expression, je n'en ai pas le pouvoir.

— J'ai envie que tu sois mon premier, murmuré-je, lui disant ce qu'il a si envie que j'admette.

— Super, parce que c'est exactement ce dont j'ai envie.

En déglutissant, je tente de ravaler la nervosité qui vibre dans ma poitrine, due à cette conversation si directe qu'on est en train d'avoir en plein milieu du restaurant.

— Tu y as pensé au fil des années ?

Il se penche aussi près de la table que possible.

— Bien entendu. J'ai toujours voulu être ton premier. Comme je voulais que tu sois ma première.

J'en reste bouche bée alors que ses mots font des sauts périlleux dans mon cerveau et que je secoue la tête, me demandant si j'ai mal compris cet aveu.

À en juger par l'intensité de son expression et le muscle qui se contracte follement dans sa mâchoire, je ne pense pas.

Ce qui veut dire que comme moi, Wolf Westerville est toujours vierge.

CHAPITRE 30

 olf

Merde.

Je n'avais pas eu l'intention de laisser échapper la vérité comme ça.

Vu son expression ébahie, je l'ai terriblement choquée.

Je suis tenté de passer une main dans mes cheveux et de détourner les yeux, mais je m'y refuse. Mon regard reste braqué sur Fallyn. J'ai attendu pendant des années d'avoir l'occasion de revenir dans sa vie et je refuse de n'être pas honnête à cent pour cent.

Même si ça veut dire mourir d'embarras.

Il n'y a rien que je ne ferais pas pour la beauté brune assise en face de moi. Elle est si magnifique, tant à l'intérieur qu'à l'extérieur, que ça me coupe le souffle et me serre le cœur.

Après l'accident, je n'aurais jamais cru que cette opportunité se représenterait.

À présent que c'est le cas, des chevaux sauvages ne sauraient m'écarter d'elle.

— Es-tu en train de me dire...

Elle laisse sa phrase en suspens et me scrute en plissant les paupières.

Je pointe le menton sans cesser de tracer des cercles légers sur sa paume.

— Vas-y. Dis-le.

— Tu essayes de me dire que tu n'as jamais couché avec personne ?

Il y a une seconde de silence tendu.

— C'est ce que tu essayes de me dire ?

Je hausse les épaules d'un geste sec et m'efforce de conserver un ton neutre.

— Ce serait si difficile à croire ?

Elle écarquille les yeux comme si je venais de dire quelque chose d'incroyable.

— Oui, bien sûr.

— Pourquoi ?

Elle cligne des paupières avant de marmonner :

— Parce que… eh bien, regarde-toi.

Ses joues s'empourprent.

C'est super adorable.

— Qu'est-ce que c'est censé vouloir dire ? demandé-je avec un léger sourire.

— Tu es magnifique. Depuis que j'ai posé les pieds sur le campus, j'ai entendu comment les filles parlent de toi. Le gardien torride couvert de tatouages.

Fallyn lève les yeux au ciel, me faisant savoir ce qu'elle en pense.

— Tu n'es pas ignorant à ce point.

— Tu as raison. Je ne le suis pas.

Elle se redresse et pointe le menton.

— Alors, la réponse est non. Je ne crois pas une seule seconde que tu n'as jamais eu l'occasion de coucher avec toutes les groupies qui se jettent sur toi.

Je me rapproche jusqu'à ce que le rebord dur de la table s'enfonce dans ma poitrine.

— Tu parles de deux choses différentes. La première est l'opportunité. L'autre est le désir.

Quand elle cligne à nouveau des paupières comme si j'étais une équation mathématique compliquée qu'elle a terriblement envie de résoudre, je continue.

— J'ai eu de nombreuses opportunités de coucher. Le problème est que je n'ai jamais désiré personne autant que *toi*.

Son expression ébahie effectue un retour en force.

Je suis terriblement tenté de me glisser hors de la banquette, de la prendre dans mes bras et de la porter hors du restaurant, mais il faut qu'on discute de beaucoup d'autres choses avant que ça ne puisse se produire.

Je resserre ma prise autour de ses doigts alors que je la scrute du regard, luttant contre son incrédulité. Elle a besoin de comprendre que je suis très sérieux.

C'est important.

Elle est importante.

— Tu es la seule que j'ai jamais désirée, Fallyn. C'est comme ça d'aussi loin que remontent mes souvenirs. Comment aurais-je pu songer à coucher avec une autre fille alors qu'aucune d'elles n'était toi ?

Cette question pèse lourdement dans l'air.

— Tes parents ne te permettaient pas de fréquenter avant tes seize ans. Alors, j'ai attendu. Je voulais te demander pour ton anniversaire, mais…

Je lis la tristesse sur son visage.

— L'accident…

— Oui.

J'imagine que mon propre visage reflète la même expression. Fallyn a eu seize ans un an après la mort de son frère.

Quand elle se penche vers moi, j'ai l'impression qu'on se rapproche tous les deux inexorablement, comme deux aimants résolus à être ensemble.

— Tu n'as vraiment jamais couché ?

Son visage se fait confus alors que sa voix ne devient qu'un murmure.

— Jamais ?

— J'ai essayé de fricoter avec quelques groupies en première année, mais ça sonnait faux.

Des souvenirs me reviennent.

— C'était maladroit. Chaque fois que je fermais les yeux, c'était toi que j'imaginais. Mais aucune d'elles n'avait ton odeur ni me donnait l'impression d'être toi. Leurs lèvres n'étaient pas aussi pulpeuses que les tiennes. Alors, j'ai zappé. Je me suis concentré sur les études et le hockey. Et sur toi, ajouté-je sans pouvoir m'en empêcher.

Elle replace une mèche folle derrière son oreille.

— Moi ? Qu'est-ce que tu veux dire ?

Je hausse les épaules, ne voulant pas passer pour un harceleur.

Cela dit...

C'est peut-être exactement ce que je suis.

Même lorsque je pensais avoir perdu Fallyn pour toujours, il n'y a toujours eu qu'elle.

— Je gardais de tes nouvelles. Quand tu étais à l'hôpital, puis quand tu as commencé à ta nouvelle école. Je connaissais plusieurs mecs qui jouaient au hockey là-bas et ils veillaient sur toi. Ils se sont assurés que personne ne te créait de problèmes.

J'examine son visage pour tenter de deviner ce qu'elle pense. Je n'ai vraiment pas envie de la faire flipper.

— Vraiment ?

— Oui.

Quand je lui presse les doigts, elle baisse les yeux et les regarde en silence pendant un très long moment. À chaque battement de cœur, la tension remonte tant qu'il existe une véritable possibilité que je m'étrangle dessus.

Ma nervosité prend le dessus.

— Fallyn ?

— Je n'arrive vraiment pas à y croire, murmure-t-elle avant de se mordiller la lèvre inférieure. Tu étais sérieux quand tu disais que mes parents ne t'ont pas permis de me voir ? Quand je leur ai demandé, ils m'ont dit que tu n'avais pas pris la peine de prendre contact.

Une émotion contenue lui épaissit la voix.

— C'était avec Miles que tu étais ami, pas moi.

La colère bouillonne dans mes veines. Je m'efforce de conserver une voix posée, mais elle n'en sort pas moins comme un rugissement féroce.

— Tu as toujours été importante pour moi. J'étais ami avec toi tout autant qu'avec Miles.

Ses épaules s'affaissent comme si un poids d'une tonne pressait sur elles.

— Je ne sais pas quoi croire. Je déteste l'idée qu'ils aient pu me mentir.

Elle baisse la voix.

— Qu'ils m'aient tenue loin de toi exprès. Particulièrement alors que j'avais besoin de toi plus que n'importe quoi d'autre.

Mon cœur se tord sous ma cage thoracique. Je déteste ne pas avoir été là pour elle pour l'aider à guérir.

— Mais je réalise aussi à quel point ils t'ont blâmé. Toi et ta famille. Ça les a consumés pendant tout ce temps.

Incapable de m'en empêcher, je quitte ma banquette. Deux grandes enjambées plus tard, je suis à son côté. Levés vers moi, ses yeux bleus écarquillés traquent le moindre de mes mouvements. Avant qu'elle ne puisse me demander ce que je fais, je me glisse sur le siège et la prends dans mes bras. Je ne supporte pas la distance physique une seconde de plus et j'ai besoin qu'elle soit proche. Je n'ai pas été capable d'être là pour elle après l'accident, mais je le suis à présent.

Je suis soulagé quand elle ne me repousse pas.

— Je suis désolé, mon ange. Désolé. J'aurais dû me battre davantage.

Mais j'avais seize ans et j'étais perdu dans mon propre désespoir. Mes parents avaient convenu qu'accorder à la famille DiMarco l'espace pour faire leur deuil était la meilleure chose à faire.

Cet espace s'était transformé en une forteresse impénétrable impossible à conquérir.

La première fois que je l'ai mentionné, je crois que Fallyn ne m'a pas cru. Ou peut-être ne voulait-elle pas accepter que ses parents soient capables de lui mentir et nous aient séparés délibérément.

La dernière chose que je veux est qu'elle ait des problèmes avec eux. Au fond, je me rends compte qu'ils ne faisaient que la protéger après la perte de Miles, mais je ne permettrai pas à cette distance de se prolonger. Je ne peux pas continuer à l'observer à distance.

Fallyn m'appartient.

Cela ne plaira pas à Hugo et Élénore, mais ils devront bien finir par l'accepter. Parce que je refuse de vivre un autre jour sans l'avoir à mes côtés.

Je ne le ferai pas.

Un silence pesant s'impose alors que je la serre contre moi.

Pour la première fois depuis des années, j'ai l'impression de pouvoir respirer.

C'est l'effet que cette fille a sur moi.

Elle remplit mes poumons d'air.

Je ne sais plus depuis combien de temps on est assis dans ce restaurant, à se raccrocher l'un à l'autre comme des survivants perdus en mer. Tout ce que je sais est que je n'en aurai jamais assez d'elle. Je plaque mes lèvres sur les mèches noir luisant de ses cheveux avant d'inspirer l'odeur du romarin et de la menthe. Elle est comme une drogue qui se précipite dans mes veines. J'ai juste envie de l'aspirer et de ressentir une poussée d'adrénaline.

Un grondement de déplaisir m'échappe quand elle se tortille pour esquiver mon étreinte et lève le menton afin de croiser mon regard. Tout en moi s'immobilise alors que les émotions se succèdent sur ses traits. Elle est si expressive ! Je n'ai qu'à la regarder pour savoir à quoi elle pense.

Alors que tant de choses ont changé au fil des années, c'est un soulagement de voir que certaines choses restent les mêmes. Je scrute son regard, ayant besoin qu'elle digère les questions silencieuses qui tournent en rond dans son esprit pour qu'on puisse enfin avancer.

— Demande-moi, Fallyn. Pour toi, je suis un livre ouvert. Je serai toujours sincère avec toi.

Elle rosit et détourne le regard.

Voyant qu'elle garde le silence, je l'encourage à voix basse :

— Demande-moi tout ce que tu veux.

Le soupir qu'elle pousse s'échappe de ses poumons en un sifflement lent.

— J'ai du mal à croire que tu n'aies jamais rien fait.

Je baisse la voix, ayant besoin qu'elle comprenne tout ce qu'elle signifie pour moi. Même si elle pensait avoir tourné la page.

— Ta chatte est la seule à laquelle j'ai jamais goûté. C'est la seule que je veux.

Pour toujours.

Mais pour le moment, je garde cette information pour moi.

Elle jette un œil aux clients qui nous entourent, mais aucun d'eux ne prête la moindre attention à notre conversation.

Elle hausse les sourcils en marmonnant :

— On ne t'a jamais sucé ?

Je secoue la tête.

— Absolument pas.

C'est comme si elle ne parvenait pas à intégrer le fait que je possède aussi peu d'expérience qu'elle. Alors que c'était la cicatrice sur sa poitrine qui l'empêchait d'avoir des rapports physiques, de mon côté, c'était délibéré.

Un demi-sourire aux lèvres, il hausse les épaules.

— Je me suis masturbé plein de fois.

Ses joues s'enflamment alors qu'elle murmure :

— Tu as déjà pensé à moi quand tu... le fais ?

— Chaque fois, grondé-je. Et j'ai lu des dizaines de romances parce que je voulais comprendre ce qui serait bien pour toi.

Je marque un temps d'arrêt avant d'ajouter :

— Comment je pourrais te donner le plus de plaisir possible.

L'excitation se réveille dans ses yeux puis elle se détourne et plaque le menton contre sa poitrine.

Ne voulant pas la laisser s'écarter de moi – *de ça* –, je glisse mes doigts autour de son menton et la contrains à soutenir mon regard.

— Ne fais pas ça, mon ange. Ne te cache pas. Pas quand je t'ai enfin trouvée.

Je scrute ses yeux.

— Aucune raison d'être embarrassée par ce qu'on fait seuls ou ensemble. Sache simplement que je ne regrette absolument pas d'avoir attendu. Je veux tout faire avec toi. *Seulement toi.*

Un sourire s'empare de sa bouche pulpeuse.

— J'en ai envie aussi.

Je lui en suis profondément reconnaissant.

— Si tu avais aussi envie de moi, pourquoi n'avons-nous pas couché dans la chambre d'hôtel ?

La rougeur de ses joues s'approfondit.

— Ce n'est pas comme si tu n'avais pas acheté ma virginité.

Si j'ai songé à le faire avec elle chaque fois qu'on était ensemble ? Bien entendu.

— Après toutes ces années, je voulais que notre première fois soit spéciale. Et je voulais que tu saches exactement qui prenait ton innocence et te faisait l'amour.

Je m'agite sur le siège quand je suis assailli par un souvenir d'elle, écartelée sur l'immense matelas. Si belle. Comme un ange.

— Je voulais que ce soit *ton* choix. Peu importe les circonstances.

— Oui, murmure-t-elle.

Je hausse les sourcils alors que ma verge se contracte.

— Oui, quoi ?

— Je n'ai pas envie d'attendre davantage. Je veux que tu sois mon premier. *Maintenant.* Trop de temps nous a déjà été dérobé.

Désarçonné par sa réaction, je pousse un soupir tremblant. J'avais pensé qu'elle aurait besoin de temps pour digérer tout ce dont on vient de discuter ce soir. Même si je n'en ai pas envie, je m'interromps avant que l'excitation ne puisse envahir mon système alors que je la soulève dans mes bras, la jette sur mon épaule et la porte hors du restaurant comme un homme des cavernes.

— Je ne veux pas que tu penses qu'on est obligés de sauter au plumard pour baiser. On peut prendre autant de temps qu'il te faudra et réapprendre à nous connaître.

C'est une surprise quand elle secoue la tête.

— Je n'ai pas envie d'attendre. J'ai envie d'être avec toi tout de suite.

Il n'en faut pas plus pour que mon érection presse douloureusement contre ma braguette.

Mais quand même...

— Ça ne presse pas. J'ai besoin que tu sois certaine, Fallyn.

— C'est peut-être toi qui as des doutes.

Ce commentaire ridicule suffit à me faire quitter la banquette et me redresser avant de la plaquer contre moi. Avant qu'elle ne puisse poser la moindre question, je cède à l'impulsion qui palpite en moi depuis qu'elle a traversé le campus pour me donner une gifle.

Je la prends dans mes bras et la porte hors du restaurant.

CHAPITRE 31

allyn

La bouche avide de Wolf conquiert la mienne alors que l'ascenseur s'élève jusqu'au deuxième étage. Il n'y a rien de doux dans cette caresse. Et je ne voudrais pas qu'elle le soit. Il a déjà passé du temps à m'embrasser doucement, à me lécher et à sucer ma bouche d'une façon adoratrice, exprimant à quel point il a envie de moi.

À quel point il a *toujours* eu envie de moi.

Mais ceci est différent.

S'il pouvait me dévorer vivante, il le ferait en un clin d'œil.

Et j'apprécierais la moindre minute.

Le désir qui émane de lui en lourdes vagues suffocantes n'est rien de moins qu'enivrant.

Mes bras s'enroulent autour de son cou alors que je m'accroche à lui, me frottant contre son corps musclé comme une chatte en chaleur. On se colle de si près que je sens le renflement épais de son excitation contre mon bas-ventre. Un gémissement de désir m'échappe alors que la voiture tressaute et que le signal sonore du GPS annonce notre arrivée.

Je ne pense qu'à ce que ça fera quand il se glissera enfin profondément dans la chaleur de mon corps. Mon seul point de comparaison est lorsqu'il a enfoncé son doigt en moi.

Sauf que ça sera plus épais.

Beaucoup plus épais.

Malgré mon anxiété, cette pensée me remplit tout autant d'anticipation que d'excitation. Je rêve de ce moment depuis que j'ai quinze ans. J'ai envie de connaître ce genre de proximité avec Wolf.

Et le fait qu'il m'ait réservé toutes ses premières fois…

Un vertige me saisit. C'en est presque trop pour les confins de ma peau.

Les portes de métal s'ouvrent sans bruit et un hoquet choqué pénètre le brouillard qui m'entoure. J'ouvre une paupière à contrecœur, découvrant alors trois filles qui se tiennent dans le couloir, bouche bée.

L'une d'elles s'éclaircit la gorge.

— Salut, Wolf.

Sa voix déborde d'envie.

Il me serre plus fort comme s'il craignait que je ne m'enfuie. Il devrait pourtant comprendre que je ne vais pas m'échapper. Il émet une réponse inintelligible puis me traîne hors de l'ascenseur et dans le couloir. Leurs rires aigus nous poursuivent.

Cette démonstration d'affection devrait m'embarrasser.

Mais ce n'est pas le cas.

Pas du tout.

Je me contrefiche de ces filles ou des rumeurs qu'elles vont forcément propager. Elles n'hésiteraient pas une seconde à changer de place avec moi.

Ses longues jambes dévorent la longueur du couloir plus vite que je suis capable de les suivre. Ce n'est que lorsqu'il pile net devant son appartement et repêche une clé dans sa poche que je parviens à reprendre ma respiration.

Quand il ouvre brusquement la porte, elle frappe le mur intérieur avec un tremblement. Un grondement lui échappe puis il se tourne vers moi et picore mes lèvres avant de me prendre dans ses bras. Ses yeux brûlent de tant de chaleur et de désir alors qu'il lève le menton pour capturer mon regard ! Son intensité m'atteint en plein dans mon sexe où elle explose comme des feux d'artifice. Le besoin d'en sentir davantage de sa personne spirale en moi alors que j'enroule les jambes autour de sa taille. Ses grandes paumes saisissent mes fesses, pressant et malaxant la chair.

Il n'en faut pas plus pour que l'excitation prenne brutalement vie en moi alors qu'un grognement s'échappe et que je resserre les mains sur lui. En dépit des trop nombreuses couches de vêtements qui nous séparent, je me frotte contre ses abdominaux durs comme l'acier, appelant désespérément la friction.

Je ressens tant de désir pour ce que lui seul est capable de me donner !

Il ferme la porte d'un coup de pied avant de traverser vivement la pièce à vivre puis le petit couloir qui mène à la chambre. Une fois enfermés dans son espace privé, on reste entrelacés. La façon dont nos bouches ont fusionné et nos langues s'entremêlent est enivrante. Même si je n'ai pas envie de rompre le contact, je ne peux pas supporter les couches de vêtements qui me séparent de sa chair nue.

Je me contorsionne jusqu'à ce qu'il se rende compte que j'essaye de m'échapper de sa prise avant de glisser contre son corps musclé, mes baskets touchant terre.

Alors seulement, j'interromps notre baiser.

Un grognement remonte du plus profond de sa poitrine alors qu'il me contemple. Le regard enflammé qu'il me décoche est presque menaçant. La salive se sèche dans ma bouche tandis que des volutes d'un désir brûlant se rassemblent dans mon intimité.

Sans un bruit, mes doigts tremblants se resserrent autour de son sweat, le remontant le long de son torse jusqu'à ce que je parvienne à le faire passer au-dessus de sa tête. Son t-shirt à l'effigie des Western Wildcats subit le même sort.

Un hoquet m'échappe quand je contemple son torse nu.

Non seulement il est puissamment musclé, aux tendons épais, mais il est couvert de tatouages. Il y a tant de couleurs qui décorent sa chair que je ne sais pas par où commencer. Je me rends seulement compte que j'ai tendu la main pour le toucher quand le bout de mes doigts frôle ses pectoraux ciselés.

Quand on était enfants, je le voyais tout le temps lorsqu'on traînait à la piscine. Son corps ne présentait pas la moindre marque. J'ai presque du mal à croire qu'il se soit fait tatouer tous ces motifs en l'espace de cinq ans.

Alors que j'ouvre la bouche pour émettre une volée de questions, mon regard tombe sur le nom complet de mon frère avec la date de sa naissance et de sa mort. Wolf s'immobilise alors que mes doigts dansent sur les courbes de l'encre. Une boule épaisse se loge dans ma gorge et des larmes chaudes me brûlent les yeux, m'empêchant de respirer. Je fais un effort conscient pour les chasser d'un clignement de paupières tout en me contraignant à détourner le regard.

— Tu te l'es encré.

Il me prend les doigts, les porte à ses lèvres et dépose un léger baiser sur le revers de ma main.

— Bien entendu.

Une émotion pesante me submerge alors que je braque à nouveau mon attention sur la chair bronzée qui est devenue la toile de souvenirs précieux. Des crosses de hockey se croisent, portant le numéro de Miles. Et il y a une illustration parfaite de sa Porsche bien-aimée.

Mon cœur s'arrête de palpiter avant de se mettre à battre la chamade quand je vois mon nom encadré par des pivoines. D'aussi loin que remontent mes souvenirs, Wolf m'offrait un vase de pivoines rose clair pour mon anniversaire. Ça a toujours été ma fleur favorite. Pendant l'été, nos jardins débordaient de leurs bourgeons sauvages.

Mes doigts tremblants tracent toutes les lettres.

Je...

Je n'arrive pas à y croire.

Je lève vers lui des yeux qui débordent encore plus de larmes.

— Quand les as-tu réalisés ?

— L'année qui a suivi sa mort, j'ai tatoué son nom sur ma poitrine.

Puis à chaque anniversaire, j'ai ajouté quelque chose. Quoi qu'il arrive, il sera toujours avec moi.

Je plaque les lèvres contre le nom de mon frère, complètement ébahie par ce que j'ai découvert. Si je ne l'avais pas compris avant, je le fais maintenant.

Cet homme m'aime tellement !

Cette certitude s'abat sur moi comme une lame de fond, menaçant de m'engloutir.

Depuis de nombreuses années, je me sens perdue et à la dérive sans les deux personnes les plus importantes de ma vie.

Maintenant, enfin, j'ai l'impression d'avoir été retrouvée.

Il passe les doigts à travers mes cheveux et me fait lever le visage jusqu'à ce que je n'aie pas d'autre choix que de soutenir son regard fixe.

— Tu sais que je t'ai toujours aimée, n'est-ce pas ?

Je hoche la tête. J'ai l'impression que mon cœur est à deux doigts d'exploser.

— Ça a toujours été toi, Fallyn. Toujours.

Ce n'est que lorsque je me plonge dans ses yeux et dans la sincérité qui en déborde que je me demande si mon amour pour Wolf m'a empêchée de m'impliquer avec d'autres types. Certes, la cicatrice qui enlaidit ma poitrine m'a dérangée. Mais au fond, je me doute qu'il y avait autre chose.

— Je t'aime aussi, murmuré-je, ayant besoin qu'il sache que je ressens la même chose.

En dépit des événements de notre passé, c'était écrit.

On est faits pour être ensemble.

Le destin aurait continué de nous rapprocher l'un de l'autre.

Le besoin de voir tout de lui, d'être aussi proche que possible, spirale en moi. Mes doigts se posent sur le bouton de son jean que j'ouvre avant d'abaisser sa fermeture éclair. D'autres tatouages colorés décorent son abdomen. La longueur épaisse de sa queue presse avec insistance contre le jean. Je glisse ma main à l'intérieur du coton et le fais descendre jusqu'à ce que son érection se libère.

Ce n'est pas comme si je n'avais jamais vu de pénis, mais c'est une tout autre chose d'en voir un autre dans la vraie vie.

Et Wolf est... *grand*.

Mais également épais et long.

Je fais descendre le jean et son boxer sur ses cuisses avant de tomber à genoux et de lever les yeux jusqu'à ce que nos regards s'accrochent. Des étincelles de chaleur pétillent dans ses prunelles alors que ses mains restent embrouillées dans mes cheveux. Cette pression ferme est ce qui me permet de rester ancrée dans le moment.

Ma langue sort pour lécher son gland et je sens une explosion salée dans ma bouche. C'est étrange de me rendre compte que j'aime son goût. Quand je donne un coup de langue avide, il pousse un grognement guttural.

— Tu n'es pas forcée de faire ça, Fallyn. Ce n'est pas une chose à laquelle je m'attends.

— J'en ai envie.

Je m'humecte les lèvres avec la langue puis les referme autour du gland que j'aspire dans la chaleur de ma bouche. Même si je ne l'avais jamais fait et que je ne sais pas comment m'y prendre, je garde les yeux braqués sur lui afin de lire ses réactions alors que je le prends aussi profond que je peux avant de battre en retraite. À chaque va-et-vient, ses doigts se resserrent de plus en plus sur les côtés de mon crâne.

Quand je trouve enfin le bon rythme, sa verge se gonfle, devenant impossiblement dure. Quelques secondes plus tard, il me repousse. Sa verge se libère avec un petit bruit et je plisse le front. Une main reste enroulée autour de ma tête alors que l'autre me caresse la joue avant de frôler mes lèvres gonflées.

— J'ai fait quelque chose de mal ?

Ce serait vraiment embarrassant, non ?

Il secoue la tête d'un air amusé.

— Non, tu as tout fait à la perfection. Un peu *trop* bien.

Sa voix a l'air d'avoir été poncée au papier de verre et elle titille quelque chose de profond dans mon ventre. Il se penche jusqu'à ce qu'il puisse enrouler les mains autour de ma cage thoracique avant de me faire me redresser et de plaquer un baiser torride sur ma bouche.

Il s'éloigne juste assez pour murmurer :

— Quand je jouirai enfin, ce sera dans ta petite chatte. J'ai envie de sentir ta chaleur étroite autour de mon membre d'acier, l'étranglant. Je ne pense qu'à ça.

Une autre vague d'excitation se concentre dans mon intimité alors que ces images défilent dans ma tête comme une vidéo au ralenti.

Avant que je puisse en convenir, il descend son jean et son boxer sur ses jambes jusqu'à ce qu'il se retrouve complètement nu. Il ne me donne pas l'occasion de m'abreuver de sa beauté mâle alors qu'il me prend dans ses bras et me porte jusqu'au grand lit. Tendrement, il me fait m'allonger, demeurant au-dessus de moi et m'emprisonnant avec son corps plus grand et musclé. Son regard scrute le mien alors que sa bouche descend. Quand sa langue glisse le long de mes lèvres, je m'ouvre, lui permettant d'entrer. Et juste comme dans l'ascenseur, notre baiser est profond et exhaustif. C'est comme s'il ne voulait plus qu'il y ait de distance entre nous.

Comme s'il voulait me dévorer.

Il n'en faudrait guère plus pour qu'il m'engloutisse entièrement.

Mes bras s'enroulent autour de son cou pour l'attirer plus près.

Alors que je me perds dans cette caresse, il s'écarte.

— J'ai envie de te déshabiller.

Ses doigts se referment sur l'ourlet de mon pull qu'il remonte sur ma poitrine et au-dessus de ma tête. Il retire ensuite le soutien-gorge rose pâle avec un petit nœud au centre. L'amour rayonne dans ses yeux qu'il baisse vers moi. Il abaisse alors le visage vers ma poitrine et plaque ses lèvres sur la cicatrice. Je glisse les doigts à travers ses courtes mèches afin de le maintenir en place.

— Tu es si parfaite.

Il me donne de légers baisers avant d'admettre d'une voix rauque :

— Je t'ai attendue pendant si longtemps que j'avais presque abandonné l'espoir que ça arrive… que ça nous arrive.

Les yeux débordant de larmes, je le prends dans mes bras.

— Je suis vraiment désolée. Pour tout ce que tu as traversé.

Il incline la tête jusqu'à ce que nos regards se croisent et s'accrochent.

— Nous aurions dû être capables de nous soutenir mutuellement et d'être là l'un pour l'autre.

Ce commentaire me fait l'effet d'un poignard en plein cœur parce qu'il a raison. Nous étions si proches, tous les trois ! Wolf et moi aurions dû avoir le droit de faire notre deuil ensemble. Au lieu de cela, nos parents nous ont tenus séparés et ont amorcé une guerre entre nos familles. Je comprends leur douleur et leur angoisse. Ils continuent de les faire croître jour après jour, mais ce qu'ils ont fait est mal. Et à un moment donné, nous serons forcés d'avoir une conversation honnête à ce sujet. Il n'y a pas d'autre façon pour nous quatre d'avancer.

Ne voulant rien dérober à ce moment avec Wolf, je me concentre sur l'homme magnifique qui est penché sur moi.

Il est le seul à qui j'ai envie de penser.

— Je suis juste reconnaissant que tu sois ici avec moi maintenant.

Il dépose un dernier baiser contre la chair abîmée avant de descendre le long de mon corps. Le raclement de ses dents me donne le vertige et le désir inonde mon sexe. Quand il parvient à la ceinture de mon jean, il ouvre le bouton en métal puis ouvre la fermeture éclair. On n'entend dans la pièce que le bruit des dents en métal qui grincent les unes contre les autres.

Il plaque les lèvres sur la peau dénudée au-dessus de ma culotte avant de faire descendre le tissu sur mes hanches et mes cuisses jusqu'à ce que je me retrouve tout aussi nue que lui. Il se redresse à genoux sur le matelas pour pouvoir m'observer pendant de longues minutes. Son regard chaud se délecte de chaque centimètre de moi. Sa chaleur glisse sur mes courbes. En dépit de mon envie de me couvrir et de me dissimuler à sa vie, la lueur adoratrice qui inonde son regard est ce qui maintient mes bras plaqués contre moi.

— Je sais que je n'arrête pas de le dire, mais c'est vrai : tu es vraiment belle. Je ne me lasserai jamais de te regarder ainsi.

Je pousse une exhalation tremblante et permets à mes cuisses de s'ouvrir pour qu'il puisse voir le moindre centimètre de moi. Un grognement torturé lui échappe alors que son regard se braque vers mon intimité. Il enroule des doigts puissants autour d'une cheville nue avant de la soulever pour qu'il puisse s'installer entre mes jambes.

Au lieu de se lancer et de me caresser avec ses doigts comme je m'y attends, il murmure :

— J'ai besoin de goûter encore à ton miel. J'y suis vraiment accro.

Son regard accroche le mien.

— Accro à toi.

Alors que la chaleur de sa bouche se pose sur ma peau, mes paupières se referment lentement. Il lèche ma fente de haut en bas avec le plat de sa langue tendrement veloutée avant de remonter pour effectuer des cercles sur mon clitoris. L'excitation explose en moi, ricochant à travers toutes les cellules de mon être.

Même s'il n'a fait que commencer à me toucher, je réalise déjà que je ne tiendrai pas longtemps. C'est comme si j'étais en surcharge sensorielle. Mon dos se cambre sur le matelas alors que ses grosses mains s'enroulent autour de mes cuisses pour me maintenir en place alors qu'il m'écartèle davantage et continue de mordiller ma chair délicate.

Alors que mes muscles se contractent et que je suis à deux doigts d'exploser, il bat en retraite et me laisse en suspens. Un hoquet m'échappe et mes paupières s'ouvrent brusquement. Un sourire entendu danse au coin de ses lèvres tandis qu'il remonte sur mon corps jusqu'à ce que son gland se retrouve lové contre mon sexe humide.

J'écarquille les yeux tout en soutenant son regard.

— Ça fait bien trop longtemps que j'attends pour qu'on ne finisse pas ensemble.

Alors qu'il marmonne ces paroles rudes, je me rends compte que c'est exactement ce dont j'ai envie aussi.

— D'accord.

Il baisse le visage jusqu'à ce que nos bouches s'alignent. Alors seulement, il glisse la langue entre mes lèvres pour danser avec la mienne.

Quelques battements de cœur plus tard, il s'écarte suffisamment pour gronder :

— Tu sens ton goût sur moi ? C'est la meilleure saveur du monde. Si je te léchais tous les jours, ça ne serait toujours pas assez.

Sa confession torride fait déferler le désir dans mon sexe et j'écarte les jambes, voulant qu'il s'enfonce plus profondément dans mon corps. C'est presque une surprise quand il s'arrête.

— Je devrais sortir une capote.

Je secoue la tête.

— Tu n'es pas forcé. Je suis protégée.

Il scrute mon regard.

— Tu en es certaine ?

— Oui. Je t'en prie.

— D'accord.

Les dents serrées, il donne un coup de reins. Le muscle dans sa mâchoire se contracte alors qu'il ondule des hanches.

— Putain, bébé. Tu es tellement étroite ! J'ai l'impression d'être serré par un poing. Je n'ai jamais ressenti quelque chose d'aussi génial.

Son regard légèrement inquiet scrute mon visage.

— C'est bon pour toi ?

— Oui.

Ce n'est pas vraiment un mensonge. Je refuse de lui dire que je ressens une légère douleur parce que je n'ai pas envie qu'il s'arrête. Et je ne veux vraiment pas gâcher ce moment que j'attends depuis des années.

Alors qu'il se cale sur les coudes, les muscles de ses biceps se contractent, me nichant dans sa force. Je ne me suis jamais sentie aussi chérie ou protégée. C'est entièrement dû à l'homme qui me fait lentement l'amour.

Il s'enfonce de deux centimètres environ avant de se retirer, puis réitère le mouvement jusqu'à ce qu'il se retrouve enfoncé dans mon corps. Alors qu'il ondule régulièrement contre moi, mes muscles intérieurs se contractent autour de son épaisseur et le plaisir naît graduellement. C'est presque une surprise quand un gémissement m'échappe et que je cambre les hanches pour accueillir ses coups de reins prudents.

L'intensité remplit ses yeux tandis qu'il se glisse dans ma chaleur étroite. Je me cambre, en désirant davantage.

Désirant tout ce qu'il a à offrir.

— Tu comprends que ça a toujours été censé se terminer ainsi, n'est-ce pas ?

Il se retire, mais se reglisse immédiatement en moi.

Je hoche la tête. Même lorsque ce n'était pas un concept que j'étais capable d'admettre, au fond de moi, je réalisais que Wolf était mon autre moitié.

Il serre les dents comme s'il avait mal.

— Je ne peux pas aller plus loin sans te faire mal, Fallyn. Je suis désolé de ne pas pouvoir y couper, mais je promets que ce sera la dernière fois.

Je lève une main pour saisir dans ma paume sa joue au duvet piquant. Pendant juste un moment, il serre fort les paupières avant de se coller à ma paume.

— Fais-le. Ça va aller.

Son inquiétude est touchante. Combien d'hommes hésiteraient quand ils sont aussi excités ? Seulement Wolf.

— Ne t'inquiète pas pour moi.

Ses cils ridiculement longs battent quand il ouvre les paupières.

— C'est mon devoir de prendre soin de toi et cette responsabilité pèse sur mes épaules. Je déteste l'idée de te causer ne serait-ce qu'une seconde de douleur.

— C'est bon. Ça va aller parce que je suis ici avec toi.

Ses yeux restent braqués sur les miens et j'y lis la détermination. Il se retire avant de revenir dans mon corps avec plus de force. Au moment où il déchire la barrière fragile, un cri s'échappe de mes lèvres et sa bouche s'écrase sur la mienne, avalant tous mes sanglots. À présent qu'il est enfoncé jusqu'à la garde, il se tient parfaitement immobile, offrant à mes muscles intérieurs le temps de s'ajuster.

Il se retire pour scruter mon regard alors qu'une larme silencieuse roule le long de ma joue. Il la sèche d'un baiser avant de faire pareil de l'autre côté.

— Je suis vraiment désolé, mon ange.

— Ça va, dis-je d'une voix tremblante. Ce n'était pas si terrible.

Avec ses hanches plaquées contre les miennes, j'ai l'impression d'être épinglée au matelas par sa verge épaisse. Je ne sais pas pourquoi cette idée m'excite autant. Alors que mon cœur s'étire autour de son épaisseur, la douleur de son intrusion s'amenuise et l'excitation renaît. Je ne peux pas m'empêcher de me contorsionner contre lui.

— Tu es prête ? Je peux continuer ? Ou bien devrais-je m'arrêter ?

Cette question fait se contracter les muscles de sa gorge. Sa mâchoire est toujours serrée comme si elle allait se briser en un million d'éclats acérés.

— Parce que je peux, si c'est ce que tu veux.

— Je t'en prie, ne t'arrête pas.

Il pousse un soupir régulier alors qu'il garde les paupières fermées pendant une seconde ou deux.

— Tu es si chaude et moite. *Étroite*. C'est presque insupportable. C'est trop bon.

Il se mordille la lèvre inférieure.

— Je n'arriverai pas à tenir très longtemps.

Quand il se retire, un soupir de soulagement m'échappe avant qu'il ne me pénètre à nouveau.

Un grognement torturé lui échappe.

— Comment vais-je réussir à vivre à l'extérieur de ton corps maintenant que je sais à quel point c'est bon d'être enfoncé en toi ?

Malgré la crispation dans sa voix et la tension qui fait trembler sa musculature contractée, Wolf y va lentement, s'assurant que tous ses mouvements soient doux. Au sixième coup de reins, je ne peux pas dénier le plaisir qui déferle à l'intérieur de moi.

On ne met guère de temps à trouver notre rythme. Je me cambre en poussant un gémissement. C'est comme si je traquais le même plaisir que lorsque son visage était enfoncé entre mes cuisses.

— Tu le sens, ma belle ?

Quand je hoche la tête, il dit :

— J'ai envie qu'on jouisse ensemble.
— J'en ai envie aussi.

Il affiche un sourire torturé alors qu'il ondule contre moi. Quand mes muscles se tendent soudainement, je sais que je suis à deux doigts de dégringoler dans le néant.

Alors que mes muscles intérieurs se contractent, il grogne et la chaleur de son plaisir éclabousse mon utérus. Il jette la tête en arrière et j'aperçois les muscles puissants de sa gorge. Ce n'est que lorsque son corps se ramollit qu'il pousse un soupir satisfait. Sa chaleur agite mes cheveux et caresse la peau délicate près de mon oreille et de mon cou.

— Je t'aime, Fallyn.

Il lève la tête pour scruter mon regard. Son expression se fait sérieuse comme s'il voulait que je sache que ce n'est pas l'orgasme qui parle, mais qu'il le pense vraiment.

— Je t'aime aussi.

Il colle nos fronts ensemble et me regarde dans les yeux.

— Je ne te laisserai jamais partir.
— Je l'espère bien.

Après nous être trouvés pour la seconde fois, je ne pense pas être capable de revivre la douleur de le perdre à nouveau.

CHAPITRE 32

 olf

Le temps qu'on émerge de la chambre, il est plus de vingt-deux heures. Sa main délicate est en sécurité dans la mienne. Exactement là où est sa place. Je n'ai vraiment pas envie de la ramener chez elle. Dès qu'on entre dans le salon, mon coloc et sa copine nous dévisagent. Viola écarquille les yeux alors que Madden affiche un sourire entendu.

— Eh bien... Les événements ont pris une tournure intéressante, dit ce connard d'une voix chantante.

Avec un regard sombre, je rapproche Fallyn de moi.

— Habitue-toi.

Il s'esclaffe et lève les mains comme pour se rendre.

— Je n'ai jamais dit que c'était une mauvaise idée, juste que c'est intéressant.

Viola se redresse d'un bond. Ses yeux comiquement effarés se posent sur moi avant d'achever leur course sur sa cousine.

— J'allais sortir.

Elle la regarde comme si elle essayait d'exécuter une astuce mentale de Jedi avant d'articuler soigneusement :

— Tu as besoin que je te ramène chez toi ?

Fallyn s'agite sous l'intensité de son regard.

— Oui, ce serait génial.

La blonde se redresse du canapé et récupère son sac à main sur la table avant de filer vers la porte.

Dès que Fallyn fait un pas en avant, je la reprends dans mes bras. La dernière chose que j'ai envie de faire est de la laisser partir. Pas alors que je viens de poser les mains sur elle après toutes ces années. Pas alors qu'on est enfin sur la même longueur d'onde. Mais je devine qu'elle doit encore s'occuper de plusieurs choses : je veux dire ses parents. Ils ont fait tout leur possible pour nous séparer. Je doute qu'ils se réjouissent de me revoir dans sa vie.

Particulièrement après la façon dont mon père a agi dans le dos de Hugo et l'a viré de la société. Au contraire, ils me mépriseront encore plus maintenant que juste après la mort de leur fils.

Le regret et la souffrance tourbillonnent en moi.

J'aimerais qu'il soit possible pour nous deux de nous enfermer dans ma chambre pour le reste de notre vie. Malheureusement, ce n'est pas une option. La seule façon pour qu'une relation fonctionne entre nous est de rester ouvert et honnête avec les gens présents dans notre vie. Mes parents se ficheront de savoir que je suis avec Fallyn. Ils sont trop accaparés par eux-mêmes pour s'en préoccuper.

Mon regard scrute le sien, tentant de filtrer toutes les pensées qui tournent dans sa tête. Loin de receler la confusion et le doute, ses yeux bleus sont emplis d'une douceur qui ne s'y trouvait pas auparavant.

— Tu m'envoies un texto quand tu es rentrée ?

Mon attention a beau être braquée sur elle, je sens l'intensité du regard de Madden brûler un trou à travers moi. C'est la première fois qu'il me voit sortir de ma chambre avec une fille. Je suis certain qu'il aura de nombreuses questions à poser.

Quand elle hoche la tête, je lui donne un léger baiser. J'ai du mal à maîtriser mes instincts les plus primaires. Je suis vraiment tenté de la faire basculer par-dessus mon épaule pour la transporter jusque dans ma chambre, mais elle est probablement endolorie et a besoin d'un peu de temps pour digérer tout ce qui s'est passé entre nous.

— Je t'aime, murmuré-je contre ses lèvres, ayant besoin de savoir exactement ce que je ressentais. Ce que j'ai toujours ressenti. Et à quel point ma vie est agréable quand elle est là.

Sur cet aveu, son corps se décontracte contre moi.

— Je t'aime aussi.

Le poing refermé autour de mon cœur se desserre légèrement. Je plonge dans ses yeux, ayant l'impression de pouvoir m'y perdre pour toujours.

Dans le petit vestibule, Viola s'éclaircit la gorge.

— On devrait y aller. J'ai encore plein de choses à faire.

Fallyn rosit légèrement.

Putain, elle est vraiment adorable !

— D'accord.

Je lui donne un dernier baiser avant de la libérer. Je ne la quitte pas du regard alors qu'elle se dirige vers la porte où sa cousine l'attend, une main sur la hanche.

Puis elles disparaissent toutes les deux dans le couloir. Je déteste sentir que mon monde s'assombrit quand elle n'est pas là.

— Pour ton information, regarder la porte ne va pas la ramener, Roméo.

Je braque mon attention sur mon coloc et pote avant de pousser un grand soupir.

Avant que je puisse lui dire de la fermer, il me lance :

— Alors, vous êtes ensemble, maintenant ?

Ce n'est pas vraiment une question.

— Oui, dis-je en me laissant tomber sur la chaise située en face de lui.

Madden a toujours été cool. Rien ne l'atteint. C'est une des raisons pour lesquelles j'ai accepté de vivre avec Ford et lui au lieu de la maison des hockeyeurs où résident Ryder, Maverick, Riggs, Colby, Hayes et Bridger.

C'est un chaos constant là-bas : des fêtes, des filles, des coéquipiers juniors qui dorment sur les canapés quand ils ne veulent pas retourner aux dortoirs. Et encore d'autres fêtes.

J'apprécie le calme.

Il s'agite sur le canapé.

— Et ses parents ?

Je le contemple pendant une longue minute. Parfois, j'oublie que Madden était avec Viola avant l'accident et est au courant de notre passé.

— Ils ne savent pas. Je suis tenté de rajouter *encore*, mais une partie de moi craint de le faire. J'ai terriblement peur de perdre Fallyn. Pas alors qu'on vient à peine de se mettre ensemble et que tout est comme avant à nouveau.

— On dirait que ça risque d'être un problème, souffle-t-il.

Je hoche la tête et me passe une main sur le visage. Je le sais déjà. Ce développement ne va pas plaire à Hugo et Élénore. Ils ont tout fait pour qu'on ne se rapproche pas.

Comme pour consolider cette pensée, il ajoute à voix basse :

— On les a revus pendant les vacances. Des années ont passé, mais rien n'a changé pour eux. Ils vivent toujours dans l'ombre de la mort de Miles… et ils veulent y garder Fallyn aussi.

Il y a un moment de silence.

— Il s'est produit autre chose ?

Merde.

— Oui, avoué-je. Mon père s'est lassé des conneries de Hugo et l'a viré de la société qu'ils avaient fondée.

Madden pousse un petit sifflement, pose les coudes sur les genoux et se penche vers moi.

— Comment tu vas surmonter *cet* obstacle ? Tu ne penses pas que ça leur posera problème que tu sortes avec leur fille ?

— Bien sûr que si.

Lentement, il secoue la tête, me regardant comme si j'étais fou.

— Tu te rends compte que ça va mal finir, n'est-ce pas ? Tu ne t'es pas dit que ça n'en valait peut-être pas la peine ? Ça vaudrait peut-être mieux de mettre les choses derrière toi.

Mes muscles se tendent.

Ce que dit Madden m'a déjà secrètement rongé un coin du cerveau.

Et pourtant...

— Comment suis-je censé le faire ? Je l'aime. Je l'ai *toujours* aimée. Pendant cinq ans, j'ai eu l'impression qu'une partie de moi manquait. Je l'ai perdue la nuit de l'accident. À présent que Fallyn est de retour dans ma vie, j'ai à nouveau l'impression d'être entier.

Je scrute son regard pour y chercher un soupçon de compréhension.

— Comment pourrais-je lâcher l'affaire ?

Avant qu'il ne puisse répondre, je pointe le menton et dis d'un ton de défi :

— Tu en serais capable ? De quitter Viola comme ça ?

Je n'ai pas fini de poser la question que je connais déjà la réponse.

— Certainement pas, réplique-t-il avec une expression d'acier. La laisser filer la première fois était déjà assez difficile comme ça. J'aurais trouvé un moyen de la conquérir et je ne me serais pas arrêté avant qu'elle ne m'appartienne.

— Exactement.

Il secoue la tête.

— Laisse-moi te dire une chose : tu vas avoir du pain sur la planche, mon vieux.

Je m'esclaffe.

Comme si je ne le savais pas !

CHAPITRE 33

allyn

C'est la lumière brillante du soleil qui filtre à travers la fenêtre qui me tire d'un sommeil profond. Ce n'est que lorsque je m'étire que je réalise que je ne suis pas seule.

Pas besoin de tourner la tête pour comprendre contre qui je suis blottie. Même si je suis rentrée avec Viola hier soir et me suis glissée dans mon lit toute seule, dès que j'ai envoyé un texto à Wolf, il a dit qu'il ne voulait pas dormir seul, qu'il avait passé trop de nuits sans moi.

J'ai beau m'être dit qu'un peu de distance me ferait du bien, je n'ai pas pu résister à la pensée de me lover contre lui. Quinze minutes plus tard, je l'ai fait entrer discrètement dans l'appartement. J'ai pensé qu'on referait l'amour, mais il m'a prise dans ses bras tatoués. Puis on s'est endormis.

Je laisse échapper un soupir de contentement. Ça fait longtemps que je n'ai pas ressenti ce genre de quiétude. Si longtemps qu'au début, je n'ai pas reconnu ce que c'était. Cette pensée est rapidement suivie par l'image de mes parents. Dès qu'ils me viennent à l'esprit, je les en chasse. Je ne veux pas m'y attarder alors que je suis enveloppée dans les bras de Wolf et que je viens de passer la meilleure nuit de ma vie.

Après tout ce temps, j'ai enfin l'impression qu'une pièce du puzzle s'est remise en place.

Wolf.

Il était la pièce manquante. Malgré tous mes efforts pour ne pas y croire, il m'a fait me sentir à nouveau complète. La cicatrice sur ma poitrine ne palpite pas autant quand nous sommes ensemble. La vieille blessure n'est plus un rappel constant de tout ce que j'ai perdu.

Je me force à ouvrir les paupières et contemple l'homme étendu à mes côtés.

Il est magnifique.

J'ai entendu des filles se pâmer sur ses yeux verts, ses cheveux courts, ses muscles volumineux et ses tatouages. Il est une bête sur la glace et je suis certaine que ça fait partie de son charme. Il a des airs de *bad boy*.

De coureur.

Sauf que...

Les apparences sont trompeuses, après tout.

Et les commérages ne sont rien de plus que des bavardages infondés.

Jusqu'à hier soir, il était tout aussi vierge que moi.

C'est vraiment spécial d'être capable de partager ce genre d'intimité avec la personne qu'on aime.

Je pose les yeux sur son visage séduisant.

Ses traits sont marqués.

Ses pommettes ciselées.

Ses cils sombres sont longs et épais.

Quant à ses lèvres...

Je plisse les paupières et tente de trouver un adjectif.

Pulpeuses.

Moelleuses.

Douces.

Quelque chose comme ça, tout en restant ridiculement masculin.

Et elles sont capables de bien plus de plaisir que j'aurais pu l'imaginer. La sensation de ses lèvres et de sa langue, combinée au grattement de sa barbe de cinq heures contre ma chair délicate, suffit à faire dévaler le long de mon épine dorsale un frisson de désir. Sans parler de l'excitation liquide qui suinte dans mon intimité. Si je portais une culotte, ces pensées délicieuses suffiraient à la tremper.

Même si nous n'avons pas couché ensemble hier soir, il m'a dénudée et a fait courir ses mains sur chaque centimètre de ma personne jusqu'à ce que je l'implore de me reprendre.

Il a refusé, disant plutôt que ma petite chatte avait besoin de temps pour guérir. Puis il m'a embrassée et léchée jusqu'à ce que je jouisse, la main plaquée contre ma bouche afin de ne pas alerter ma cousine.

Après quoi, je me suis promptement endormie.

Qui aurait pu se douter qu'un orgasme était capable de vous vider de toute votre énergie ?

Alors oui... moelleuses, pulpeuses et douces décrivent parfaitement ses lèvres.

Mon regard plein de désir quitte sa mâchoire puissante pour descendre le long de l'épaisse colonne de son cou, avec des tatouages colorés qui décorent sa peau hâlée. Je suis tentée de tendre le bras pour faire courir mes doigts sur chacun d'entre eux.

Mais je m'abstiens.

Ce n'est pas souvent que j'ai l'occasion de l'observer sans qu'il en ait conscience. J'ai toujours eu l'impression que Wolf veillait sur moi.

J'attends patiemment.

Il a bien plus de contrôle que je ne l'aurais cru.

Que cela ferait-il de le voir se défaire comme il le fait avec moi ?

C'est une question intéressante.

Mon attention lèche le moindre centimètre magnifique de sa personne alors qu'il poursuit sa descente. J'essaye de demeurer parfaitement immobile, respirant à peine, mais mon inspection minutieuse fait se concentrer le désir entre mes cuisses comme du miel chaud. Et les serrer n'a rien fait pour apaiser le désir sourd qui s'est éveillé en palpitant comme un tambour régulier.

Au-dessus d'un pectoral ciselé se trouve un petit cœur rouge.

Mourant de curiosité, je me rapproche pour mieux voir et me rends compte que mes initiales y sont tatouées. Ça suffit à me faire monter les larmes aux yeux. Même s'il croyait m'avoir perdue, il s'est tout de même fait encrer mon nom dans la peau. Et il n'a pas couché avec d'autres filles parce que je suis la seule à qui il rêvait.

Qu'il voulait.

Qu'il désirait.

Comment ai-je pu rester aveugle pendant aussi longtemps ?

Comment ai-je pu laisser mes parents me mentir pendant toutes ces années sans me poser de questions ?

J'aurais dû me rendre compte que le lien que Wolf et moi partagions – partageons encore – était plus fort que ça.

Indissoluble.

Ce n'est que lorsque sa grande main me caresse la joue que je me rends compte qu'il s'est réveillé.

— Qu'est-ce qui ne va pas, mon ange ? Pourquoi tu pleures ?

Sa voix n'est qu'un grondement et elle remue quelque chose au plus profond de moi.

— Je ne pleure pas.

Il capture une larme avec son pouce et la porte jusqu'à son visage pour l'inspecter. Sa langue vient lécher l'humidité.

— Je trouve que ça a le goût des larmes.

Je souffle lentement et cède à l'envie de le toucher à présent qu'il est éveillé. Mes doigts courent sur le cœur.

— Mes initiales sont là.

Il se rapproche.

— Bébé, tu n'as qu'à bien regarder pour voir que tu es tatouée sur tout mon corps. Si je ne pouvais pas être avec toi, je voulais que tu sois avec moi.

Ses doigts jouent avec les miens puis il les porte à la bouche et fait danser ses lèvres sur la jointure de mes doigts.

— Toujours.

Ses paroles douces font trébucher mon cœur avant de lui faire battre la chamade.

Pourquoi est-il aussi génial ?

Cela est-il réellement en train de se produire ?

Mes pensées continuent de tourbillonner alors que j'essaye de comprendre.

Tout ceci est particulièrement surréaliste.

Une grosse boule d'émotion se loge au milieu de ma gorge, rendant toute parole impossible.

— Je t'ai toujours aimé. Même quand ce n'était pas réciproque.

Une autre larme roule le long de ma joue. J'ai besoin qu'il comprenne ce que j'ai dans le cœur.

— Je t'aime plus que tout. Plus que la vie elle-même.

— Arrête, mon ange. Tes larmes me tuent.

Il me positionne sur lui jusqu'à ce que je me retrouve à califourchon sur son torse nu. Ma nudité est écartelée sur ses muscles épais. Il n'en faut pas plus pour qu'un frisson d'excitation danse le long de mon dos alors que je change de position. C'est rapidement suivi par une vague de fond d'excitation qui suffit presque à masquer mon chagrin.

Quand un gémissement m'échappe et que je me tortille afin de prolonger cette friction délicieuse qui envoie des ondes électriques dans tout mon organisme, ses mains se resserrent sur mes hanches pour me maintenir en place alors que ses yeux brillent de chaleur.

— Tu es si belle ! Particulièrement avec cette expression dans le regard. Celle qui me dit que tu as besoin qu'on te prenne.

Je me mordille la lèvre inférieure alors que je me cambre. C'est là que je me rends compte qu'il ne m'en faudra pas beaucoup plus pour bouger.

Avec un grognement, il se déplace sous moi.

— J'aime la façon dont tu trempes ma poitrine.

Ses mains remontent puis se resserrent autour de ma taille. Avant que je puisse lui demander ce qu'il fait, il me soulève. Le mouvement fait se contracter ses biceps, ce que je trouve très sexy. J'ai la sensation que s'il le voulait, il pourrait soulever un petit véhicule en développé-couché.

Je me raccroche à son avant-bras pour tenter de reprendre l'équilibre alors qu'il me soulève et me repose doucement sur sa bouche. Gardant les miens captifs, ses yeux verts s'illuminent.

— Maintenant, tu es exactement où j'ai envie que tu sois.

Même si je ne peux pas voir le bas de son visage, j'entends son sourire sexy dans sa voix profonde.

Je pousse un soupir tremblant quand sa langue glisse à l'intérieur de mon sexe. Le plaisir explose dans mon intimité avant de se propager. Je ne peux pas m'empêcher d'écarter les cuisses, ayant besoin de ressentir plus de ce que lui seul peut me donner.

Impossible qu'un autre homme soit capable de me satisfaire comme il le fait.

Ses mains restent serrées autour de ma taille, les doigts s'enfonçant dans ma chair nue, alors qu'il continue de lécher et de mordiller. J'ai beau avoir envie de courber l'échine, d'étirer mes muscles tendus, je ne le fais pas.

Je ne parviens pas à détourner le regard du mélange de chaleur et de tendresse qui envahit ses yeux alors qu'il continue de lécher ma douceur frémissante.

Cette expression suffit à faire s'emballer mon cœur jusqu'à ce que je voie des étoiles.

Personne ne m'a jamais regardée avec autant d'amour et d'admiration.

Ce qui rend la chose encore plus spéciale est qu'il s'agit de Wolf.

Le garçon dont j'étais secrètement amoureuse pendant toute mon enfance.

Un gémissement m'échappe alors qu'il continue de dévorer ma chair. Rien n'est frénétique dans ses mouvements.

Il s'écarte assez longtemps pour demander :

— Tu es prête à jouir pour moi, mon ange ?

— Oui, dis-je avec un gémissement plein de désir alors que mes muscles se contractent au maximum. Je t'en prie.

— J'aime entendre ces mots sur tes lèvres.

— *Je t'en prie. Je t'en prie. Je t'en prie.*

Il enfonce sa langue au plus profond de moi avant de mordiller mon clitoris.

Ce doit être une combinaison magique parce que j'éclate en mille morceaux tandis que je chevauche son visage. La sensation de ses lèvres douces combinée aux quelques poils qui mangent ses joues est ridiculement délicieuse. Sa main glisse vers le haut, de ma taille à mes seins. Avec des doigts agiles, il tire et pince les petits mamelons durs alors qu'un orgasme déchire mon corps.

Je n'ai pas d'autre choix que de pousser un cri de plaisir. Je ne songe même pas à me couvrir la bouche. J'espère simplement que Viola est déjà partie en cours et que nous sommes seuls dans l'appartement.

Chaque fois qu'il me fait jouir, je pense que ça ne sera jamais meilleur. Puis il me donne tort et me montre exactement à quel point c'est fantastique.

Il continue de me lécher jusqu'à ce que mes muscles se détendent et ne soient plus contractés.

— C'est délicieux, gronde-t-il. Ma nouvelle chose favorite est de te faire jouir. Particulièrement quand c'est partout sur mon visage. Je conserverai ton goût pendant le reste de la journée. Tu sais à quel point ça me plaît ?

Une vague d'embarras s'abat sur moi alors que je change de position pour mieux le regarder. Mes joues deviennent écarlates parce que c'est vrai. La partie inférieure de son visage est mouillée et rendue brillante par mon excitation.

— Je suis si désolée, murmuré-je, mortifiée par la puissance de mon propre désir.

Il cligne des paupières alors que ses sourcils foncés se rapprochent.

— De quoi es-tu désolée ?

— De m'être laissée autant emporter.

Il pousse un grand éclat de rire.

— Ne t'excuse jamais d'être excitée. Particulièrement si c'est par moi. J'adore ça. J'ai juste envie de lécher ta crème. Suis-je parfaitement clair ?

La chaleur embrase ses yeux jusqu'à ce qu'ils brûlent de désir.

— Tous tes orgasmes m'appartiennent. Quand tu perds le contrôle, c'est grâce à moi. Il n'y a rien de plus sexy dans ce monde que d'être capable d'exciter ma femme et de l'entendre crier mon nom.

Oh, mon Dieu ! C'est exactement ce que je viens de faire.

Mon visage est en feu alors que je coule un regard vers le mur qui sépare ma chambre de celle de Viola.

— J'espère qu'elle est partie pour la fac, sans quoi je n'en verrai jamais la fin.

Particulièrement après l'avoir entendue avec Madden.

Wolf sourit comme s'il était terriblement fier de lui.

— Fais-moi entendre tout le bien que j'ai fait ressentir à cette petite chatte. Peu m'importe.

Je lui donne une claque sur la poitrine.

— Je ne pense pas que ce soit nécessaire, n'est-ce pas ?

— Parce qu'on peut en faire un jeu. On va voir toutes les façons inventives dont je vais te faire perdre le contrôle et crier mon nom.

— Euh… Non, merci.

Il fait danser ses sourcils.

— On devrait lire certaines de ces romances ensemble. Je dois admettre qu'elles contiennent des choses plutôt créatives. Des choses que tu as l'air d'apprécier.

Ma curiosité est piquée.

Carina lit une tonne de livres coquins. Il faudra que je lui en emprunte quelques-uns. J'ai envie de donner à Wolf autant de plaisir qu'il m'en donne.

— On devrait peut-être.

Je me glisse en arrière jusqu'à ce que je sois capable de m'asseoir au centre de sa poitrine avant de me pencher et de plaquer mes lèvres sur les siennes. Quand je fais un geste pour battre en retraite, une main s'enroule autour de l'arrière de ma tête pour me maintenir en place.

— Oh ? Tu pensais qu'on avait fini ?

Il secoue la tête sans me quitter du regard.

— Je viens à peine de commencer avec toi, mon ange.

C'est là que je me rends compte que Wolf n'a pas encore joui. Je me rassieds et observe par-dessus mon épaule l'érection qu'il arbore à présent.

Le désir que je ressens à l'idée d'avoir à nouveau sa hampe érigée en moi fait se contracter mes cuisses. Je descends le long de son corps musclé avant de me redresser à genoux pour me positionner au-dessus de son érection matinale. Je baisse les yeux vers sa verge alors que mes doigts remontent et redescendent sur la verge tendue, du bout à la racine pour revenir enfin à l'endroit où une goutte de liquide émerge de la fente. Plus je me frotte sur le gland à la douceur de velours, plus il mouille.

— Putain, c'est bon !

Ses paupières se ferment alors qu'il se cambre contre ma main. Après avoir ondulé des hanches à plusieurs autres reprises, il ouvre les paupières et croise mon regard.

— Mais ce n'est pas aussi bon que d'être dans ta douce chatte.

Ses paroles coquines me provoquent un frisson alors que je resserre les doigts autour de son érection épaisse et le guide doucement jusqu'à mon sexe. J'ai beau être toute mouillée après qu'il m'eut léchée, son épaisseur étire mes muscles intérieurs.

Il cale les mains derrière la tête et me regarde avec des paupières lourdes.

— Te regarder essayer de faire rentrer ma verge dans ta chatte est tellement chaud !

Je lui décoche un regard noir et grommelle :

— Si tu n'étais pas aussi gros, ce serait plus facile. Tu glisserais à l'intérieur sans problème.

Il s'esclaffe.

— Tu essayes vraiment de me dire que tu préfèrerais que j'aie une petite queue pour que tu puisses t'amuser avec ? Je parie qu'elle ne te satisferait pas pendant très longtemps. Donne-toi le temps, mon ange. Tu verras que ta jolie petite chatte est précisément faite pour ma grosse queue.

Il donne un coup de hanches et je pourrais jurer que sa verge grossit. Je ne sais pas comment c'est possible, mais c'est exactement ce qui se passe. Mon attention se porte sur ses muscles abdominaux et la façon dont ils s'étirent et se contractent. Le désir me frappe comme un uppercut au ventre, faisant croître la tension qui palpite dans mon intimité. Chaque partie de lui est dure et ciselée.

C'est un parfait spécimen d'homme.

Et il est à moi.

Comme je suis à lui.

Mon regard tombe sur le petit cœur rouge qui contient mes initiales encrées et une bouffée d'amour se précipite dans mes veines et me remplit jusqu'à ce que je me sente à deux doigts d'exploser.

Quand il ondule des hanches pour une seconde fois, son gland glisse un peu plus profondément dans mon intimité. Cet étirement est enivrant. Je n'arrive toujours pas à croire qu'il soit rentré la première fois.

J'aspire la commissure de ma lèvre inférieure dans ma bouche et la mordille alors que je fronce des sourcils concentrés. Inspirant profondément, je me retiens à lui d'une main alors que je descends sur sa hampe épaisse.

Quand un grognement douloureux lui échappe, je lève les yeux.

— Je te fais mal ?

À ce que j'en sais, je le serre trop fort ou bien je plie son érection de façon peu naturelle.

Il secoue la tête.

— La sensation de ta chatte est géniale. Elle est si humide et serrée ! On aurait dû me prévenir que c'est une combinaison létale. Je vais finir par jouir avant que tu te sois entièrement assise sur moi.

C'est excitant de savoir que je l'excite autant qu'il m'excite. Je n'arrive pas à croire que ce soit possible.

Une nouvelle vague d'excitation humidifie mon intimité. Avec un autre grognement, il donne un coup de reins, continuant à s'enfoncer lentement dans mon corps. Je baisse les yeux vers l'endroit où nous sommes intimement connectés et me rends compte qu'il n'est qu'à moitié en moi.

Il change de position et retire les mains de derrière sa tête jusqu'à ce que ses paumes se retrouvent enroulées autour de mes hanches. Ses doigts s'enfoncent dans la chair. C'est lentement qu'il soulève la partie inférieure de mon corps jusqu'à ce qu'il ne soit plus enfoncé en moi. Puis il me repose doucement sur sa verge. Il répète le mouvement encore et encore jusqu'à ce qu'on trouve un rythme. Quelque part, mon corps se détend et devient encore plus glissant, lui permettant de pénétrer plus profondément à chaque coup de reins. Je ne peux m'empêcher de regarder la façon dont il ondule des hanches, les inclinant, les muscles de son abdomen se contractant alors qu'il s'enfonce en moi.

— Tu vois comme tu me prends bien ? Comme cette petite chatte a envie de ma bitte ?

Un gémissement m'échappe.

Je n'aurais jamais imaginé que Wolf aime parler aussi cru, mais j'aime ça. Le grondement de sa voix profonde m'excite encore plus. Ou c'est peut-être regarder la façon dont sa queue scintille quand il la retire avant de me pénétrer à nouveau.

Nous regarder baiser est super sexy.

— Tu es si humide, grogne-t-il. C'est si bon ! Je ne m'imagine pas une meilleure sensation. Si c'était possible, je resterais enfoncé dans ta douceur pour toujours.

Cette idée fait se contracter mon intimité.

— Hmm, fait-il en cambrant les hanches. Je viens de sentir ta chatte se resserre autour de moi.

Je recommence.

— Allumeuse, grogne-t-il.

Il continue de me faire sauter sur sa verge. Quand il se retrouve enfin enfoncé jusqu'à la garde, il y a une telle sensation de plénitude dans mon corps que je suis à deux doigts d'exploser. C'est une sensation vraiment délicieuse… Il frotte son pelvis contre le mien sans me quitter des yeux.

— Putain, ma belle. Je vais jouir.

Quand son érection enfle, devenant impossiblement dure, mes muscles intérieurs se contractent autour de lui, serrant son érection afin d'en aspirer jusqu'à la dernière goutte. Il serre les dents alors qu'il grogne mon nom.

Contrairement à la première fois, je me mords la lèvre inférieure pour ne pas crier à tue-tête. Une fois que le dernier frisson dévaste mon corps épuisé, je m'écroule contre la largeur de son torse. Je pousse de petits halètements brusques alors que je pose la tête contre lui et écoute les battements réguliers de son cœur. Il m'enroule dans ses bras puissants et me plaque contre lui avant de déposer un baiser sur le sommet de ma tête.

— Je t'avais dit que je rentrerais, dit-il avec un ricanement rauque.

Je fonds contre lui alors que le contentement s'abat sur moi. Mes pensées s'égarent pendant que je reste en suspens dans cet espace entre l'éveil et le demi-sommeil. Mon esprit et mon corps sont épuisés. Délicieusement souple. Il n'en faudrait pas beaucoup plus pour que je m'assoupisse sur la longue silhouette musclée de Wolf. Même si sa verge s'est ramollie, il est toujours lové contre mon sexe comme s'il ne pouvait pas supporter de le quitter. Et je me rends compte que je n'ai pas envie qu'il le fasse.

Sa main caresse mes cheveux.

— Tu viens voir mon match ce soir ?

Toute détendue et assoupie que je sois, j'entends le désir qui s'infiltre dans sa voix.

Je bats des paupières tout en étouffant un bâillement.

— C'est ce que tu veux ?

— Bien entendu.

Sa voix s'approfondit, se faisant rauque.

— Mais je comprendrai si c'est trop douloureux. Je ne te forcerai jamais à faire quoi que ce soit qui te mettrait mal à l'aise.

Ça suffit à me réveiller tout à fait.

Je lève ma tête ébouriffée et pose mon menton contre la force robuste de son torse.

— Je viendrai te voir.

Il scrute prudemment mon regard.

— Tu en es certaine ? Je ne me vexerai pas si tu ne te sens pas capable.

Je rumine son commentaire pendant quelques instants avant de hocher la tête.

— Il est temps de laisser le passé où il est et de tourner la page. Je ne peux plus y vivre. Et ce n'est pas ce que Miles aurait voulu pour moi non plus.

— Non, c'est vrai.

Ses doigts passent à travers mes cheveux puis il se rapproche jusqu'à ce que ses lèvres frôlent les miennes. La douceur veloutée de sa langue s'enfonce à l'intérieur de ma bouche pour lutter avec la mienne.

Il se retire avant de murmurer :

— Il t'aimait tant !

— Il t'aimait aussi. Tu étais son frère de toutes les façons qui comptent.

Son regard se remplit d'émotion.

— Je ressentais la même chose.

— Je sais.

Il me fait tourner jusqu'à ce que mon dos touche le matelas puis il quitte le lit et se redresse. Mon regard glisse le long de sa silhouette impressionnante avant de s'arrêter sur son membre. Même au repos, il reste imposant. Un petit frisson danse le long de mon dos alors que je suis le moindre mouvement. Il s'accroupit près de mon bureau où il a laissé tomber son sac à dos noir de l'équipe des Wildcats quand il est arrivé la nuit dernière.

En silence, il défait la fermeture éclair et fouille à l'intérieur du sac avant d'en tirer quelque chose d'orange et de noir. Il ne lui faut que quatre longs pas pour qu'il atteigne le lit. Ma curiosité me rattrape et je me mets en position assise avant qu'il ne se rasseye sur le matelas et déplie le tissu épais.

C'est alors que je réalise qu'il tient un maillot.

Son maillot.

— Je veux que tu le portes pour le match. Comme tu avais l'habitude de le faire.

Une épaisse boule d'émotion grossit dans ma gorge alors qu'un voile humide floute ma vision. J'ai du mal à la contenir.

— Fallyn ?

Sa voix s'approfondit, se faisant rauque.

Je me force à le regarder dans les yeux avant de hocher brusquement la tête.

— Merci. Je le porterai ce soir.

Il laisse échapper un soupir rapide tout en scrutant mon regard.

— Tu es certaine que ça ne te dérange pas ? Je ne veux vraiment pas faire pression sur toi.

— Ce n'est pas le cas.

Je plaque le tissu contre ma poitrine.

— J'ai envie d'être là pour toi de toutes les façons dont je ne l'ai pas été ces dernières années.

Il enroule une main autour de ma nuque, me tire contre lui et plaque les lèvres contre les miennes.

— Ça signifie tout pour moi, mon ange.

CHAPITRE 34

olf

JE GLISSE d'un bout de la cage à l'autre, échauffant mes hanches avant de tomber à genoux et de me redresser rapidement alors que mes coéquipiers tournent sur leur moitié de la patinoire. Le match démarre dans une demi-heure. Même si je devrais être à cent pour cent concentré sur le match à venir, mon regard dérive constamment vers les gradins, cherchant Fallyn pendant les échauffements.

Un trou de la taille du Texas se forme au creux de mon ventre.

Et si elle ne venait pas ?

Si elle avait changé d'avis à la dernière minute et ne voulait pas me regarder jouer ?

Ou alors...

Elle a peut-être complètement changé d'avis et ne veut rien avoir à faire avec moi.

J'y suis peut-être allé trop fort et je lui ai fait peur.

Après tout ce que j'ai révélé, je ne peux pas revenir en arrière.

Impossible de mettre toutes les émotions que je ressens pour elle dans une boîte et faire semblant qu'elles n'existent pas.

Elle comprend enfin à quel point je suis obsédé par elle.

Je l'ai toujours été.

Merde.

Je déteste ça.

Je déteste ce que ça me fait ressentir. Je ne suis pas nerveux avant les matchs. Je me concentre sur nos adversaires et le fait de remporter une autre victoire. Une qui nous rapprochera davantage du championnat national.

Je braque à nouveau mon attention sur Ryder et Maverick qui prennent leurs positions devant le but. Un des assistants-entraîneurs passe le palet à Ford qui patine en avant, tentant de déjouer les deux défenseurs. Dès qu'il tire, Ryder le bloque et l'exercice prend fin. Maverick charrie un peu Ford et je ne peux m'empêcher de sourire. J'aime jouer avec ces mecs et ils me manqueront l'année prochaine.

Au lieu de m'attarder dessus, je me concentre sur les trois nouveaux mecs qui se mettent en position pour exécuter le même exercice. Je garde mon attention braquée sur Colby. Ce mec est un connard talentueux qui a plus d'un tour dans la manche de son maillot. Comme Maverick, son père était un joueur star de la Ligue Nationale de Hockey. C'est difficile pour lui d'être à la hauteur, mais jusqu'ici, il l'a fait. Typiquement pour Colby, il feinte d'un côté puis de l'autre avant de tirer. Je glisse et tends la main vers le coin gauche, mais il frappe la barre et entre.

Quand il fend la glace devant moi, Colby me décoche un sourire satisfait.

Connard.

En plein milieu des échauffements, je regarde les gradins et découvre Fallyn assise avec Viola, Juliette, Stella, Carina et Britt. Dans les vestiaires, on surnomme les quatre premières « les copines ».

J'aime voir Fallyn en leur compagnie.

C'est exactement ce dont j'ai envie.

Qu'elle devienne ma copine.

Sur ses longs cheveux noirs, elle porte un bonnet en laine couleur crème avec un pompon. Elle a retiré sa veste, révélant mon maillot orange et noir ainsi qu'un jean délavé foncé qui moule ses courbes. Aussi cul-cul que ça puisse paraître, la voir est presque suffisant pour dérober l'air de mes poumons. Après toutes ces années, j'ai enfin l'impression que les verrous d'un coffre-fort se mettent enfin en position. J'entends presque les déclics alors que la porte imaginaire s'ouvre.

Dès que nos regards se croisent, ses lèvres affichent un petit sourire et elle m'adresse un geste avec le bras.

Je n'ai jamais été aussi tenté qu'à présent de sortir de mes buts et de quitter la glace.

J'ai juste envie de poser à nouveau les mains sur elle.

Pour ne jamais la laisser partir.

Jamais.

Je fais un effort pour écarter cette pensée et braquer à nouveau mon attention sur l'échauffement. Dix minutes avant le début du match, les joueurs des deux équipes évacuent la glace. Les lumières du centre sportif se tamisent et la musique gagne en intensité alors qu'on annonce les Railers de Richfield U. La chose se reproduit pour les Western Wildcats, sous des vivats redoublés. La foule s'emballe quand mon nom est prononcé et que je patine vers la cage. Même si la lumière des projecteurs m'empêche de voir Fallyn, je perçois la chaleur de son regard. C'est comme une entité vivante.

Et je ressens Miles.

Sa présence est partout, me baignant dans le calme. Ça fait longtemps que je ne l'avais pas senti avec moi et je sais que c'est entièrement dû à sa sœur.

Je ne peux m'empêcher de lever les yeux vers le plafond du centre sportif.

Ce match est pour toi, mon pote.

Une fois que les autres joueurs sont annoncés, la première ligne prend place. Bridger s'arrête rapidement devant le filet puis cherche mon regard à travers mon masque.

— Ça va, vieux ?

Je hoche fermement la tête.

— Oui. Je ne me suis jamais senti bien.

Il sourit autour de son protège-dents.

— Super. On va botter le cul de ces Railers !

Avec un rire, j'acquiesce et on se fait un *fist bump* à travers nos gants avant qu'il n'aille prendre position près de la ligne bleue.

Hayes patine vers le centre de la glace alors que Colby et Ford le flanquent près de la ligne rouge. Le palet est lancé. Hayes lutte contre le milieu de terrain de l'autre équipe avant de passer le disque noir à Ford, qui file vers les buts de l'autre équipe comme s'il avait le feu aux fesses. Dès qu'il franchit la ligne bleue pour pénétrer sur l'autre moitié de terrain, deux défenseurs costauds balayent la glace devant eux avec leurs crosses, attendant que Ford passe à l'action. L'un d'eux se jette sur lui tandis que l'autre protège leurs buts. Ford feinte d'un côté avant de faire la passe à Colby. Quand les défenseurs l'assaillent, celui-ci perd le palet. Il est récupéré par un attaquant qui franchit la ligne centrale et file vers moi.

J'abaisse mon centre de gravité, glissant d'avant en arrière devant les buts alors que je regarde le jeu se dérouler. Maverick et Ryder collent à l'attaquant. Quand il tourne, donnant l'impression qu'il va passer le palet, je sais qu'il va plutôt tirer. J'ai joué plein de fois contre ce type.

Il cherche la gloire.

Il veut marquer.

Je me concentre sur ses hanches pour voir dans quel sens il va bouger puis je glisse vers la droite et tombe à genoux. Quand le palet vole vers moi, je l'attrape avec mon gant.

Alors que je laisse tomber le palet, Bridger file devant moi et le récupère, l'entraînant vers l'autre côté de la glace. Je tends le doigt vers Fallyn dans les gradins avant de faire tourner ma main vers le plafond. Avec un hochement de tête, elle porte les doigts à ses lèvres et me souffle un baiser.

Il n'en faut pas plus pour que tout en moi s'apaise. La nervosité qui me rongeait les entrailles une demi-heure plus tôt s'est complètement évaporée. Alors que la première période cède la place à la seconde puis à la troisième, je joue le meilleur match de toute ma vie. Je me sens invincible sous le regard de Fallyn qui m'encourage chaque fois que j'arrête un tir.

Si ça ne tenait qu'à moi, je n'en laisserais passer aucun.

Et ce serait autant pour Fallyn que pour Miles.

Quand le signal sonore final signale la fin du match, je suis épuisé.

Mais heureux.

Si heureux !

J'ai fait exactement ce que j'avais décidé de faire et je n'ai pas permis à l'autre équipe de scorer. Ils ont dû tirer au moins trente fois. Probablement plus. Je n'ai pas compté. Dès que j'arrête un tir, je me concentre sur le suivant.

Chaque fois que j'ai relancé le palet, j'ai levé les yeux vers Fallyn et effectué le même geste avec ma main gantée.

Mes coéquipiers libèrent le banc et s'amassent autour de moi, me tapotant le dos et les épaules. La musique qui émerge de la stéréo résonne dans mes oreilles alors que les fans applaudissent et battent des pieds. Des cornes de brume hurlent tandis que la foule hurle son approbation. C'est un véritable pandémonium dans le centre sportif.

Je me rends compte que ce soir, la fête battra son plein, mais j'ai juste envie de me débarbouiller et de retrouver Fallyn. J'ai envie de la prendre dans mes bras et de la serrer contre moi. J'ai envie d'enfoncer mon visage dans ses cheveux et d'inhaler profondément son parfum de romarin et de menthe.

Plus que cela, je ne voudrais jamais la laisser partir.

Je parcours les gradins du regard et je quitte la glace, mais je ne la trouve nulle part. On crie mon nom au-dessus du vacarme.

Ou plutôt, on le scande.

Avec un rire, Colby me claque l'épaule et tend l'index vers le premier rang derrière la vitre. Il y a un groupe de filles qui agitent follement des pancartes en carton épais qui affichent mon nom écrit en orange et noir. Dès que je me tourne de leur côté, elles soulèvent leurs maillots et secouent leurs seins nus.

Putain !

Morts de rire, Ford et Ryder patinent vers la touche.

— Si Carina me surprend en train de regarder dans leur direction, elle me coupera la bite, plaisante Ford.

Ou peut-être qu'il ne plaisante pas du tout.

Ils sont ensemble depuis environ deux mois et à ce que j'en vois, il ne s'intéresse absolument pas aux autres filles.

Je ne pense pas qu'il l'ait déjà fait.

Pour lui, il n'y a toujours eu que Carina.

Son ancienne demi-sœur par alliance.

Pareil pour Ryder. Il est complètement obnubilé par Juliette.

Ou plutôt, ils sont obnubilés l'un par l'autre.

Hayes me claque sur l'épaule et salue du menton les filles qui secouent toujours leurs seins comme si leurs vies en dépendaient.

— Je crois que quelqu'un va scorer ce soir.

— Non. Mais ne te gêne pas.

Il leur adresse un regard attentif avant de leur décocher un sourire.

— Je vais peut-être te prendre au mot.

Je mets environ vingt minutes à retirer mon rembourrage et dix de plus pour me doucher et m'habiller. Le temps que je sorte du vestiaire, je suis un des derniers retardataires. Je franchis la porte en métal et je sors dans le couloir, déterminé à retrouver Fallyn.

À présent qu'elle est de retour dans ma vie, je déteste être sans elle. Même si je savais qu'elle se trouvait dans les gradins et observait le moindre de mes mouvements, ce n'était pas suffisant. J'espère qu'il ne faudra que deux ou trois semaines – peut-être même un mois – pour me calmer, mais au fond, je sais que ça n'arrivera pas. Comment pourrais-je le faire alors que j'ai passé les cinq dernières années à avoir l'impression qu'une partie vitale de moi était manquante ?

La première fois qu'elle s'est glissée à l'intérieur de ma Mustang, j'ai su que j'avais trouvé la raison de mon existence. Ma raison de vivre. C'est une sensation étrange et déroutante de se rendre compte que ton cœur ne bat plus dans ta poitrine, mais est profondément enfoncé dans la poitrine de quelqu'un d'autre.

Je ne fais pas plus d'un pas dans le couloir avant de m'arrêter subitement. La tension qui emplit mes muscles s'évapore quand je découvre qu'appuyée contre le mur, Fallyn m'attend.

Sans un mot, je laisse tomber le sac de sport à terre et dévore la distance entre nous en trois longues enjambées avant de l'attirer dans mes bras, là où est sa place. Mes lèvres s'abattent sur les siennes, les dévorant avec tout le désir contenu qui tourbillonne à l'intérieur de moi. Dès qu'elle les écarte, ma langue s'enfonce dans sa bouche pour se mêler à la sienne. L'émotion qui cavalcade dans mes veines déborde presque des confins de ma peau. À tout moment, je vais craquer aux jointures.

C'est exactement l'effet que cette fille a sur moi.

Elle me désagrège avant de me reconstituer.

Mes mains saisissent les côtés de sa tête pour la maintenir en place alors que je me retire et scrute son regard.

— Tu m'as manqué, mon ange.

— Tu m'as manqué aussi, dit-elle avec un rire rauque. Félicitations pour le match. Tu étais génial. Tu n'as rien laissé passer.

Je plaque mon front contre le sien.

— J'étais génial parce que tu étais là, vêtue de mon maillot, à m'encourager. J'ai toujours mieux joué quand tu me regardes depuis les gradins.

Je plaque mes lèvres contre les siennes.

— Tout le monde va à *Slap Shotz* pour fêter ça. Tu as envie d'y aller ? Ou bien tu préfèrerais rentrer ? demandé-je en haussant les sourcils. On pourrait se détendre et regarder un film.

Elle s'esclaffe.

— Pourquoi ai-je l'impression qu'on ne regardera pas de film ?

— Parce que même après toutes ces années, tu me connais encore.

— Oui.

Elle se rembrunit.

— Autant que *tu* me connais.

— Je t'ai toujours connue, Fallyn. Même lorsque tu ne voulais rien avoir à faire avec moi.

Elle enfonce son visage contre ma poitrine alors que j'enroule les bras autour d'elle et la serre fort. Mon cœur qui bat en elle n'a jamais été aussi près de retourner à l'intérieur de mon corps.

Elle lève le visage, s'étire sur la pointe des pieds et plaque ses lèvres contre les miennes.

— On devrait peut-être se pointer au bar, sans quoi tout le monde se demandera ce qui t'est arrivé.

— Je m'en fiche complètement.

— Je sais, sourit-elle. Puis on pourra s'en aller et je te féliciterai en privé.

Je hausse un sourcil, tenté par l'idée.

— Et qu'est-ce que ça impliquerait, exactement ?

— Tout ce que tu veux, dit-elle avec un sourire.

— Hmm, je pense à deux ou trois petites choses qui te tiendraient occupée pendant un moment. Puis tu pourras peut-être te rasseoir sur mon visage parce que j'adore sentir ta chatte au-dessus de ma bouche.

La chaleur envahit ses joues alors qu'elle grogne et enfonce son visage contre ma poitrine.

— Arrête.

— Jamais, dis-je avec un ricanement.

Au lieu de la prendre dans mes bras pour la ramener chez elle, je bats en retraite d'un pas et m'empare de mon sac de sport. Puis je jette un bras autour de ses épaules et la serre contre moi.

C'est exactement là où est sa place.

— Allons-y. Plus vite on fait une apparition, plus vite tu pourras accomplir toutes ces promesses.

CHAPITRE 35

allyn

Gerry affiche un sourire suffisant alors que Wolf nous fait passer par l'entrée arrière du bar.

— Allons donc... C'est une surprise de te voir ici pendant ton soir de libre.

Il adresse un regard à Wolf alors qu'ils se font un *fist bump*.

— On dirait que tu n'es pas le seul gagnant ce soir, Westerville. Je viens de gagner deux cents dollars.

Quand j'en reste bouche bée, il éclate de rire et désigne celui qui m'accompagne.

— Oui... Tout le monde avait remarqué que ce type ne te lâchait pas. Pour info, c'est Erin qui a lancé les paris.

Quand je repère l'autre serveuse parmi la foule, elle sourit avant de hausser les épaules.

— Si tu avais tenu une autre semaine, cet argent me serait revenu, me crie-t-elle à quelques tables de distance. Mais je ne t'en veux pas. Je ne sais pas comment tu as réussi à tenir aussi longtemps sans céder.

— Je veux mes gains avant la fin de la soirée, lui dit Gerry.

Elle le chasse d'un geste de la main avant de partir au bar.

Je grogne, ne voulant pas croire que mes collègues pariaient sur ma relation avec Wolf. Avant que je puisse dire quoi que ce soit, il m'entraîne à l'écart.

— Tu étais au courant ? demandé-je tandis qu'on traverse la foule.

Je ne sais pas si je suis irritée ou juste embarrassée.

— Non. Et ça ne m'aurait rien fait si je l'avais su.

Sa voix douce et suave a le pouvoir de m'apaiser.

Puisqu'on est arrivés en retard, l'endroit est déjà bondé. Des mains se tendent, félicitant Wolf pour un super match. Les filles gravitent autour de lui, tentant de lui caresser la poitrine et de lancer la conversation. Peu importe que je sois fermement calée sous son bras. Elles seraient trop heureuses de me le chiper... ou bien de se joindre à nous, si c'était la seule façon pour elles d'avoir une petite partie de lui.

Je lui coule un regard pour voir s'il remarque toute cette attention, mais il ne cherche même pas à engager le contact visuel avec une seule d'entre elles. Son regard reste braqué sur les tables poussées ensemble au fond de la pièce alors qu'il m'étreint plus fort.

Se rendant compte que tous les sièges sont occupés, Wolf tapote un joueur plus jeune sur l'épaule et lui dit de bouger. Le gamin se casse sans demander son reste. Après s'être laissé tomber sur la chaise, il m'attire sur ses genoux avant d'enrouler ses bras autour de ma taille et de frôler mes lèvres avec les siennes.

— Une heure, grommelle-t-il. Puis on se casse.

Je ne résiste pas au sourire qui courbe ses lèvres.

— Oh ? Tu as de grands projets pour plus tard ?

Il ondule des hanches jusqu'à ce que son érection presse contre moi.

— Des projets immenses, dit-il en haussant un sourcil.

— Ah oui ?

Je me tortille alors que de la chaleur envahit mon intimité.

— Peut-être trop grands ?

Je plaisante.

— Un peu...

Il sourit d'un air suffisant.

— Non. Ils sont parfaits.

Sa voix se fait encore plus rauque.

— Il faudra juste pas mal de caresses et de coups de langue pour préparer cette petite chatte... et je suis plus que disposé à le faire. En fait, je serais contrarié si je ne pouvais pas.

Cette discussion sur les préliminaires éveille encore plus d'excitation dans mon sexe et je me tortille sur ses genoux.

Ses mains se resserrent sur mes hanches.

— Tu vas devoir arrêter de te trémousser, sans quoi je vais t'entraîner hors d'ici tout de suite

Erin s'arrête pour prendre notre commande avant de me décocher un petit clin d'œil.

— Tu as l'air d'être bien installée, Fallyn.

Elle n'a pas tort.

Britt est repartie chez elle après le match, mais les autres filles sont assises autour de la table. Comme moi, Juliette est calée sur les genoux de Ryder. J'ai remarqué qu'il n'aime pas qu'elle s'éloigne de trop. Il la touche toujours comme s'il voulait que tout le monde comprenne qu'elle lui appartient, à présent. Je regarde autour de la table et me rends compte que tous les mecs sont comme ça avec leurs copines. Le bras de Ford est nonchalamment passé autour des épaules de Carina. C'est pareil avec Stella et Riggs.

Et Vi et Madden ?

Mon cœur fond, parce qu'ils ont une très longue histoire. Je ne me serais jamais attendue à les revoir ensemble, mais j'ai été agréablement surprise par la facilité avec laquelle ils ont renoué.

Ma cousine et moi nous échangeons un regard avant qu'elle ne se love contre son petit ami. J'aime la voir aussi heureuse.

Contentée.

Ces pensées suffisent à attirer mon regard vers Wolf.

Je n'aurais jamais pensé qu'on se reparlerait un jour, encore moins qu'on se mettrait ensemble. Malgré l'envie que j'en avais quand j'étais adolescente, ces fantasmes ont été réduits en poussière après l'accident de voiture. Ce qui est fou est que toutes les années entre nous ont fondu comme de la neige au printemps.

— Dis-moi à quoi tu penses, murmure-t-il, son souffle chaud caressant le contour de mon oreille. Il provoque un frisson délicat qui danse le long de mon dos. Je ne suis pas encore habituée à la façon dont il m'affecte.

— C'est juste que tu m'as vraiment manqué dans ma vie.

Son expression se fait sombre.

— Tu sais que je ressens la même chose, n'est-ce pas ?

Je hoche la tête.

Il a clairement exprimé ses sentiments pour moi. Il n'y a pas eu les jeux habituels auxquels jouent les gens de notre âge. Avec Wolf, il n'y en a jamais eu. Pas avec moi. Quand je repense à notre jeunesse, je me rends compte que ses intentions ont toujours été là.

J'étais simplement trop naïve pour les reconnaître.

Alors que ses lèvres frôlent les miennes, Sully gravit lourdement la scène et lève les mains pour qu'on l'entende par-dessus les rires et les discussions qui bourdonnent autour de nous.

Il approche le micro de ses lèvres.

— Nos gars ont remporté une autre victoire ce soir !

Il observe la foule compacte avant de braquer l'index vers Wolf.

— En grande partie grâce à notre talentueux gardien !

Des applaudissements et des vivats éclatent, vibrant contre les murs.

Un sourire réticent étire les lèvres de Wolf alors qu'il le remercie d'un hochement de tête, mais rien de plus. Contrairement à ses coéquipiers, il n'a jamais été du genre à s'abreuver des félicitations et accaparer l'attention.

Même s'il en a tous les droits.

Il a très bien joué ce soir. Tous ceux qui sont assis autour de moi ne peuvent pas s'arrêter d'en parler. Il était comme un mur de briques infranchissable. Il n'a rien laissé passer.

Et je ne pourrais pas être plus fière.

— Monte sur scène, Westerville. Tu vas lancer les festivités, ce soir !

Wolf secoue la tête et hausse juste assez la voix pour se faire entendre au-dessus du rugissement sourd de la foule.

— Non, c'est bon. Je préfère regarder le spectacle au lieu d'y participer.

Tout le monde rejoint l'action, insistant et l'assaillant jusqu'à ce qu'il grommelle enfin :

— Très bien.

Ses doigts se contractent autour de ma taille alors qu'il me fait me redresser avant de se lever aussi.

Déposant un baiser rapide sur mes lèvres, il murmure :

— Ceci est pour toi, mon ange.

Puis il part, fendant la foule comme Moïse avec la mer Rouge alors qu'il se dirige vers la scène. Dès que Wolf saute sur la plateforme, Sully passe un bras autour de ses épaules comme s'il avait retrouvé un fils perdu depuis longtemps.

C'est adorable.

Le patron âgé du bar montre tant d'affection sincère pour les joueurs de hockey et l'équipe des Wildcats ! Avant, je pensais que c'était parce qu'il essayait de vivre à travers les jeunes joueurs, mais c'est bien plus que ça. Cela revient au fait qu'ils sont tous comme une grande famille.

On reste un Wildcat à vie.

Même si l'expression placide de Wolf n'en laisse rien paraître, je me rends compte qu'il n'apprécie pas les feux de la rampe. Quand son regard se pose sur moi, je lui envoie un baiser. De l'autre côté de l'espace qui nous sépare, je vois la façon dont ses yeux s'assombrissent de désir et un léger frisson me parcourt de savoir que c'est moi qui vais le ramener à la maison à la fin de la soirée.

Sully lui dit à l'oreille quelque chose que je suis incapable d'entendre avant de lui donner une bourrade sur l'épaule et de lui tendre le micro. Wolf se tourne pour choisir un morceau de musique. Il parcourt la liste sur l'écran de l'ordinateur avant de choisir une chanson et de retourner sur la scène. Dès que les premières notes du riff de guitare remplissent l'air, je la reconnais brusquement et le duvet de mes bras se hérisse.

L'attention de Wolf reste braquée sur moi alors qu'il approche le micro de sa bouche. Sa langue sort humecter ses lèvres alors que la musique continue et que la foule devient silencieuse. La batterie commence, se joignant à la guitare et venant s'ajouter à l'harmonie alors qu'il chantonne les paroles de « Maps » par les Yeah, Yeah, Yeahs, comme on faisait quand on était ados.

Mon cœur se serre quand je me rends compte qu'il dénude son cœur sous l'attention générale.

Il n'en faut pas plus pour que des larmes me brûlent les yeux alors que le bar bondé s'estompe à l'arrière-plan jusqu'à ce qu'il ne reste que nous deux. Mon cœur bat contre ma cage thoracique alors qu'il se remplit de tant d'amour que j'ai l'impression qu'il va exploser.

Ce n'est qu'alors que je réalise quel vide gigantesque ma vie est devenue sans sa présence. Comme si je ne vivais pas vraiment. Que je ne respirais pas. Je vivais dans un état catatonique dans lequel je ne ressentais rien trop profondément.

Et maintenant...

Tout ceci m'a été arraché.

Et a été reconstruit pour devenir quelque chose de plus fort.

De permanent.

Il continue de soutenir mon regard alors que les guitares électriques jouent et que la chanson se termine quasiment de la même façon qu'à son début.

Son regard garde le mien captif tandis qu'il murmure dans le micro :

— Personne ne t'aimera jamais comme je t'aime, mon ange.

Ce n'est que lorsque des applaudissements assourdissants explosent autour de moi que je reviens au présent alors que Wolf passe le micro à Sully. À la seconde où il quitte la scène, la foule se rassemble autour de lui, l'engloutissant.

Quand mon téléphone vibre dans ma poche, je l'en extrais avant de jeter un œil à l'écran.

J'ai réservé au Cellar *pour déjeuner mardi prochain. On s'y retrouve.*

Le texto de maman est comme un coup au ventre qui me projette en chute libre.

Un frisson épais me parcourt.

Comment ai-je pu oublier l'anniversaire de la mort de Miles ?

J'ai été si accaparée par Wolf et mes problèmes d'aides financières que ça a dû m'échapper.

Je suis brusquement tirée de mes pensées quand Wolf glisse ses bras autour de moi et me serre contre lui avant de déposer un baiser sur mes lèvres.

— C'était seulement pour toi.

— Merci. J'ai adoré.

Quand je me force à sourire, il s'écarte juste assez pour étudier mon visage. Son regard se remplit d'inquiétude.

— Qu'est-ce qui ne va pas ?

Parfois, j'oublie qu'il me connaît aussi bien. Après toutes ces années, il possède toujours la capacité déroutante de me lire avec un seul regard.

Je secoue la tête et souris davantage, espérant qu'il change de sujet. La dernière chose que je veux est de gâcher cette soirée qui s'est avérée géniale.

C'est presque un choc quand il se redresse brusquement et enroule les doigts autour mon poignet avant de m'entraîner vers la porte arrière du bar. Avant que je puisse poser la moindre question, on passe rapidement devant le videur.

— Oui, j'étais certain que cette chanson allait sceller l'affaire, nous crie Gerry en riant. J'aurais dû parier !

Ce n'est que lorsqu'on se retrouve dehors et que la brise fraîche nous frappe les joues qu'il s'arrête brusquement avant de me faire tourner vers lui. Le bruit et la musique provenant de l'intérieur passent à l'arrière-plan tandis qu'il plisse les paupières.

— Dis-moi ce qui se passe, demande-t-il sans me quitter des yeux. Parce que je sais que quelque chose ne va pas.

Son regard déterminé me dit qu'il ne va pas lâcher le sujet avant d'avoir découvert la vérité.

Mes épaules s'affaissent et tout l'air s'échappe de mes poumons.

— Maman vient de m'envoyer un texto pour m'inviter au restaurant mardi prochain.

L'émotion emplit ses yeux verts tandis que la tristesse s'abat sur ses traits.

— L'anniversaire.

Ce n'est pas une question. Plutôt un problème.

Je hoche la tête et m'approche de son corps plus gros, ayant besoin de sa force.

— J'y ai beaucoup pensé récemment, admet-il.

Je m'écarte juste assez pour soutenir son regard.

— Ah oui ?

— Comme toujours à cette époque de l'année. Principalement, je me demande quel genre de vie ta famille aurait eue si c'était moi qui étais mort cette nuit-là au lieu de lui.

Mon cœur s'arrête avant de battre douloureusement dans ma poitrine.

— Je t'en prie, ne dis plus jamais ça, parvins-je à dire, malade à l'idée qu'il puisse envisager cette possibilité.

— Pourquoi pas ? C'était ma faute. L'angoisse s'empare de tous ses traits.

En secouant la tête, j'enfonce les doigts dans le coton épais de son sweat avant de l'attirer plus près de moi.

— C'était un accident, Wolf. Tu aimais Miles plus que qui que ce soit et tu ne lui aurais jamais fait du mal exprès.

Ses bras pendent mollement contre lui au lieu de s'enrouler autour de moi, me serrant fort.

— Si je n'avais pas convaincu Miles d'aller à cette fête, ça ne serait pas arrivé. Il aurait eu l'occasion de vivre cette vie. Nous savons tous les deux qu'il aurait fait des choses extraordinaires. Il était la meilleure personne que je connaissais.

Des larmes chaudes me brûlant les yeux, je hoche la tête. Miles était beau, intelligent et athlétique. Depuis sa plus tendre enfance, il possédait un charisme naturel vers lequel les gens gravitaient. Ceux qui le connaissaient ne pouvaient s'empêcher de l'aimer.

— Ce n'était pas juste toi. Je voulais y aller aussi. Il l'a fait pour tous les deux. Alors, arrête de te faire des reproches.

— Mais c'est moi qui conduisais. C'est moi qui ai perdu le contrôle de la voiture. Ça aurait dû être moi. Si la vie était juste, ça aurait dû être moi.

Je secoue la tête, refusant de le laisser endosser toute la culpabilité.

— C'était un accident. C'est tout.

Une larme roule le long de ma joue alors que j'admets :

— T'entendre parler de la sorte me brise le cœur encore plus qu'il ne l'est déjà, parce que je ne m'imagine pas un monde où tu n'existes pas.

La férocité de mes paroles est ce qui finit par détruire au marteau-piqueur le voile de douleur qui l'entoure et ses bras viennent s'enrouler autour de moi avant de me serrer contre son torse d'acier. Il me serre si fort que j'ai l'impression d'être écrasée vivante, mais peu m'importe. En cet instant, c'est ce dont on a besoin tous les deux.

Miles n'est plus ici, mais nous le sommes.

Pour la première fois depuis des années, j'ai l'impression d'être vivante et je ne veux pas gâcher un seul moment, parce que ce n'est pas ce que mon frère voudrait pour moi… ou pour Wolf. Et il ne voudrait certainement pas que nos parents continuent à vivre dans l'ombre de sa mort. Dévorés par la tristesse et l'amertume. Il serait furieux de voir qu'ils reprochent sa mort à Wolf et que le ressentiment qu'ils lui vouent – à lui et à sa famille – a fini par détruire la nôtre. Il serait déçu par chacun d'entre nous.

Wolf inspire profondément avant de relâcher sa respiration.

— La dernière chose que je veux est de faire encore plus de mal à ta famille.

D'autres larmes roulent de mes yeux parce que je me devine ce qu'il va dire avant que les mots ne s'échappent de ses lèvres.

— Tes parents ne m'accepteront jamais dans ta vie.

Sa prise se raffermit comme s'il craignait qu'on m'arrache à lui à tout moment.

Au lieu d'essayer d'apaiser ses inquiétudes, je scrute l'obscurité qui nous entoure et garde le silence parce qu'au fond, je sais qu'il a raison.

Mes parents ne l'approuveront *jamais*.

Lui… ou nous.

CHAPITRE 36

allyn

MA PAUME vole vers mon bas-ventre comme si cela allait suffire à calmer la nervosité qui me ronge les entrailles.

Aucun effet.

Je contemple mon reflet dans le miroir, observant ma tenue : un sweater gris clair, une jupe noire et des bottes noires assorties. Mon apparence est aussi sombre que mon humeur du moment.

Au lieu de nous réunir pour célébrer la vie de mon frère, on se retrouve tous les trois pour pleurer chaque l'année l'injustice qu'elle ait été interrompue et que Miles n'ait jamais eu l'occasion d'accomplir son potentiel. J'en ressors toujours déprimée.

En me basant sur les années précédentes, je mettrai plusieurs semaines pour tourner la page sur toute cette douleur. Jusqu'à maintenant, je n'avais pas remarqué à quel point la tradition qu'on a instaurée est malsaine. Avec des pincettes, Viola a tenté d'aborder le sujet, mais j'ai toujours refusé de répondre. Passer plus de temps avec Wolf m'a permis de m'en rendre compte. Je ne peux pas me laisser aspirer à nouveau dans ce puits sans fond de désespoir. Plus les années passent, plus j'ai du mal à en ressortir.

Tous les trois, nous n'avons pas tourné la page comme nous aurions dû.

Et mes parents en sont la raison. Ils se sont si confortablement auréolés de leur souffrance !

Ils vivent à peine leurs propres vies.

La seule chose qui leur permet de continuer est leur conflit avec la famille Westerville. Sans ça, qu'auraient-ils ?

Qui seraient-ils ?

Je n'en ai aucune idée.

C'est une réalisation qui me perturbe.

On toque doucement à la porte de la chambre et Viola passe la tête à l'intérieur.

— Tu es prête ?

J'inspire profondément avant d'expirer avec force.

— Oui.

Ouvrant la porte davantage, elle pénètre davantage dans l'espace avant de venir se placer à côté de moi. Elle glisse un bras autour de mon corps et m'étreint.

— Je suis désolée, Fallyn. Il me manque toujours terriblement.

Mes épaules s'affaissent.

— Moi aussi. Je ne pense pas que ça changera un jour.

Au lieu de la réconforter, je m'écarte et récupère mon sac sur la commode. Plus vite on en finit, plus vite je pourrai mettre ceci derrière moi et tourner la page. Je grimace parce que je ne serai jamais capable de mettre Miles derrière moi. Il sera toujours près de moi, à m'encourager.

J'aimerais que mes parents puissent le comprendre et l'accepter.

Peut-être pourront-ils retrouver leur bonheur.

Ils le méritent.

Nous le méritons tous.

Il faut célébrer la vie de Miles au lieu de pleurer sa mort qui est toujours récente et nouvelle.

— Si tu es prête, on peut y aller, dit-elle.

On enfile nos vestes d'hiver avant de nous diriger vers la porte de l'appartement. Mes parents ont proposé de venir me chercher, mais je ne veux pas passer plus de temps avec eux que nécessaire.

Ces pensées critiques provoquent un pincement de culpabilité.

Wolf m'a proposé de me déposer pour le déjeuner, mais il vaut mieux pour nous tous qu'il demeure très loin du restaurant et de mes parents.

Du moins pour le moment.

Il faut y aller petit à petit.

Aujourd'hui, le plan est d'aborder le sujet de la thérapie. Puis plus tard, je mentionnerai que Wolf est de retour dans ma vie.

Quinze minutes plus tard, Viola s'engage dans le parking du restaurant avant de s'arrêter près de l'entrée principale et de passer en stationnement.

Elle se contorsionne et me scrute en silence pendant quelques instants.

— Tout va bien ? Tu peux encore annuler et lui dire que tu es malade ou un truc du genre.

Je carre les épaules avant de secouer la tête.

— Non. Ils ont fait tout le chemin. Je ne veux pas leur faire ça. Particulièrement aujourd'hui.

Je vois une lueur d'inquiétude dans ses yeux alors qu'elle tend la main pour enrouler ses doigts autour des miens.

— Je t'aime, Fall.

Je me force à sourire et une partie de l'anxiété qui a été présente depuis mon réveil ce matin s'évapore.

— Je t'aime aussi. Et je suis contente que tu aies été transférée ici cette année. Vivre avec toi a été génial.

— On est bien d'accord.

Elle serre ma main une dernière fois avant que je me glisse hors du véhicule.

— Dis à tante Élénore et oncle Hugo qu'ils me manquent et que je les verrai bientôt.

— Je n'y manquerai pas. Ils apprécieront.

Sur ce, je claque la porte et me force à pénétrer dans le restaurant sur des jambes raides. Je remarque mes parents assis à table et fais savoir à l'hôtesse que je peux trouver le chemin toute seule.

Dès que papa m'aperçoit, il se redresse et écarte les bras pour m'étreindre. J'accepte son étreinte alors que ses lèvres frôlent ma joue.

— C'est bon de te voir, ma chérie. Tout va bien ?

J'étreins ma mère avant de me poser sur une chaise entre eux.

— Bien.

— Je suis certain que c'est un soulagement que la situation avec les aides financières se soit débloquée et que tu aies pu rester à Western.

— Oui.

Mon père péterait un plomb s'il savait que c'est Wolf qui a couvert mes frais de scolarité pour le semestre. Même sans mentionner le fait que j'ai mis ma virginité en vente, il sera quand même furieux. Chaque fois qu'on mentionne la société ou le partenariat avec les Westerville, papa montre les crocs.

Wolf a raison. Ils n'accepteront jamais sa présence dans ma vie. Même si je faisais toutes les tentatives du monde pour faire passer la pilule. Dans un an, leur réaction sera la même.

Cela ne me donne pas grand espoir pour le futur.

Ce n'est que lorsque maman tend le bras pour poser la main sur la mienne que je reviens au présent.

— C'est presque difficile de croire qu'il est mort depuis cinq ans, n'est-ce pas ?

Ses paroles douces me font me sentir encore pire, car je ne songeais pas à mon frère. Je pensais à Wolf, me demandant s'ils accepteront un jour que je suis amoureuse de la personne qu'ils considèrent comme notre ennemi.

Le serveur s'arrête pour prendre notre commande ainsi que notre sélection pour le repas.

— Comment se passe ton travail au restaurant ?

Un petit sourire danse au coin des lèvres de papa.

— Je m'imagine que tu as découvert un nouveau respect pour la profession. Je suis fier que tu aies trouvé un travail qui couvrira certaines de tes dépenses. Tu n'as jamais eu peur de travailler dur.

Je m'agite sur mon siège, rongée par la culpabilité. Même si ce n'est pas le plus gros mensonge du monde, ce n'est quand même pas la vérité. J'ai l'impression de leur avoir caché tant de secrets. Je ne l'avais jamais fait. Et je déteste ça.

Je déteste le fait d'avoir dû me montrer si trompeuse.

Je me mords la lèvre inférieure et réfléchis à la situation.

Si je n'arrive pas à être honnête à propos de Wolf, je peux au moins leur dire où je travaille vraiment. Il est possible que ça ne leur pose pas de problème et que je m'en sois fait toute une histoire. Et si c'est le cas...

Je me trompe peut-être sur la réaction qu'ils auraient en apprenant que je sors avec Wolf.

Je m'éclaircis la gorge, décidée à tenter le coup et être franche.

— En fait, ce n'est pas un restaurant. C'est un bar près du campus.

— Un bar ?

Maman fronce les sourcils.

— Tu as démissionné au restaurant et tu as trouvé un nouveau travail ?

Je secoue la tête et me force à continuer.

— Non, j'ai toujours travaillé au bar.

— Alors... tu as menti ? La surprise et la douleur s'infiltrent dans sa voix.

— Oui et je suis vraiment désolée d'avoir dissimulé la vérité. J'aurais dû être honnête depuis le début.

— Je ne comprends pas. Pourquoi as-tu fait une chose pareille ?

— Ma chérie, l'interrompt papa qui essaye de rester calme. Dis-nous ce qui se passe. Pourquoi nous as-tu menti ?

Ces mots m'échappent comme un torrent.

— Parce que je savais que vous ne voudriez pas que je travaille dans un tel endroit. Vous êtes tellement surprotecteurs !

Étouffants.

Une myriade d'émotions passe sur le visage de papa alors qu'il lève son verre de brandy et en avale une gorgée. Un silence malaisant s'étire entre nous puis il murmure :

— Vu ce qui s'est passé, je crois que nous avons tous les droits de nous montrer protecteurs. Tu es notre petite fille. Et quoi qu'il arrive, ça ne changera pas.

Je baisse les yeux vers la nappe blanche épaisse qui couvre la table et je réalise que c'était une erreur. Mais il est trop tard pour battre en retraite.

D'autant qu'une partie de moi n'en a pas envie.

— J'ai presque vingt et un ans. Je ne suis plus si petite.

— Peu importe ton âge, Fallyn. On s'inquiétera toujours.

Les larmes qui se rassemblent dans les yeux de maman les font briller.

— Après Miles, je ne pense pas que mon cœur soit en mesure de supporter une autre perte.

— Maman...

J'ai du mal à l'entendre parler de la sorte.

— Je suis sérieuse, dit-elle d'une voix tremblante.

— Je sais, mais il ne va rien m'arriver.

Elle tend le bras et pose une main sur la mienne avant de la serrer jusqu'à ce que cela devienne quasiment douloureux.

— Malheureusement, personne ne peut faire ce genre de promesses.

Avant que maman ne s'émeuve davantage, papa dit :

— Très bien, alors tu travailles dans un bar. Je devine que tu ne finis pas avant deux ou trois heures du matin. Comment rentres-tu chez toi en pleine nuit ?

Il vaudrait peut-être mieux leur dire que Viola vient me chercher, mais la dernière chose que je veux faire est de l'entraîner dans cette histoire. En plus, j'essaye d'être honnête avec eux. Je ne veux pas ajouter d'autres mensonges.

— Une connaissance me ramène en voiture. Je ne rentre pas à la maison à pied si c'est ce qui vous inquiète.

Je leur adresse successivement un regard anxieux alors que je retiens ma respiration, attendant de voir s'ils vont me cribler de questions.

— Ça ne me plaît pas, dit maman avec un reniflement sanglotant. Tu devrais démissionner et trouver un autre emploi. Peut-être quelque chose sur le campus ouvert pendant la journée. À la bibliothèque, par exemple, dit-elle d'une voix enjouée.

— C'est une excellente idée, Ellie, acquiesce mon père.

Je secoue la tête.

— Je n'ai pas envie de chercher un autre travail. Celui-là me plaît. Sully, le propriétaire, est vraiment gentil et flexible pour les horaires. Et les gens avec qui je travaille sont super. Gerry, le videur, garde un œil sur l'endroit pour que la situation ne lui échappe pas.

Je ne mentionne pas que Wolf est toujours présent aussi. Il passe après l'entraînement et les matchs, et ne laisserait jamais rien m'arriver.

— Comment s'appelle ce bar ? demande papa. On se sentirait peut-être mieux si on passait et qu'on jetait un œil à cet endroit par nous-mêmes.

Il coule un regard à sa femme.

— Tu ne penses que ça pourrait te rassurer ?

Maman plisse le visage.

— Je ne sais pas. Je déteste savoir que tu travailles entourée d'un groupe de types saouls.

— C'est un établissement qui s'appelle *Slap Shotz*, marmonné-je.

Papa incline la tête et plisse les yeux.

— C'est quel genre ? Un bar de sport ou un truc dans le genre ?

Je grimace. Je peux quasiment voir les rouages de son cerveau tourner.

Aussi tentant que ce soit de mentir, je refuse de continuer à le faire.

— Oui.

Il redresse le dos sur sa chaise.

— Qui compose la clientèle, exactement ?

— Euh, beaucoup de gens. Principalement des étudiants de fac.

Maman cligne des paupières comme si elle essayait de comprendre.

— Hugo ?

Il ne prend même pas la peine de la regarder. Au lieu de cela, son regard d'acier reste braqué sur le mien.

— Tu l'as déjà croisé là-bas ? demande-t-il doucement d'une voix qui tremble comme s'il essayait de maîtriser sa colère.

— Je t'en prie, dis-moi que tu ne parles pas à ce garçon. Pas aujourd'hui, en plus.

— Je suis désolée, maman. Je n'essaye pas de vous contrarier, l'un ou l'autre. Je voulais simplement être honnête à propos de l'endroit où je travaille. Je ne voulais pas continuer à mentir.

Même si cela s'est passé aussi mal que je l'avais soupçonné, cela reste un soulagement de pouvoir tout exprimer ouvertement.

— Alors, c'est entendu, dit mon père avec un grognement. Tu vas démissionner immédiatement. Je me fiche de savoir que tu ne peux pas payer le loyer ou tes études. C'est mieux que de croiser Wolf Westerville.

— Je savais que te permettre de venir dans cette fac serait une erreur, dit maman avec un petit cri.

Je lui lance un regard et secoue la tête.

— Absolument pas. Je suis heureuse à Western.

Je fais un bond de quasiment trente centimètres quand mon père abat son poing sur la table, faisant cliqueter les couverts.

— Je m'en contrefiche ! Cette famille n'a pas seulement volé notre fils, elle nous a ruinés. Tu socialiseras avec ce petit con quand je serai mort !

Mes yeux s'écarquillent quand je vois les clients assis autour de nous se tourner dans notre direction et contempler papa avec des yeux effarés. Je deviens écarlate alors que les gens s'échangent des murmures, baissant la tête et parlant à voix basse.

— Papa, marmonné-je, embarrassée par la façon dont il perd la tête.

Normalement, il est très calme et maîtrisé. Ça ne fait que démontrer l'étendue de sa rage.

— Je t'en prie.

Il enfonce deux doigts dans le col de sa chemise, l'écartant de sa gorge comme s'il l'étouffait.

— J'assassinerais tous les Westerville dans leur sommeil si je pouvais m'en tirer.

— Papa ! hoqueté-je. Tu ne peux pas dire ce genre de choses.

Alors qu'il ouvre la bouche, ses yeux se déplacent vers quelque chose par-dessus mon épaule. Ils s'écarquillent puis il referme brusquement la bouche avant de se redresser d'un bond, manquant de renverser sa chaise dans le mouvement.

— Qu'est-ce que tu fiches ici ? gronde-t-il.

Un malaise dévale mon dos alors que je me retourne et découvre Wolf debout à environ quatre mètres de là. Il porte une chemise bleu clair et un pantalon brun repassé. Les tatouages colorés qui ornent son cou émergent de son col boutonné avant de disparaître sous le tissu en coton lisse. Mon cœur se serre douloureusement en le voyant. Je suis vraiment tentée de me redresser d'un bond et de me jeter dans ses bras.

Au lieu de cela, je reste assise.

Paralysée.

La couleur disparaît du visage de ma mère alors qu'elle le regarde. C'est comme de voir un fantôme. Les larmes lui montent aux yeux alors qu'elle secoue la tête et prend une inspiration tremblante.

Wolf fait quelques pas maladroits, refermant la distance entre nous avant de s'arrêter devant la table.

Le regard braqué sur mon père, il dit à voix basse :

— Bonjour, monsieur DiMarco. J'espérais qu'on pourrait peut-être s'asseoir pour discuter. Miles a joué un rôle si important dans ma vie. En fait, votre famille tout entière l'a fait et cette perte a été épouvantable.

Avant que papa puisse ouvrir la bouche, maman lance :

— *Cette perte a été épouvantable ?* Comment oses-tu dire une chose pareille ? On a perdu notre *fils* ! Notre famille a été brisée. Et tu en es la cause. Alors, n'ose pas débarquer ici comme une fleur et nous dire que tu es dévasté. Tu ne sais pas ce qu'est la véritable dévastation.

L'angoisse qui contorsionne les traits de Wolf suffit à me briser le cœur.

Certes, mes parents ont perdu leur fils et j'ai perdu mon grand frère, mais Wolf aussi a perdu son meilleur ami. Ainsi que moi. Nous tous. Un endroit sûr où grandir.

Mes parents sont enlisés si profondément dans leur propre chagrin qu'ils sont incapables de le voir. Parfois, je ne sais pas s'ils parviendront un jour à s'en sortir et c'est ce qui me brise le cœur plus que tout. Ils ne sont pas morts le même jour que Miles, mais ils auraient très bien pu le faire.

Des larmes chaudes me brûlent les yeux.

— Maman, ce n'est pas juste. Wolf était un gosse et ce n'était pas sa faute. C'était juste un accident.

— Ne t'avise pas de le défendre, lâche-t-elle en retirant à peine les yeux de Wolf. Il entraînait toujours Miles sur la mauvaise pente. J'aurais dû mettre un terme à leur amitié quand ils étaient enfants. Alors, mon pauvre bébé serait toujours là.

Wolf inspire rauquement avant de carrer les épaules.

— Je suis vraiment désolé, madame DiMarco. Vous savez très bien à quel point j'aimais Miles. Tous les souvenirs heureux de mon enfance tournent autour de vous. Je déteste le fait d'avoir causé tant de douleur à votre famille. Si je pouvais revenir en arrière et prendre une autre décision, je le ferais sans la moindre hésitation. Je ferais tout pour que Miles soit de retour parmi nous.

— Tes excuses ne veulent rien dire, enrage ma mère d'une voix qui se fait aiguë. Si tu avais la moindre décence, tu nous laisserais en paix.

Il tourne le regard vers moi. La tristesse qui déborde de ses yeux verts me déchire. Je sais que je devrais leur révéler la vérité sur notre relation, mais les mots me restent douloureusement logés dans la gorge, refusant de bouger.

— Tu as entendu ma femme, gronde mon père. Casse-toi avant que je demande aux patrons de te foutre dehors.

Wolf hoche la tête et rompt le contact visuel.

— Si c'est ce que vous voulez.

— Absolument. Les larmes roulent le long du visage de ma mère puis elle enfonce le visage entre ses mains et pleure, ses épaules tressautant de façon incontrôlable.

Le choc me tient paralysée alors qu'il tourne les talons et se dirige vers l'entrée du restaurant.

— Bon débarras, dit papa en le regardant s'éloigner. Je n'ai jamais envie de revoir ce type.

À chaque pas que fait Wolf pour s'éloigner de moi, mon cœur se brise en encore plus d'éclats acérés jusqu'à ce soit impossible de le reconstituer un jour.

CHAPITRE 37

olf

C'ÉTAIT UNE ERREUR.

Je n'aurais jamais dû venir.

Qu'est-ce qui m'a pris ?

J'ai pensé que j'allais arranger quelque chose avec ces gens ?

Un rire désespéré bouillonne au plus profond de ma gorge.

Ouais... C'était improbable.

Ai-je déjà vu tant de haine sur le visage de qui que ce soit ?

Quant à Fallyn...

Elle est demeurée assise sans bouger, prise de court. C'est alors que j'ai réalisé que malgré tout mon amour pour elle, peu importe tout le sang que je verserais pour elle, je refuse de la faire souffrir davantage.

Quel genre d'être humain horrible serais-je si je la forçais à choisir entre moi et ses parents ?

Qui ferait une chose pareille après avoir déjà causé tant de souffrance ?

Non... Je ne peux pas.

Le besoin de me tailler d'ici fait s'accélérer mon pas. J'ai besoin de prendre le temps de comprendre comment je vais avancer. Comment je vais l'effacer de mon esprit et de mon cœur.

Comme si c'était possible.

— Wolf ! Attends !

Quand je me tourne, je vois Fallyn émerger par les portes en verre et se précipiter vers moi. L'humidité qui sillonne ses joues pâles me brise le cœur, parce que je sais que j'en suis la cause.

Je n'aurais jamais dû me réimposer dans sa vie. Je n'ai fait que causer du chaos et de la souffrance.

Ma langue sort humecter mes lèvres. Avant que je puisse prononcer ces paroles, elle se jette sur moi comme un petit projectile et enroule les bras autour de mon cou.

— Je suis désolée pour ce qui vient de se passer, murmure-t-elle férocement en s'accrochant férocement comme si elle n'allait jamais me lâcher.

Même si c'est la dernière chose que j'ai envie de faire, je lui saisis les poignets et retire délicatement ses bras de moi avant de la tenir à bonne distance. Ça me fait tellement mal de l'avoir si près de moi.

— Impossible pour nous d'être ensemble si je ne peux pas dire à tes parents que je fais partie de ta vie. Je t'aime, Fallyn.

Je scrute ses yeux luisants, y cherchant la compréhension.

— Je t'ai toujours aimée, mais je refuse de cacher notre relation. La dernière chose que je veux est me dresser entre toi et ta famille.

Sa voix se fait plus profonde, comme si elle avait été éraillée à vif. Tout comme mon cœur. Je désigne le restaurant d'un geste sec de la tête.

— Tu as vu ce qui s'est passé là-dedans. Ils n'accepteront jamais qu'on se mette ensemble.

D'autres larmes cristallines lui envahissent les yeux, les rendant lumineux au soleil radieux de l'hiver.

Avant qu'elle ne puisse réagir, une voix profonde gronde :

— Mais enfin, que se passe-t-il ici ?

Mon regard passe de Fallyn à son père alors qu'il traverse le parking, parcourant le bitume à longues enjambées. Il serre les poings et la couleur envahit ses joues, leur donnant une apparence mouchetée.

Sur ses talons, sa femme essaye de rester à sa hauteur. Elle me contemple en ouvrant de grands yeux choqués.

Fallyn scrute mon visage pendant un long moment avant d'afficher un air déterminé. Elle se tourne vers ses parents.

— Je l'aime, dit-elle simplement.

Sa mère reste bouche bée, puis elle la referme et secoue la tête.

— Non. N'ose pas dire une chose pareille ! Tu ne peux pas être amoureuse de lui. Pas après ce qu'il a fait !

D'autres larmes lui roulent le long des joues puis elle s'écrie :

— Il nous a dérobé Miles !

Le regard de Fallyn accroche le mien et je me prépare à encaisser le coup. J'ignore si elle va être d'accord avec l'accusation. Cela me briserait le cœur si elle le faisait.

— J'aime Wolf depuis que je suis enfant et durant toutes ces années ça n'a jamais changé. Et ça ne changera jamais.

La commissure de ses lèvres se pince légèrement puis elle se retourne vers ses parents et carre les épaules comme si elle se préparait à la bataille.

— Ce qui est arrivé à Miles est un accident. *Un accident tragique.* Vous avez passé toutes ces années à en vouloir à Wolf alors que ce n'était pas sa faute. On a pris la décision tous les trois de quitter la maison en douce cette nuit-là. Nous sommes tous coupables.

Elle marque un temps d'arrêt puis ajoute d'une voix plus douce :

— Même Miles.

De nouvelles coulées de larmes dévalent sur le visage d'Élénore.

Hugo se rapproche de son épouse avant de glisser un bras autour de sa taille.

— Tu vas briser le cœur de ta mère si tu fais ça.

Le doux regard de Fallyn retourne vers le mien et elle le scrute pendant un long moment douloureux avant de s'approcher et de déposer un chaste baiser sur mes lèvres. Quand sa chaleur disparaît, j'invoque toute ma force pour me retenir de tendre les bras et de la serrer contre moi.

Son attention retourne à ses parents alors qu'elle franchit la distance entre eux et étreint sa mère avant de croiser les yeux de son père.

— Ça fait cinq ans qu'on a perdu Miles et vous n'avez pas guéri ni l'un ni l'autre. Votre douleur est aussi fraîche que la nuit où ça s'est passé. Vous ne pensez pas qu'il est temps d'y remédier ?

Fallyn tourne le regard vers moi.

— La première étape du processus est d'arrêter d'accuser Wolf. Peu importe ce que vous voulez bien croire, Miles l'aimait et il n'aurait jamais voulu que vous reprochiez à son meilleur ami d'être responsable de ce qui n'était qu'un tragique accident. Et lui non plus, il ne voudrait pas que vous viviez ainsi. Tous les deux, vous devez trouver un moyen de guérir et de tourner la page. Ce n'est pas sain, pour aucun d'entre nous. Et je ne peux plus le faire. Je ne le ferai plus.

Les larmes piquent les yeux d'Hugo et il tente de les ravaler. En cet instant, il porte le poids de ses cinquante ans.

— Tu dois accepter que je suis avec Wolf, parce que ça ne va pas changer.

Fallyn tend le bras et replie les doigts autour de la main de Hugo avant de la presser doucement.

— Je ne veux perdre aucun d'entre vous. Je vous en prie, ne me forcez pas à choisir.

Les épaules d'Élénore continuent de tressauter d'émotion.

Alors seulement, Fallyn se libère de l'étreinte de sa mère et recule vers moi jusqu'à ce qu'elle puisse glisser un bras autour de ma taille et s'appuyer contre ma poitrine. Je ne peux pas résister à l'envie de déposer un baiser sur le sommet de son crâne. Je ne sais pas à quoi je m'attendais, mais certainement pas à ça.

Je ne pourrais pas être plus touché par ce qu'elle est disposée à sacrifier pour moi.

Et notre amour.

Mon autre main se pose sous son menton que je relève jusqu'à ce que nos regards se croisent et se soutiennent.

Je scrute attentivement son regard, y cherchant la moindre trace de doute.

— Tu en es certaine ?

Elle affiche un sourire radieux en hochant la tête.

— Oui. Je t'aime.

Mon cœur déborde d'émotion, me donnant l'impression que la pression intense va le faire exploser. Je n'ai jamais ressenti une telle chose de toute ma vie.

Et je sais sans l'ombre d'un doute que je ne referai jamais l'expérience d'une telle chose.

— Je t'aime aussi, mon ange.

CHAPITRE 38

allyn

Wolf gare la Mustang contre le trottoir devant la maison avant de couper le moteur. Pendant un moment, je contemple la pancarte blanche plantée dans le jardin. Je suis triste de voir la maison de mon enfance mise en vente. Mais fondamentalement, un changement est nécessaire et fera du bien à tout le monde. C'est quelque chose que mes parents auraient dû faire voilà longtemps.

Tous les trois, nous avons besoin de tourner la page sur le passé.

D'une pression de ses doigts, Wolf attire à nouveau mon attention sur lui.

— Tout va toujours bien de ton côté ?

Je souris, surprise que cela ne semble pas forcé.

— Bizarrement, oui. J'avais pensé que voir la maison serait plus pénible. Au lieu de cela, je suis soulagée. Il est temps pour tout le monde de tourner la page. Au lieu de vivre dans le passé, on a besoin d'aller de l'avant, vers l'avenir et tout ce qui nous attend.

Il hoche la tête puis braque les yeux vers le manoir en briques qui se dresse devant nous.

— Tu es prête à entrer ?

Quand j'extrais mon permis tout neuf de la poche de mon jean, il affiche un sourire et glisse sa main sur ma nuque et m'attire plus près de lui. La chaleur de ses lèvres glisse sur les miennes puis il s'écarte suffisamment pour dire :

— Je suis très fier de toi, mon ange.

Je suis fière d'avoir conquis mes peurs et appris à conduire. J'ai décroché mon permis la semaine dernière.

Après un dernier baiser appuyé, on sort du véhicule avant de nous retrouver sur le trottoir et de remonter l'allée en béton qui traverse la pelouse couverte de neige. Sans prendre la peine de toquer à la porte, je pousse le bois épais et m'avance dans l'immense vestibule. Il y a un océan de cartons d'emballage bruns empilés partout. Pour la seconde fois, je me prépare à la vague inévitable de tristesse qui s'abat sur moi, mais je ne ressens que du soulagement.

On retrouve maman et papa dans le salon. Ils emballent de vieilles photos de famille.

Je prends une minute pour contempler l'espace vide.

— Ouah. Ça a vraiment l'air différent.

Plus grand.

Non seulement grand, mais aussi plus léger. Comme si toute la tristesse avait disparu.

Maman se redresse avant de regarder autour d'elle. Elle pousse un petit soupir comme si elle était d'accord avec le sentiment.

— On a effectué une vente la semaine dernière et on a vendu beaucoup de meubles dont on n'aura pas besoin pour la nouvelle maison. Papa a-t-il mentionné que les nouveaux propriétaires nous ont payé un supplément pour qu'on libère les lieux avant la fin de la semaine ?

Je secoue la tête puis jette un regard à mon père. Il porte un jean délavé et un vieux T-shirt de son université.

— Vingt mille, ajoute-t-il.

— C'est super.

— Avec la vente de la maison et des meubles, on a été capables de régler toutes les dettes qui se sont accumulées depuis l'année dernière. On en a même eu assez pour verser un petit acompte pour la nouvelle maison dont ta mère est tombée amoureuse.

Les yeux bleus de ma mère s'illuminent.

— Elle a un jardin parfait qui donne sur un ruisseau, avec plein d'animaux.

Je ne l'ai pas vue aussi enthousiaste depuis très longtemps et ça suffit presque à me faire monter des larmes de joie aux yeux. Ne voulant pas gâcher ce moment, je préfère ravaler mes émotions. Je ne devrais pas être surprise quand Wolf glisse un bras autour de ma taille. Il a toujours été en harmonie avec mes pensées et mes sentiments.

— Ça a l'air génial, maman. J'ai hâte de la voir.

Son visage se remplit d'émotions alors qu'elle observe le salon spacieux. Seulement, cette fois, je ne vois plus la souffrance et la peine qui ont été ses compagnes constantes ces dernières années.

— Je n'ai vraiment pas envie de vendre la maison, mais il est temps. Tu avais raison ; on a besoin de tout recommencer à zéro. La famille qui a acheté la maison a trois enfants en bas âge et je sais que cela leur plaira.

Je hoche la tête.

— C'était un endroit super où grandir. Miles et moi avons été heureux ici.

— Nous l'avons tous été, ajoute doucement maman.

Un lourd silence s'abat sur nous quatre avant que papa s'éclaircisse la gorge.

— On t'a emballé quelques affaires appartenant à Miles.

— Merci, murmuré-je.

Ça n'a pas dû être facile pour eux de faire le tri dans leur passé afin de l'accepter.

Le regard de papa passe de moi à l'homme à mes côtés.

— Je, euh, je parlais à Wolf.

L'intéressé écarquille des yeux surpris. Deux semaines seulement se sont écoulées depuis l'incartade au restaurant. Une fois dissipé le choc de ma nouvelle relation, ils m'ont téléphoné pour me dire que j'avais raison et qu'ils allaient essayer de laisser le passé derrière nous.

Dans le passé.

— Ce sont beaucoup de souvenirs de hockey et du lycée.

Papa change de position et détourne le regard alors que l'émotion lui épaissit la voix.

— Il aurait voulu que tu les aies.

Wolf tend la main pour que papa la serre. Mon souffle reste coincé dans ma gorge pendant qu'on attend tous de voir comment mon père va réagir. La tension s'accroît dans la pièce baignée de soleil puis papa tend la main à son tour.

— Merci, monsieur. J'apprécie vraiment.

Papa hoche sèchement le menton et arbore un sourire réticent.

— Je t'en prie.

Une émotion lourde pèse dans l'air avant que mon père ne se tourne vers moi, clignant des paupières pour chasser les larmes qui brillent dans ses yeux.

— Alors, tu es prête ?

Cette question suffit à faire naître la nervosité dans mon corps avant de courir le long de mes bras. Quand je hoche la tête, il glisse la main dans la poche de son jean et en tire un porte-clés en forme de palet de hockey. Une boule épaisse contracte ma gorge, m'empêchant de respirer, quand il le pose dans la paume de ma main.

Après toutes ces années, je n'aurais jamais imaginé que ce jour arriverait.

Le bras de Wolf enroulé autour de ma taille, on suit mes parents vers le garage à l'arrière où la Porsche de Miles est restée stationnée. Plus on s'en approche, plus je sens mon cœur marteler contre mes côtes.

— Ça va toujours ? demande Wolf, les lèvres plaquées contre mon oreille.

J'incline juste assez la tête pour croiser son regard scrutateur.

— Super bien.

Ce n'est pas un mensonge. J'ai l'impression que c'est un nouveau départ et j'aime le fait qu'on avance ensemble.

En tant que famille.
Comme cela devrait l'être.
— Super.

Papa ouvre le garage trois places et pénètre dans la pénombre. On le suit alors qu'il appuie sur le dispositif d'ouverture sur le côté du mur et que la lourde porte grince avant de s'élever, laissant se déverser assez de rayons de soleil pour dissiper les ombres. La dernière fois que je suis venue, un grand tissu couvrait la Porsche. Ce n'est plus le cas. La petite voiture de sport est reluisante, comme si elle était impatiente de démarrer.

Papa change de position et fourre les mains dans ses poches.

— J'ai fait un tour la semaine dernière puis je l'ai emmenée au garage pour m'assurer que tout allait bien. Ils ont changé l'huile et vérifié tous les fluides. Ils ont dit qu'elle était en bon état et qu'elle ne te poserait aucun problème.

La brûlure chaude des larmes me fait cligner des paupières alors que je me rapproche et fais courir mes doigts sur la carrosserie rouge. Miles aimait tant cette voiture ! C'était son bébé. Papa la lui avait achetée quand il avait quinze ans, et mon frère passait tout son temps libre à travailler dessus.

J'y suis restée assise pendant tellement d'heures avec Miles et Wolf alors qu'ils plaisantaient ensemble. Une fois que Miles a eu seize ans et passé son permis, ça nous a offert à tous les trois une liberté supplémentaire.

— Tu veux que je reconduise la Porsche à l'université, mon ange ? demande Wolf qui essuie une larme avec le pouce et ramène mon attention vers le présent.

— Non. J'aimerais le faire moi-même.

C'est plutôt que j'ai *besoin* de le faire moi-même.

Il ne proteste pas.

— D'accord. Je vais récupérer les cartons à l'intérieur et je te suis.

— Merci.

Mes mains tremblent alors que je me glisse au volant et tourne la clé de contact. Le moteur s'éveille en ronronnant et je jette un œil à mes parents. Je découvre que comme moi, eux aussi essayent de contrôler leurs émotions.

Mais c'est difficile.

Même s'il est temps pour nous tous de tourner la page, ça ne veut pas dire que c'est facile.

Wolf m'embrasse une dernière fois puis je fais signe à mes parents. Doucement, j'appuie sur l'embrayage et passe la première vitesse. Dès que j'accélère, le moteur rugit et le véhicule file hors du garage. J'inspire profondément, tentant de calmer la nervosité qui danse sur ma peau, faisant naître de la chair de poule dans son sillage.

À la fin de la longue allée, je m'arrête et je regarde d'un côté puis de l'autre avant de passer à nouveau la première et de me diriger vers le campus de Western. Alors que j'accélère et que ma nervosité s'apaise, j'allume la radio. « Best Day of My Life » par American Authors remplit le petit habitacle. Je suis submergée par des souvenirs de Miles qui montait le volume à fond pour qu'on chante les paroles à fond.

Après, pendant des années, je n'ai pas pu supporter cette chanson. Mais cette fois, je tourne le bouton et crie les paroles. Au lieu de m'attrister comme avant, mon cœur se remplit de joie parce que je sens mon frère assis à côté de moi, ravi de voir que les gens qu'il aimait le plus ont enfin trouvé la paix.

CHAPITRE 39

olf

— Ça fait déjà deux jours. Quand vas-tu me montrer ton nouveau tatouage ? Je meurs d'envie de voir le motif que tu as choisi.

Fallyn m'adresse une moue boudeuse.

— Je ne comprends pas pourquoi tu fais tant de mystères.

Je lève les yeux au ciel et réprime le sourire qui menace de m'échapper. Je ne pense pas avoir autant souri qu'au cours des deux dernières semaines. J'ai eu du mal à m'y habituer. Plus que cela, j'ai l'impression de peser des milliers de kilos de moins. Et c'est entièrement dû à cette fille qui m'accompagne.

Celle que j'aime plus que tout.

— Je voulais qu'il guérisse un peu avant de te le montrer. Ce n'est vraiment pas très important.

Je tire mon t-shirt par-dessus ma tête et je le jette sur le lit.

— Pourquoi ne commencerais-tu pas ?

Un sourire lui éclaire le visage.

— Vraiment ?

Son exubérance est communicative et un ricanement m'échappe.

— Bien sûr. Fais-toi plaisir.

Elle s'approche et ses doigts volètent autour des contours du pansement. Elle m'adresse un regard interrogateur.

— Tu es certain que c'est guéri ?

— Oui.

Une grosse boule se forme au creux de mon ventre alors que je cesse de respirer.

Sur le moment, ça m'avait paru une bonne idée.

Mais maintenant ?

Je n'en suis pas si certain.

C'est peut-être trop tôt pour penser cela et je mets la charrue avant les bœufs. Tout ce que je sais est que j'en ai envie.

Tout comme j'ai envie d'elle.

J'ai besoin de savoir que Fallyn ressent la même chose.

Parce que si ce n'est pas le cas…

Cela me dévasterait probablement.

Le bout de sa langue émerge de ses lèvres alors qu'elle se concentre sur la tâche qui l'occupe et décolle les côtés, écartant le pansement de ma peau jusqu'à ce qu'il soit entièrement retiré et que le nouveau tatouage soit exposé.

Quand elle s'immobilise et qu'elle me contemple en silence, mon cœur fait un bond douloureux, venant se loger dans ma gorge.

Ça me prend tout mon self-contrôle pour rester calme et me forcer à poser la question.

— Alors, mon ange ? Qu'est-ce que tu en dis ?

Elle arrache son attention des mots écrits en cursive noire et lève suffisamment le menton pour que nos regards s'entrechoquent.

Le bleu de ses yeux brûle encore plus fort. Ils menacent de m'engloutir à tout moment. Ce ne serait pas une façon aussi horrible de mourir.

Particulièrement si elle m'éconduit.

— Tu es sérieux ? murmure-t-elle d'une voix étranglée.

Je souffle avec nervosité alors que mes doigts se glissent sous son menton afin de la maintenir en place. J'ai besoin de la toucher.

— Bébé, je ne pourrais pas être plus sérieux à l'idée de passer le reste de ma vie avec toi. Tu n'as pas encore compris que tu es la seule pour moi ?

Je scrute son regard, observant toutes les émotions qui se succèdent dans ses prunelles.

— Il ne pourra jamais y avoir personne d'autre que toi.

Elle déglutit difficilement et la colonne délicate de sa gorge monte et redescend.

— Oui.

Incapable d'en croire mes oreilles, je hausse les sourcils.

— Viens-tu d'accepter de m'épouser ?

Un sourire s'empare de son visage.

— Oui !

Tout l'air de mes poumons se vide alors qu'un ricanement soulagé m'échappe.

— Dieu merci ! Pendant une minute, j'ai commencé à douter.

Elle éclate de rire

— C'est la raison pour laquelle tu t'es comporté aussi bizarrement ces deux derniers jours ?

Je la prends dans mes bras et la serre contre moi.

— Allons... Je me suis vraiment comporté bizarrement ?

— Euh, ouais. Tu n'arrêtais pas de me regarder.

— J'adore te regarder.

Je lui donne un bécot.

— Il n'y a rien d'étrange là-dedans.

— Tu avais l'air constipé. Je songeais à t'acheter des laxatifs.

Je ne peux m'empêcher de ricaner.

— Je pensais plutôt à ce qu'on allait faire si tu disais non. Et c'était un trop tard pour remettre à plus tard, vu que j'avais déjà tatoué la question dans ma peau.

Elle enroule les bras autour de mon cou et me rapproche suffisamment d'elle pour que ses lèvres frôlent les miennes. Ce n'est que lorsque je m'abandonne à la caresse qu'elle s'écarte.

Son regard est on ne peut plus grave.

— Je t'aime, Wolf. Et j'ai hâte de passer le reste de ma vie avec toi.

Toute la tension qui remplit mes muscles s'évapore.

— Je t'aime aussi. Plus que tout.

Je la pose sur le lit avant de la suivre sur le matelas et de l'emprisonner entre mes bras afin que tous mes muscles durs soient alignés avec ses courbes douces. Dès que je m'installe sur elle, elle écarte les jambes. Ma verge devient impossiblement dure alors que je me love contre le V entre ses cuisses. Je ne peux résister à l'envie de donner un coup de hanches.

Le besoin de la déshabiller bat à travers moi et je roule sur le côté, agrippant l'ourlet de son sweater bleu pâle avant de le faire remonter sur ses seins. Quand ma main se glisse autour de sa cage thoracique, elle se cambre pour me laisser défaire la bande élastique et libérer le tissu soyeux avant de le jeter par terre. Mes doigts dansent sur ses seins nus, les pinçant et taquinant les mamelons roses jusqu'à ce qu'ils durcissent. Me rapprochant, j'embrasse les deux pointes alors que mes doigts descendent vers la ceinture de son jean. J'ouvre le bouton avant d'abaisser la fermeture éclair et de faire descendre son jean noir sur ses hanches et ses cuisses. Sa culotte a suivi le mouvement, la laissant glorieusement nue.

Pendant un moment, je reste en retrait pour m'abreuver du spectacle qu'elle offre. Fallyn est parfaite. Peu m'importerait si ses seins étaient plus grands ou plus petits. Sa taille plus fine ou plus épaisse. Rien de tout cela ne compte, car cette fille est la seule qui a jamais possédé mon cœur. Elle est parfaite telle qu'elle l'est et je ne changerais pas une seule chose en elle.

Quand je ne parviens pas à me contenir une seconde de plus, mes doigts descendent vers son intimité, caressant sa chair délicate juste comme elle aime. Sentir sa douceur soyeuse suffit à me faire bander.

Il n'y a pas de meilleure sensation dans le monde que d'être enfoncé jusqu'à la garde dans sa chaleur accueillante. C'est là que je me sens le plus proche d'elle, comme si nous étions réellement une personne au lieu de deux. Tout hormis les quatre murs de notre maison disparaît à l'arrière-plan.

Ses pupilles se dilatent tandis qu'elle écarte les cuisses, m'accordant plus d'espace pour manœuvrer. J'aime quand elle s'ouvre à moi.

Elle s'écarte au maximum et mes doigts se glissent à l'intérieur de sa chaleur étroite, puis je plaque ma bouche contre la sienne afin de ravaler tous les gémissements délicieux.

Quelques va-et-vient plus tard, elle se contorsionne sous moi.

— Je t'en prie.

Ma langue se glisse dans sa bouche pour se mêler à la sienne avant que je me retire juste assez pour demander :

— De quoi as-tu besoin, mon ange ?

— De toi, murmure-t-elle. Juste toi.

Mon cœur se contracte, parce que ses sentiments correspondent aux miens.

J'ai simplement besoin de cette femme.

Je dépose un autre baiser sur ses lèvres avant de descendre le long de son corps nu jusqu'à ce que j'atteigne son entrejambe. Quand elle cambre les hanches pour tenter de réduire la distance entre nous, je donne une petite claque à son clitoris avec le bout de mes doigts.

Un son rauque de plaisir lui échappe alors que son intimité devient toute moite.

On a beau avoir été vierges il n'y a pas si longtemps, je me suis assuré d'apprendre tout ce qui l'excite. On a passé beaucoup de temps à explorer afin de trouver ce qui nous plaît mutuellement.

Ce que j'ai découvert est que Fallyn aime vraiment se faire lécher.

Et puisque je l'aime plus que tout au monde, je m'efforce de lui donner du plaisir.

Puis je recommence.

Quand je claque son clitoris pour la deuxième fois, son corps se plie.

— Oh, mon Dieu, Wolf...

Je glisse ma langue à l'intérieur de sa douceur frissonnante avant de la sortir et d'entourer cette petite boule de nerfs.

— C'est ça, bébé. Je suis ton dieu. Le seul que tu as besoin de vénérer.

Elle grogne avant de changer de position sous moi. Sa douceur frémissante est complètement détrempée. J'ai juste envie de lécher sa crème jusqu'à ce qu'il ne reste plus une seule goutte. Puis je veux recommencer à faire pleurer son sexe.

C'est un cercle vicieux.

Je ne m'en lasserai jamais.

Incapable d'en avoir assez, je lape sa chair délicate jusqu'à ce que ses muscles se contractent et que sa respiration s'accélère. Alors qu'elle est à deux doigts de s'effondrer, je me retire.

Avec un hoquet, elle pousse un cri.

— Wolf !

Je ne peux m'empêcher de sourire alors que j'essuie sa moiteur du coin de mes lèvres avant de remonter le long de son corps jusqu'à ce que mon gland soit parfaitement aligné avec son intimité détrempée.

— Tu sais, j'aime quand on jouit ensemble.

Dès que le commentaire grondé m'échappe, je me glisse profondément dans sa chaleur étroite. La façon dont ses muscles intérieurs se contractent autour de ma queue suffit presque à me faire perdre la raison.

Je serre les dents et m'accroche à mon self-contrôle pendant aussi longtemps que possible.

Ce qui, au cas où vous vous posez la question, n'est pas plus de douze coups de reins.

Quand elle se contracte autour de moi et crie mon nom, l'entonnant encore et encore, je fais la seule chose que je peux et la suis par-dessus le précipice et dans l'oubli.

La regarder se désagréger est une chose magnifique.

Et je serai le seul à pouvoir le faire pendant le reste de ma vie.

CHAPITRE 40

allyn

Le bar est bondé alors que je me glisse à travers la foule avec un plateau rempli de verres. Le match de ce soir s'est terminé sur une égalité. Ça ne ravit pas particulièrement aucun des joueurs, mais c'est mieux qu'une défaite.

Dès que j'atteins la table bruyante des hockeyeurs, je distribue les bouteilles de bière froide et les shots qui ont été commandés. Une fois que les boissons ont été distribuées, Wolf m'attire sur ses genoux et frotte mon cou avec son nez.

— J'ai hâte de t'avoir pour moi tout seul ce soir, mon ange.

Je passe en revue tout ce que cela implique.

— Hmm, moi aussi.

Il me mordille l'oreille, tirant sur le lobe. Quand je pouffe et tente de m'enfuir, il me libère. Il aime me chauffer au travail pour que, lorsque je rentre enfin à l'appartement, je meure de désir.

Je me contorsionne sur ses genoux et plaque mes lèvres contre les siennes, inspirant sa senteur boisée. Puis je m'écarte suffisamment pour glisser mes doigts sous son sweat et les faire passer sur le nouveau tatouage qu'il a ajouté à sa collection.

Je n'arrive pas à croire qu'il m'ait demandé de l'épouser.

Nous n'en avons encore parlé à personne. Pas même à Viola, avec qui je partage presque tout. Pour le moment, j'ai juste envie que ça demeure notre petit secret. S'il ne tenait qu'à Wolf, on se marierait tout de suite. Je ne sais pas si j'ai envie d'attendre trop longtemps. On se mariera peut-être après la remise des diplômes au printemps.

Pour le moment, je me contente d'apprécier le commencement de notre relation.

Même si je préférerais largement rester avec lui, je plaisante :

— Je devrais y aller. Ces boissons ne vont pas se servir toutes seules.

Avec un grognement, Wolf m'étreint avant d'enfoncer son nez contre la courbe délicate de mon cou.

— Je t'ai déjà dit que tu n'es pas forcée d'aller travailler là-bas. Quoi que tu aies besoin, je suis heureux de le donner.

Ce n'est pas la première fois qu'on a cette conversation et ce ne sera probablement pas la dernière.

— Je sais et j'apprécie ta proposition, mais j'aime travailler à *Slap Shotz*. Même si je n'ai pas ce travail depuis longtemps, j'ai l'impression que tous les employés forment une famille. Et on prend soin les uns des autres.

En plus, c'est super de gagner mon propre argent pour n'être pas forcée d'en demander à qui que ce soit.

Que ce soit à mes parents.

Ou à Wolf.

Je sais qu'il me donnerait tout ce qu'il a si j'en avais besoin, mais j'ai envie de me débrouiller toute seule financièrement. Du moins, dans la mesure du possible. Maintenant que j'ai goûté à une certaine indépendance, ça me plaît.

J'en veux davantage.

Mes lèvres frôlent les siennes alors que je murmure :

— Moi aussi, je vais te le faire payer.

— Ce n'est pas nécessaire.

— J'insiste. Même si ça prend des années.

— D'accord, grommelle-t-il. Tout ce que tu veux, mon ange.

Je me redresse d'un mouvement rapide avant de me pencher et de déposer un dernier baiser sur ses lèvres.

— Je reviendrai dans un moment pour voir comment tu te sens.

— Tu ferais mieux. Sans quoi, je serais contraint de venir te chercher.

Ses yeux brillent d'un feu émeraude.

— Et tu sais ce qui se produira.

Sa promesse rauque fait descendre un frisson le long de mon dos. Il s'arrête quelque part aux alentours de mon intimité.

En plus d'une occasion, il m'a entraînée dans le bureau de Sully où ils nous a enfermés et m'a rappelé exactement à qui j'appartiens.

Et… oui ! J'ai adoré le moindre instant.

Avec un sourire, je décampe, m'arrêtant près des tables de ma section pour apporter les commandes. Alors que j'attends au bar, Juliette, Carina, Viola, Stella et Britt débarquent. On s'étreint toutes. On a fait une soirée entre filles le week-end dernier avant de danser toute la nuit au *Blue Vibe*. On s'est bien amusées. Puis je suis rentrée chez Wolf et il m'a fait l'amour.

Lentement.

À deux reprises.

— Hé, Fallyn.

En me tournant quand j'entends mon prénom, je vois Colby McNichols. C'est un ailier gauche talentueux qui a beaucoup de succès avec les filles du campus.

Il arbore un sourire éblouissant avant de désigner du menton le groupe de joueurs de hockey turbulents.

— Tu veux bien nous amener une tournée de shots quand tu en auras l'occasion ?

Son sourire a presque le pouvoir de faire fondre mon ventre. Je cligne des paupières pour me débarrasser de cette sensation.

On ne l'appelle pas l'assassin au visage d'ange pour rien.

Particulièrement quand il fait jouer ses fossettes.

Cet homme est dangereux.

Et il le sait.

Je n'ai besoin que de plisser les paupières.

— Arrête de sourire comme ça, tu vas te faire tuer.

Je coule un regard à Wolf et le découvre en train d'observer cette interaction avec intérêt.

Colby sourit avant de regarder mon copain qui est également un de ses meilleurs amis.

— Qu'est-ce qui ne va pas ? Un petit flirt sans malice n'a jamais tué personne.

J'émets un son moqueur.

— Tu veux parier ? Je ne veux pas que tu rates le reste de la saison parce que tous tes os auront été brisés.

Il réfléchit à ma réponse avant de hausser les épaules.

— Tu as probablement raison.

Ses yeux bleus pétillent d'espièglerie alors qu'ils se tournent vers les filles. Toutes à part Britt sont avec des hockeyeurs.

Pour être totalement franche, Colby n'est pas le genre de type que j'aimerais voir sortir avec une de mes copines. À en croire les rumeurs qui circulent sur le campus – et croyez-moi, elles sont nombreuses –, c'est un appeau à pimbêches. Il couche avec des filles, mais ne s'implique pas dans des relations.

Son attention est accaparée par Britt. Lentement, son regard descend le long de son corps avant de remonter jusqu'à son visage et de pétiller de plus d'intérêt.

— Je ne crois pas qu'on ait eu le plaisir de se rencontrer.

Son sourire se fait plus éblouissant et ses fossettes font leur apparition.

— Comment t'appelles-tu, ma belle ?

Je carre les épaules, m'attendant à voir Britt fondre à ses pieds comme une flaque de boue. J'ai vu la scène se dérouler à de multiples reprises.

C'est presque une surprise quand elle lui adresse un regard et se détourne avant de lui décocher une réplique mordante.

— Je ne suis pas intéressée. Alors, sens-toi libre de tracer.

Confus, Colby cligne des paupières en fronçant les sourcils.

— Pardon ?

Elle interrompt sa conversation avec Carina et se tourne à nouveau vers lui en articulant plus posément.

— J'ai dit que je n'étais pas intéressée. Les hockeyeurs, ce n'est pas mon truc. Maintenant, si tu veux bien...

Il affiche un sourire encore plus éclatant que le premier et qui semble lui demander *tu es folle ?*

— Ma chérie, je suis le truc de tout le monde.

Elle écarquille les yeux en laissant échapper un éclat de rire. Je manque de tomber à la renverse quand elle lui tapote la joue comme à un enfant turbulent.

— J'en suis certaine, mon mignon. Mais pas pour moi.

Au lieu de s'en aller pour aller voir si l'herbe est plus verte ailleurs, les yeux de Colby pétillent de défi alors qu'il s'approche.

— Hé, j'ai une idée. Et si tu me laissais t'acheter un shot, puis on verra à quel point tu te trompes quand je sortirai de ton lit demain matin ?

J'en reste bouche bée alors que mon regard revient à Britt. C'est comme un match de tennis. Je n'en rate pas une miette ! Ce n'est pas souvent qu'on voit Colby McNichols se faire rembarrer.

Je pioche dans mes souvenirs.

Ou plutôt, *jamais*.

Britt secoue la tête et lui tient tête.

— Non, merci.

Elle désigne la table encombrée à l'arrière du bar, autour de laquelle bourdonnent des groupies.

— Je crois que tu as déjà les mains pleines. Je te conseille de t'en tenir aux groupies. Tu ne saurais pas quoi faire avec une fille comme moi.

Il affiche un grand sourire espiègle.

— Ah oui ?

Elle pointe légèrement le menton.

— Oui. Accepte la défaite avec dignité tant que tu en as encore l'occasion.

— Oh, je crois qu'on est largement au-delà, maintenant. Tu n'es pas d'accord, ma bombe ?

— *Ma bombe ?*

Elle pousse un éclat de rire avant de se déhancher.

— Les petits noms marchent pour toi ? Laisse-moi deviner : c'est pour ne pas avoir à te souvenir du nom de la personne le lendemain matin ?

Ses yeux s'assombrissent.

Ayant besoin de désamorcer la situation avant qu'elle ne dégénère, je prends mon plateau chargé de verres et me tourne vers Colby.

— Hé, regarde. J'ai tes shots. Et si tu me suivais jusqu'à ta table ?

Pendant un long moment, il dévisage Britt. Quand je me retourne vers elle, je découvre ma nouvelle amie qui lui rend un regard noir.

Quand je le tapote sur l'épaule pour attirer son attention, il me coule un regard.

— Voilà les shots que tu as commandés. Tu veux rentrer ?

Son regard revient vers Britt.

— Oui. Allons-y.

Je pousse un soupir soulagé en voyant qu'un désastre potentiel a été évité puis je me glisse à travers la foule épaisse des corps.

Colby lève la voix pour se faire entendre par-dessus la musique et les discussions.

— Ce n'est pas fini, ma jolie.

Britt secoue la tête et lève les yeux au ciel.

— Oh que si. Tu t'es simplement trop pris de palets de hockey dans la tête pour t'en rendre compte, dit-elle doucement en pointant sa bouteille de bière vers lui avant d'en avaler une gorgée.

C'est presque une surprise quand il se tourne et me suit au lieu de poursuivre leur conversation.

On a fait la moitié du chemin vers la table quand il demande :

— Qui est cette fille ?

— Elle s'appelle Britt, dis-je en fronçant les sourcils. Elle s'est fait transférer à Western le semestre dernier.

Il lui adresse un regard attentif par-dessus son épaule.

— Hmm. Je ne pense pas l'avoir déjà vue. Sans quoi, je pense que je m'en souviendrais.

J'ai beau ne pas bien connaître Colby, je me retourne et enfonce un index contre son torse.

— Fais-moi une faveur et laisse-la tranquille. Ce n'est pas une de tes groupies.

Il décoche son grand sourire signature avant de prendre un des verres sur mon plateau et le porter à ses lèvres.

— Malheureusement, je ne peux pas promettre quoi que ce soit.

Il m'adresse un petit clin d'œil et avale son shot cul sec.

Argh !

La dernière chose dont j'ai besoin est que Colby McNichols, queutard en série, embête une de mes copines.

Alors que cette pensée me traverse la tête, des bras puissants s'enroulent autour de moi par-derrière et une voix profonde murmure près de mon oreille :

— Tu as l'air tendue, mon ange. Tu as besoin de mon antistress personnalisé.

Il n'en faut pas plus pour que mes muscles se détendent alors que Wolf plaque son corps dur contre le mien.

Je me tourne juste assez pour croiser son regard.

— Toujours.

— Super. Parce que j'ai l'intention de te le donner pour le reste de ta vie.

Je soupire en songeant à toutes les années qui nous attendent. C'est époustouflant de voir à quel point tout peut changer en quelques semaines.

— J'ai hâte.

— Moi aussi, mon ange. Moi aussi.

ÉPILOGUE

allyn

Deux semaines plus tard...

Wolf me plaque contre sa poitrine alors qu'il se sert de la clé électronique pour ouvrir la porte. Un bras enroulé autour de moi, il tire sur la poignée avant de s'engouffrer dans la chambre d'hôtel magnifiquement décorée. Dès qu'on franchit le seuil, il marque un temps d'arrêt. Ses yeux verts scrutent les miens tandis qu'il affiche un large sourire qui s'empare de son beau visage.

Il a le pouvoir de faire battre mon cœur plus vite.

Plus vite.

— C'est officiel, madame Westerville. À présent, tu es à moi.

Avant que je puisse répondre quoi que ce soit, sa bouche s'écrase sur la mienne. Alors que la douceur veloutée de sa voix balaye la commissure de mes lèvres, je les ouvre pour qu'elles puissent se mêler. Il n'en faut pas plus pour que je perde le fil du temps qu'on a passé dans le vestibule à s'embrasser. Mes doigts s'enfoncent dans le tissu raffiné de son costume et je l'attire plus près.

Même si on est venus se marier à Vegas, il est bien sapé.

Le smoking noir et la chemise d'une blancheur de neige réussissent à le rendre plus beau que d'ordinaire.

Tout ce que je peux dire est que mon nouveau mari est profondément torride.

Quant à moi, je porte une simple robe blanche brodée de minuscules perles. Une lueur possessive est entrée dans ses yeux au moment où il a vu papa m'escorter jusqu'à l'autel. Sa puissance a été suffisante pour me couper les genoux.

Dans une pièce remplie d'amis et de membres de la famille, j'ai l'impression que je suis la seule personne qu'il a jamais vue.

Et verra jamais.

C'est exactement ce que je ressens pour lui.

Je suis triste que les parents de Wolf aient refusé de se joindre à nous. Ils ont été conviés, mais ont décliné l'invitation. Il y a beaucoup de peine et de douleur entre nos familles. À un moment donné, dans un futur pas si lointain, il faudra qu'on en parle.

Quand Wolf s'écarte, j'ai le cœur qui bat fort.

— Et tu m'appartiens.

— Mon ange, je t'appartiens depuis que j'ai treize ans.

Ma paume remonte vers son visage, frottant ses joues mangées de barbe jusqu'à ce que tout en moi s'adoucisse.

— Je sais.

C'est vrai.

Cet homme a tout fait pour me prouver que j'étais toujours dans son cœur.

La seule qui sera jamais dans son cœur.

Une fois que je l'ai enfin laissé entrer, ça a été impossible de revenir en arrière. La seule chose qu'on a pu faire est d'avancer, nos vies liées pour toujours.

Il me repose délicatement sur mes pieds avant de battre en retraite d'un pas. Son regard chaud me lèche, enflammant tout sur son passage.

— Aussi belle que tu sois dans cette robe – et tu l'es, mon ange –, j'ai hâte de te la retirer. Je n'ai pas été en toi depuis ce matin et c'est bien trop long. Je meurs d'envie de te goûter.

La façon dont il rugit ces mots fait déborder mon sexe de chaleur et le contracter d'excitation.

Son désir est insatiable.

Cela étant, le mien aussi.

Sous tous les plans, nous sommes parfaitement assortis.

— Tourne-toi. J'ai envie de te voir nue afin de pouvoir enfin te montrer à quel point j'aime t'avoir en tant qu'épouse.

Des frissons dansent le long de ma colonne vertébrale tandis que je me tourne et lui présente mon dos. Incapable de m'en empêcher, je regarde par-dessus mon épaule et croise son regard torride. Le silence dans la pièce n'est brisé que par le grincement des dents de métal. Une fois qu'il atteint le bas de mon dos, l'air frais caresse ma peau nue. Ses doigts frôlent mes épaules avant de faire descendre le tissu délicat le long de mes bras. Il glisse comme une cascade soyeuse le long de mon corps avant de s'évaser autour de mes talons couleur ivoire.

Mes paupières se referment doucement quand il plaque ses lèvres contre mon épaule avant de s'éloigner d'un pas.

— Tu es délicieuse, gronde-t-il d'une voix enrouée qui m'atteint en plein dans l'intimité avant d'y exploser.

— J'espère vraiment que ce sera le cas, le taquiné-je en jetant un autre regard par-dessus mon épaule pour soutenir son regard torride.

Un sourire diabolique étire les coins de ses lèvres.

— Comptes-y. Je n'ai pas l'intention de quitter cette suite avant qu'il nous en chasse à la fin du week-end.

Alors que le feu émeraude de ses prunelles lèche mon corps, il lève les doigts vers son nœud papillon élégant puis tire sur le tissu noir brillant jusqu'à ce qu'il se défasse. Se l'arrachant, il le jette sur le bureau avant de retirer la veste. Ses yeux ne dévient jamais des miens pendant qu'il défait rapidement les boutons en perle qui courent au milieu du tissu d'un blanc de neige. Sa chemise disparaît ainsi que le t-shirt en dessous jusqu'à ce qu'il se retrouve torse nu. Mon regard lèche sa poitrine nue alors que le désir se répand dans mon sexe comme du miel chaud.

Il est si magnifique !

Toute cette chair dure et bronzée décorée d'encre...

— Tu vois quelque chose qui te plaît, mon ange ?

Je lève les yeux vers son regard amusé. Au début, j'aurais certainement été embarrassée d'avoir été surprise, mais ce n'est plus le cas. J'ai envie que Wolf comprenne à quel point je le désire.

— Toujours.

Avec un grognement, il franchit la distance qui nous sépare. Ses mains se posent sur mes épaules alors qu'il s'aligne contre mon dos. Mon cœur bat à un rythme fou alors que ses doigts glissent le long de mes bras, éveillant de la chair de poule dans son sillage.

Il plaque ses lèvres le long de la colonne de mon cou. Pour la cérémonie, mes cheveux étaient remontés en un chignon complexe. Ses dents raclent ma chair tandis qu'il retire les épingles de la masse de ma chevelure. Il doit y en avoir une centaine. Une par une, elles cliquètent sur le plancher en bois sous nos pieds. Lentement, mes mèches dégringolent sur mes épaules et le long de mon dos. Mes paupières se ferment quand il trouve la dernière. Il écarte les doigts sur mon cuir chevelu qu'il se met à masser.

Je laisse échapper un grognement rauque de plaisir alors que je me plaque contre ses mains. Quelque part, il sait toujours exactement ce dont j'ai besoin. Ma tête bascule en arrière, reposant contre la force solide de sa poitrine alors qu'il continue à frotter mon cuir chevelu. De longues minutes s'écoulent avant qu'il ne plaque les lèvres sur la courbe de ma joue tandis que ses mains s'enroulent autour de mes côtes. Elles s'emparent de mes seins à travers mon sous-vêtement en dentelle.

Le tissu transparent laisse peu de choses à l'imagination.

Il joue avec mes mamelons jusqu'à ce qu'ils ne soient que des pointes dures visibles à travers le tissu délicat. Un autre gémissement m'échappe tandis que je me cambre pour mieux apprécier ses caresses.

Ses mains courent le long de ma cage thoracique alors que ses lèvres et ses dents caressent mon dos jusqu'au creux de mes reins avant de plonger jusqu'à l'élastique de mon string.

— Putain, tu es super sexy là-dedans, gronde-t-il en me mordillant les joues.

Il se remplit les paumes de la chair ferme et la presse.

— Je n'ai quasiment pas envie de te l'enlever.

Rester debout est difficile.

J'ai juste envie de me fondre en flaque à ses pieds.

J'aime la façon dont Wolf me touche et me taquine.

Attise les flammes jusqu'à ce que j'aie envie d'entrer en combustion avant de me donner exactement ce dont j'ai besoin.

Ses dents s'enfoncent dans une fesse nue avant de faire la même chose de l'autre côté.

— Je vais peut-être m'en abstenir, gronde-t-il avant de se redresser et de se plaquer contre mon dos.

Son souffle chaud caresse le contour de mon oreille.

— Je veux que tu t'agenouilles sur le matelas, les fesses en l'air. Tu comprends, mon ange ?

Cet ordre grondé remplit ma bouche de coton.

Quand je ne réagis pas, ses bras font le tour de mon corps pour pincer mes mamelons.

— Tu m'as entendu ?

— Oui.

— C'est bien. Maintenant, tu es prête à te faire prendre par ton mari ?

— Oh, oui.

— Alors, grimpe sur le lit.

Pas besoin d'encouragements supplémentaires ; je m'empresse de lui obéir. Mes coudes et mes genoux s'enfoncent dans le matelas moelleux.

— Regarde ce joli cul en l'air. Tu sais exactement ce que j'aime.

Un autre frisson cavalcade le long de mon dos, parce qu'il a raison. Je sais exactement ce qu'il aime parce que ça me plaît aussi.

Je cambre le dos afin que mon cul ressorte. Quand il pousse un grognement, je regarde par-dessus mon épaule et le découvre avec le pantalon ouvert, les doigts enroulés autour de son érection épaisse. La chaleur envahit mon sexe tandis que je le regarde caresser la longueur de sa hampe.

— Je t'en prie, Wolf. Ne me fais pas attendre davantage.

J'ai tellement envie de mon mari !

Le seul homme que j'aimerai jamais.

— Ne t'inquiète pas, mon ange. Je vais te donner exactement ce que tu veux et tout ce dont tu as besoin. Comme je l'ai toujours fait.

Il referme la distance entre nous avant de glisser une paume sur la courbe arrondie de mes fesses. Je serre fort les paupières, voulant seulement profiter de la sensation de ses mains puissantes. Un halètement m'échappe quand son gland dur presse contre mon anus à travers le tissu fin du string. Ses mains se posent sur mes fesses avant qu'il ne les écarte afin que son gland se retrouve lové entre les globes. Un coup de reins, et il s'enfoncerait dans ce trou intouché.

— Un jour, je te prendrai là.

C'est une promesse ténébreuse. Ma respiration s'interrompt tandis qu'un mélange puissant de peur et d'anticipation spirale en moi. Il déjà a glissé ses doigts en moi et j'ai apprécié, ça m'a fait jouir, mais que sa queue me pénètre ici est une tout autre histoire.

— Mais pas aujourd'hui.

Dès que ces paroles lui échappent, son érection épaisse disparaît. Ses doigts écartent le tissu délicat et sa langue chaude se glisse profondément en moi. Il saisit mes fesses dans chaque main, les étirant jusqu'à ce que je sois complètement exposée à lui.

— Merde, mon ange. Je n'ai jamais vu un plus beau spectacle. Ça suffit à me faire mettre à genoux chaque fois.

Il lèche ma douceur frissonnante jusqu'à ce que je n'aie pas d'autre choix que d'exploser autour de sa langue. Mon orgasme a l'air de se prolonger pour toujours. Il me lèche durant tout le temps jusqu'à ce que je fonde dans le matelas deux places. Alors seulement, il se redresse et se positionne derrière moi. D'un coup de reins fluide, il se glisse à l'intérieur de ma chaleur frissonnante. Il tient mes hanches en place alors qu'il me laboure jusqu'à ce qu'il trouve son plaisir. J'aime la sensation de son membre enfoncé profondément, nous connectant de la façon la plus intime possible, nous unissant. Ce n'est que lorsque le dernier frisson secoue son corps qu'il s'écroule avec un soupir de contentement, m'emprisonnant dans sa force.

— Je t'aime, madame Westerville, murmure-t-il contre mon oreille.
— Je t'aime aussi, monsieur Westerville.
— C'est bien.

Il y a un moment de silence avant qu'il murmure :

— Et si on appelait le service de chambre et qu'on allait jeter un œil à la salle de bains ? J'ai entendu dire qu'il y avait une douche en cascade et une immense baignoire.
— Ça a l'air super, dis-je avec un petit rire.
— Quelle partie ? Appeler le room service ou baiser dans la salle de bains ?
— Le room service, bien sûr.
— Tu es une fille comme je les aime, Fallyn Westerville.
— Tant que je suis la seule fille dans ton cœur, c'est tout ce qui compte.
— Tu l'es, mon ange. Et ça ne changera jamais.

Fin

Merci de m'avoir lue ! J'espère que vous avez apprécié cette histoire autant que j'ai aimé l'écrire. Inscrivez-vous à ma newsletter pour un épilogue bonus ! Préparez-vous pour le prochain livre de la série des *Western Wildcats*. Elle continue avec Britt et Colby !

Vous n'avez qu'à cliquer Jamais au grand jamais !

Colby McNichols, tueur au visage d'ange, est ailier gauche dans l'équipe de hockey des Western Wildcats. Il lui suffira de signer au bas de la page pour passer chez les pros après cette dernière saison. Et d'après ce que disent toutes les filles du campus, qui sont plutôt bavardes sur le sujet, sa réputation n'est clairement pas usurpée.

Loin de là.

C'est entre autres pour ça que je préfère l'éviter.

Croyez-moi, ma vie est assez compliquée sans que j'aille me créer des ennuis avec un sportif.

Pour des raisons qui m'échappent, cela dit, Colby semble avoir décidé de s'incruster dans ma vie. Où que j'aille, je le retrouve sur ma route. Pour le coup, difficile de garder mes distances. Il a beau être canon, je refuse de sortir avec ce mec. D'autant que je ne peux pas être transparente sur qui je suis.

Malheureusement, un week-end à Las Vegas va tout changer.

Il s'avère que nos amis ne sont pas les seuls à convoler dans la Cité du Péché.

J'espère seulement que le dicton est vrai : ce qui se passe à Vegas reste à Vegas.

Parce que sinon…

Je suis foutue.

Et ça n'augure rien de bon.

Vous n'avez qu'à cliquer Jamais au grand jamais !

LE COUREUR DU CAMPUS

DEMI

— Bon, très bien tout le monde, je pense vous avoir transmis suffisamment d'informations pour ce matin. Je vois que vos cerveaux sont à deux doigts de l'explosion. Gardez bien en tête que le devoir d'aujourd'hui doit être envoyé par mail avant minuit. Tous les devoirs remis en retard verront leur note divisée par deux.

Un chœur de grognements suivit cette annonce.

Les lèvres du professeur Peters se tordirent d'amusement. Ce n'était un secret pour personne qu'il se moquait que les étudiants échouent ou réussissent le cours. Les statistiques faisaient partie des matières obligatoires pour tous les diplômes en sciences de la santé. Si vous ne compreniez pas sa matière et ne preniez pas de cours de soutien, alors vous étiez fichu et condamné à redoubler. Encore et encore. Et le professeur P. était le seul enseignant à enseigner cette matière spécifique.

J'avais entendu dire que des étudiants avaient dû redoubler son cours trois ou quatre fois pour obtenir la moyenne et le valider. Ce qui devait prendre beaucoup d'énergie. Heureusement, j'avais toujours eu un bon niveau en mathématiques, et j'avais également suivi des cours de statistiques au lycée. Pour l'instant, nous n'avions commencé que depuis quelques semaines et je ne trouvais pas ce cours compliqué. J'avais un A.

Au moment où le professeur Peter nous libéra de son cours, j'avais déjà rangé mes affaires et j'étais prête à m'enfuir de la salle. Je devais fuir la présence de Rowan, que j'avais beaucoup trop ressentie durant tout le cours.

Ce qui n'était pas logique, puisqu'un groupe de filles dans sa classe se battaient en permanence pour attirer son attention. S'il cherchait à s'envoyer en l'air, il avait bien d'autres options que moi à explorer. Mais au lieu de cela, il les ignorait pour s'asseoir à côté de moi à chaque fois.

C'était exaspérant.

Sans dire un mot, je passai mon sac sur mon épaule et me faufilai devant lui. Alors que je traversai l'allée, un soupir de soulagement s'échappa de mes poumons et je descendis deux par deux les marches couvertes de moquette. Quelques personnes me saluèrent alors que je traversai la porte à double battant avant de me retrouver dans le couloir qui était déjà noir de monde. Plus je parvenais à m'éloigner de Rowan, plus vite je retrouvais mon équilibre. Rowan Michaels avait la fâcheuse habitude de tout gâcher à chaque fois. Et je refusais d'en examiner la raison.

Ce type était vraiment agaçant.

Sujet clos.

À mi-chemin dans le couloir, la tension dans mes épaules se dénoua. À partir de cet instant, le reste de la journée devrait bien se dérouler. Dès que cette pensée me traversa l'esprit, un bras musclé se posa sur mes épaules, et je fus plaquée contre un corps ferme. Une odeur fraîche, mélange de notes ensoleillées et marines, m'indiqua tout de suite qui me tenait fermement contre lui. Cette odeur ne pouvait appartenir qu'à Rowan Michaels.

Punaise.

Punaise.

Punaise.

Ce type allait vraiment finir par me tuer. Comme il l'avait si bien dit une heure plus tôt, j'aurais dû savoir qu'il ne me laisserait pas m'échapper aussi facilement.

— Hé, tu es partie avant même que je te demande si tu voulais que je passe te prendre avant le dîner.

Une boule d'effroi se déploya dans mon ventre sans que je ne sache vraiment pourquoi. Ce n'était pas comme si nous sortions ensemble. Et nous n'étions certainement pas amis. Enfin, pas vraiment. Je pouvais à peine le supporter. Alors pourquoi craignais-je de lui annoncer que Justin allait se joindre à notre trio de ce soir ?

Je grimaçai. Ça semblait tout simplement mal.

Je me suçotai et me mordillai la lèvre inférieure. Rowan allait bien finir par le savoir, alors qu'est-ce que ça changerait de lui dire tout de suite ? Je savais déjà que la légère variante au plan habituel ne le ravirait pas.

— Ce n'est pas la peine, lui répondis-je en déglutissant tout en me préparant à sa réaction. Justin va venir me chercher.

Un silence gênant s'abattit sur nous alors qu'il digérait la nouvelle. Tout se passa exactement comme je m'y attendais.

Une catastrophe.

— Attends une minute, dit-il alors que son sourire disparaissait de son visage pour laisser place à une grimace. Tu as invité *Justin* à dîner ?

— Oui, marmonnai-je en refusant de lui avouer que, maintenant, je regrettais mon invitation.

— Pourquoi tu as fait ça ?

Bonne question. C'était clairement une erreur de jugement de ma part, mais je ne l'admettrais pas face à Rowan.

— Il n'a pas encore rencontré papa.

L'idée de cette rencontre me donna la nausée. Mon père avait tendance à être surprotecteur, la raison exacte pour laquelle je ne lui présentais pas la plupart de mes petits copains.

Maintenant, je me posais des questions.

Non, je regrettais complètement.

Malheureusement, la machine était déjà en route et il était trop tard pour annuler nos plans.

— Donc... ce *truc* entre vous est plutôt sérieux ?

Il semblait vraiment attristé par cette situation.

Je restai silencieuse, réticente à lui avouer la vérité. Ça ne le regardait pas de savoir avec qui je sortais. Tout comme ça ne me regardait pas de savoir avec qui il couchait. Au cours de ces trois années passées à Western, je n'avais jamais entendu parler d'une relation sérieuse entre Rowan et une fille. Mais j'avais entendu beaucoup de rumeurs concernant ses conquêtes sexuelles. Tous les lundis matin, une nouvelle histoire salace faisait le tour du campus.

Cette pensée me donnait autant la nausée que l'idée de présenter Justin à papa. Même un peu plus.

En proie au vif besoin de m'éloigner de Rowan, je haussai les épaules dans l'espoir d'en déloger son bras. Sans succès. Au contraire, il renforça sa prise. La plupart des filles auraient été ravies de cette attention. Elles se seraient blotties contre sa poitrine musclée et puissante. Pour être honnête, je dus me battre contre le désir naturel de mon corps de faire exactement la même chose.

Il tourna son visage et la chaleur de son souffle caressa la peau délicate ourlant mon oreille. Je dus résister aux frissons qui menaçaient de courir le long de mon dos.

— Tu n'as pas répondu à la question.

— Je crois bien que si.

Ce qui était un mensonge, mais comme il ne pouvait pas prouver l'inverse, je m'y accrochai comme si ma vie en dépendait. Ou plutôt ma santé mentale.

— Hmm. Tu n'as pas vraiment l'air convaincue, dit-il en resserrant son étreinte. Tu veux réessayer ?

Je me tournai vers lui sans me rendre compte de la proximité entre nous. On se perdait facilement dans les différentes teintes de bleus qui dansaient dans ses iris.

Rowan avait des yeux magnifiques.

C'était l'une des premières choses qui avait attiré mon attention chez lui. Ils étaient si clairvoyants ! Comme s'il voyait tout ce qui se passait autour de lui et qu'il était impossible de se cacher. La lucidité de son observation faisait trembler mes entrailles. Je refusais qu'il perçoive les sentiments que je gardais enfouis en moi. Je ne voulais pas qu'il réalise quel effet il me faisait. Ni la volonté que je devais déployer pour restreindre cette attraction magnétique qui m'attirait vers lui.

Une fois arrivé devant les portes vitrées qui menaient au grand air, Rowan les poussa et nous descendîmes le petit escalier en pierre. Après seulement quatre pas, une horde de filles se jetèrent sur lui. Je profitai de la foule se formant autour de lui pour me glisser sous son bras et me précipiter sur le chemin qui traversait le campus.

— Demi, lança sa voix profonde par-dessus le brouhaha.

Incapable de m'arrêter, je me retournai vers lui jusqu'à ce que nos regards se croisent. Une vague de jalousie incontrôlée me rongea de l'intérieur alors que les groupies le tripotaient tel un morceau de viande fraîche balancée dans une cage de lionnes affamées. C'était à la fois exaspérant et gênant de savoir qu'il était le seul capable de faire battre mon cœur à cette allure. Il y avait des dizaines de milliers de personnes sur ce campus. Il devait bien y avoir au moins un autre garçon capable de provoquer ce genre de réaction chez moi.

Il fallait simplement le trouver. Et pourtant je ne pouvais m'empêcher de penser à ce quarterback blond.

— À ce soir.

Je déglutis.

Pourquoi cette phrase sonnait-elle plus comme une menace qu'autre chose ?

Sans prendre la peine de répondre, je me forçai à détourner le regard avant de m'enfuir comme si les chiens des enfers étaient à mes trousses. Je ne fus capable de retrouver mon équilibre qu'au bâtiment suivant. La seule solution pour affronter le reste de la journée serait de chasser toutes les pensées de Rowan de ma tête.

Malheureusement, c'était plus facile à dire qu'à faire.

Vous n'avez qu'à cliquer Le Coureur du campus !

AIME-MOI, DÉTESTE-MOI

BRODY

— Mec, je pensais que tu reviendrais plus tôt.

Cooper, l'un de mes colocataires, me sourit lorsque je franchis la porte d'entrée. Une fille à moitié nue est à califourchon sur ses genoux.

— On a dû commencer la fête sans toi, dit-il en haussant les épaules comme s'il venait de se sacrifier. Impossible de faire autrement.

Je grogne en parcourant du regard le salon de la maison que nous louons à quelques rues du campus. Même si nous ne sommes que quatre sur le bail, notre logement semble servir de point de chute à la moitié de l'équipe. À en juger par les bouteilles de bière qui jonchent le sol, cela fait un moment qu'ils sont à l'œuvre. Je pense sérieusement à faire payer un loyer à certains de ces abrutis.

Cependant, je suppose que si j'étais coincé dans un dortoir, je chercherais désespérément un moyen d'en sortir. J'ai joué en juniors à la sortie du lycée pendant deux ans avant d'arriver en première année à l'âge de vingt ans. Je n'ai pas vécu en résidence universitaire et j'ai directement loué un appartement à proximité. Il était hors de question que je me retrouve avec une bande de jeunes de dix-huit ans qui n'avaient jamais vécu loin de chez eux. Sans parler du fait d'avoir un responsable de dortoir pour me dire ce que je pouvais ou ne pouvais pas faire.

Cela me semble aussi amusant que d'arracher du ruban adhésif de mes parties.

Ce qui est, si je puis dire, tout le contraire d'un truc amusant. Le bizutage, ça craint. Et pour information, on n'arrache pas le ruban adhésif de ses parties, on le coupe soigneusement d'une main ferme tout en insultant toute l'équipe.

Mes deux autres colocataires, Luke Anderson et Sawyer Stevens, sont penchés au bord du canapé, s'affrontant dans une intense partie de NHL. Leurs pouces actionnent les manettes à la vitesse de l'éclair et leurs yeux sont rivés sur l'écran HD de soixante-dix pouces suspendu à l'autre bout de la pièce.

Je secoue la tête. Chaque fois qu'ils jouent, c'est comme si un championnat national était en jeu.

Je hausse un sourcil quand la fille sur les genoux de Cooper passe une main dans son dos pour dégrafer son soutien-gorge. Apparemment, elle se fiche d'avoir un public. Le sourire indolent de Cooper s'étire tandis que ses doigts se posent sur ses mamelons.

J'adorerais pouvoir affirmer que cette scène n'est pas typique d'un dimanche soir, mais ce serait mentir comme un arracheur de dents. En général, c'est bien pire.

Sawyer feinte Luke avec une impressionnante maîtrise du palet dans un jeu vidéo et me dit :

— Attrape une bière, Bro. Tu pourras remplacer Luke quand je l'aurai encore fait pleurer comme une gamine.

— Va te faire voir, grogne Luke.

Je jette un coup d'œil au score. Luke est en train de prendre une raclée, et il le sait.

— Bien sûr, répond Sawyer en souriant. Peut-être plus tard. Mais je dois te prévenir que tu n'es pas vraiment mon type. J'aime les mecs un peu plus charpentés que toi.

Mes lèvres tressaillent et je laisse tomber mon sac sur le sol.

— Hé, vous avez vu ce texto à la con de l'entraîneur ? demande Cooper, la tête logée entre les seins de la fille.

Je gémis, espérant ne pas avoir raté quelque chose d'important parce que je n'étais pas en ville pour le week-end. Je suis déjà sous contrat avec les Milwaukee Mavericks. Mon père et moi avons pris l'avion pour rencontrer l'équipe d'entraîneurs. J'ai également eu l'occasion de traîner avec quelques joueurs défensifs. La soirée de samedi était complètement dingue. La prochaine saison va être extraordinaire.

— Non, je ne l'ai pas vu, dis-je. Qu'est-ce qui se passe ?

— Les heures d'entraînement ont changé, poursuit Cooper, tout en jouant avec le corps de la fille. Maintenant, c'est à 6 heures du matin et 19 heures.

Merde ! Il démarre déjà les deux entraînements par jour ?

— Vous croyez qu'il se fout de nous ?

Cela ne m'étonnerait pas du coach Lang. Je pense qu'il n'a rien de mieux à faire que de rester éveillé la nuit, à rêver de nouvelles façons de nous torturer. Ce type est un vrai dur à cuire.

D'un autre côté, c'est pour ça que nous sommes là.

Mais 6 heures du matin… ça craint. Entre l'école et l'entraînement de hockey, j'ai déjà l'impression de ne pas dormir suffisamment. Et nous ne sommes qu'en septembre. Ce qui signifie qu'il va falloir que je me lève tôt et que je franchisse la porte à 5 heures du mat' pour avoir une chance d'aller à la patinoire, m'équiper et être sur la glace à six heures. À 23 heures, je vais m'effondrer dans mon lit.

Sawyer hausse les épaules, il n'a pas l'air particulièrement perturbé par le changement d'horaires.

Cooper laisse sortir le mamelon de sa bouche et me fixe de son regard vitreux.

— Tu ne peux pas demander à ton père de lui faire entendre raison ?

Luke marmonne :

— J'ai déjà du mal à arriver à l'heure à l'entraînement de 7 heures.

— Non, dis-je en secouant la tête.

Je pourrais faire à peu près n'importe quoi pour eux, sauf aller voir mon père pour tout ce qui concerne le hockey. L'entraîneur et lui se connaissent depuis longtemps. Ils ont tous les deux joué pour les Red

Wings de Détroit. J'ai connu cet homme toute ma vie. Il m'a aidé à lacer ma première paire de patins. On pourrait donc penser qu'il a une préférence pour moi. Ou peut-être qu'il irait mollo avec moi.

Oui... Aucune chance que ça se produise.

En fait, il me tombe dessus à bras raccourcis *à cause* de notre relation personnelle. Je pense que Lang ne veut pas qu'un des gars pense qu'il fait du favoritisme.

Mission accomplie, mec.

Personne ne pourra jamais l'accuser de ça.

— Alors, prépare-toi à te magner les fesses dès l'aube, mon pote.

Sur ces mots, Cooper reporte son attention ailleurs et s'attaque à la bouche de la fille.

Luke les regarde pendant un moment avant de crier :

— Hé, vous allez dégager dans la chambre, ou on va tous avoir droit à un spectacle gratuit ?

Cooper ne prend pas la peine de reprendre son souffle, et ignore la question.

Luke secoue la tête et se concentre pour essayer de remonter au score. Ou au moins, essayer de botter les fesses de l'avatar de Sawyer.

— Je suppose que cela signifie que nous devrions faire du popcorn.

Je ramasse mon sac de sport et le hisse sur mon épaule, et décide de monter à l'étage pour un moment. J'adore traîner avec eux, mais je ne le sens pas à cet instant.

— Salut, Brody. J'espérais que tu te montrerais.

Une blonde plantureuse passe ses bras autour de moi, et plaque son ample décolleté contre ma poitrine.

Étant donné qu'il s'agit de ma maison, les chances que cela se produise étaient extrêmement élevées.

Je fixe ses grands yeux verts.

— Salut.

Elle me paraît familière. Je cherche rapidement un nom dans ma tête, sans succès.

Ce qui signifie sans doute que je n'ai pas couché avec elle récemment.

En matière de femmes, j'ai mis au point un algorithme que j'ai perfectionné au cours des trois dernières années. Il est simple, mais infaillible. Je ne me tape jamais la même fille plus de trois fois en six mois. Dans le cas contraire, on risque d'entrer dans le territoire obscur d'une quasi-relation ou de devenir *sex-friends*. À ce stade, je ne cherche pas à m'engager.

Même s'il s'agit d'une relation décontractée.

Je suis à Whitmore pour obtenir un diplôme et me préparer à jouer chez les pros. Je m'efforce de devenir plus grand, plus rapide et plus fort. La NHL n'est pas faite pour les faibles. Si on n'est pas à la hauteur, la Ligue nous mâche et nous régurgite en un clin d'œil. Je n'ai pas l'intention de laisser une telle chose se produire. J'ai travaillé trop dur pour m'effondrer à ce stade.

Ou me laisser distraire.

Dans un geste étonnamment audacieux, Blondie fait glisser sa main de mon torse à mon paquet et le serre fermement pour me faire comprendre qu'elle ne plaisante pas.

Je ne doute pas que si je lui demandais de se mettre à genoux et de me sucer devant tous ces gens, elle le ferait sans hésiter. À l'exception d'un string, la fille qui se frotte sur les genoux de Cooper est nue.

Lors de ma première année chez les juniors, lorsqu'une fille m'a proposé d'avoir des relations sexuelles sans attaches, j'ai bien cru avoir touché le jackpot. Moins de cinq minutes plus tard, j'avais déchargé et j'étais prêt pour le deuxième round. Cinq ans plus tard, je ne regarde même pas une fille qui est prête à baisser sa culotte quelques minutes après que j'ai franchi la porte. Cela se produit bien trop souvent pour que je puisse considérer ça comme une nouveauté.

Et c'est vraiment triste.

Quand j'étais au lycée, je sautais sur la moindre occasion de m'envoyer en l'air.

Aujourd'hui ?

Pas tellement.

C'est comme si on mangeait régulièrement du steak et du homard. Bien sûr, c'est délicieux les deux premiers jours. Peut-être même une semaine entière. On ne peut pas s'empêcher de dévorer chaque bouchée comme un glouton, et on se lèche les doigts ensuite. Mais, croyez-le ou non, même le steak et le homard deviennent banals.

La plupart des hommes, quel que soit leur âge, seraient prêts à donner leur testicule gauche pour être à ma place.

Pour pouvoir choisir n'importe quelle fille. Ou, la plupart du temps, n'importe *quelles filles.*

Et me voilà... le membre ramolli à la main.

Enfin... le membre ramolli dans *sa* main.

Le sexe est devenu une activité que je pratique pour me détendre lorsque je suis stressé. C'est ma version d'une technique de relaxation. Merde, j'ai vingt-trois ans ! Je suis dans la fleur de l'âge sur le plan sexuel. Je devrais être en extase qu'une fille veuille bien écarter les jambes pour moi. Je ne devrais pas être blasé. Et je ne devrais sûrement pas passer mentalement en revue les exercices que nous ferons lorsque je dirigerai l'entraînement de capitaine.

Je dégage ses doigts de mon sexe et secoue la tête.

— Désolé, j'ai des trucs à faire.

Et ces *trucs* concernent l'école. J'ai quarante pages de lecture à terminer pour demain matin.

Blondie fait la moue et bat de ses cils chargés de mascara.

— Peut-être plus tard ? roucoule-t-elle d'une voix de bébé.

Merde ! C'est un vrai tue-l'amour.

Pourquoi les filles font-elles ça ?

Non, sérieusement. C'est une vraie question. Pourquoi font-elles ça ? C'est comme des ongles sur un tableau noir. Je suis tenté de lui répondre d'une voix ridicule et zézayante.

Mais je m'abstiens. Je ne suis pas un tel enfoiré. En plus, ça pourrait lui plaire.

Et je serais foutu. Je nous imagine en train de roucouler l'un pour l'autre avec des voix de bébé pour le restant de la nuit et j'en ai presque des frissons.

— Peut-être, dis-je sans m'engager.

Pourtant, je ne vais pas mentir, cette voix de gamine m'a coupé toute envie de m'envoyer en l'air plus tard. Mais je suis assez intelligent pour ne pas le lui dire. Il y a de grandes chances qu'elle finisse par dégoter un autre joueur de hockey sur lequel s'accrocher, et qu'elle m'oublie. Parce que, soyons réalistes, c'est pour ça qu'elle est là.

Un petit coup rapide de la part d'un gars qui patine avec un bâton. Juste pour être sûr, je la scrute des pieds à la tête. En dehors de sa voix de gamine, elle a tout ce qu'il faut.

Et pourtant, ce corps superbe ne me fait rien.

Ce qui est gênant. J'ai presque envie de l'emmener à l'étage, juste pour me prouver que tout fonctionne correctement. Mais je ne le ferai pas.

Au moment où je pose le pied sur la première marche, Cooper s'écarte de sa copine.

— Qu'est-ce qui se passe, McKinnon ? Où tu vas ? demande-t-il avec un geste de la main autour de la pièce. Tu ne vois pas qu'on est en train de s'amuser ?

— Je vais te laisser t'occuper de nos invités, lui dis-je en gravissant l'escalier.

— Eh bien, si tu insistes ! bredouille-t-il d'un ton joyeux.

Ma chambre se trouve au bout du couloir, loin du bruit du rez-de-chaussée. En règle générale, personne n'est autorisé à se rendre à l'étage, à l'exception des gars qui y vivent. Je sors ma clé et déverrouille la porte avant d'entrer.

Je balance mon sac de sport dans un coin avant d'ouvrir mon livre de finance managériale. Je croyais que j'aurais la possibilité de me plonger dans quelques lectures au cours du week-end, mais mon père et moi étions en déplacement tout le temps. Nous avons rencontré des membres de l'organisation de Milwaukee, participé à une fête d'équipe et visité quelques appartements près du bord du lac. C'était juste histoire de tâter le terrain. Au cours du vol de retour, j'avais bien l'intention d'être productif, mais j'ai fini par sombrer dès que nous avons atteint l'altitude de croisière.

Trois heures plus tard, on frappe à la porte. En temps normal, une interruption m'énerverait, mais après avoir parcouru trente pages, ma vue s'est troublée et je lutte pour rester éveillé. Pour ne rien arranger, cette matière est d'un ennui mortel.

— C'est ouvert, dis-je, m'attendant à ce que Cooper essaie de me convaincre de redescendre.

Quand ce type est dans un état second, il veut que tout le monde soit aussi défoncé que lui. Je n'ai jamais vu personne descendre autant d'alcool que lui. C'est presque aussi impressionnant qu'effrayant. Et pourtant, il est capable de se réveiller à temps pour l'entraînement du matin, de bonne heure et de bonne humeur, comme s'il n'avait pas été totalement ivre six heures plus tôt. Il faudrait que quelqu'un du département de biologie fasse une étude de cas sur lui, parce que ce n'est pas normal.

Lorsque je m'imbibe d'alcool comme ça, le lendemain matin, je ressemble à un poulain nouveau-né sur la glace qui n'arrive pas à garder ses jambes sous son corps. Ce n'est pas beau à voir. Voilà pourquoi je ne le fais pas. J'ai déjà donné. C'est derrière moi.

La porte s'ouvre sur Blondie et sa voix de gamine. Elle n'est pas seule. Elle a amené une amie. Je lève les sourcils en signe d'intérêt lorsqu'elles entrent dans la pièce.

Depuis que je l'ai vue, il y a trois heures, Blondie a perdu la plupart de ses vêtements. La brune qui l'accompagne semble être dans la même situation. Elles se tiennent là, dans des soutiens-gorge en dentelle et des strings quasi inexistants, les mains entrelacées.

Je pose sur elles un regard appréciateur.

Comment pourrais-je faire autrement ?

Elles ont des ventres plats et toniques. Leurs hanches sont joliment galbées. Leurs seins se balancent de manière séduisante alors qu'elles s'approchent du lit sur lequel je suis vautré.

Je devrais avoir une érection d'enfer, je ne me suis pas envoyé en l'air depuis trois semaines, ce qui est presque du jamais-vu. Je n'ai pas passé autant de temps sans relation sexuelle depuis que j'ai commencé à en avoir.

Mais il n'y a rien.

Pas même un tressaillement.

Ce qui m'amène à me poser la question de ce qui ne va pas chez moi.

Ce doit être dû au stress de l'école et au régime alimentaire que j'ai adopté pour le patin à glace. Même si je suis déjà sous contrat avec Milwaukee et que je n'ai pas à me soucier de la sélection de la NHL plus tard dans l'année, je subis toujours beaucoup de pression pour être performant cette saison.

Les championnats nationaux ne se remportent pas d'un coup de baguette magique.

Je craindrais d'avoir de sérieux problèmes de dysfonctionnement érectile s'il n'y avait pas cette fille qui me fait durcir chaque fois que je pose les yeux sur elle. Ironiquement, elle ne veut rien avoir affaire avec moi. Je pense qu'elle m'arracherait les yeux si je posais un seul doigt sur elle.

En fait, il suffit que je regarde dans sa direction pour qu'elle me montre les dents.

Peut-être que ces filles sont exactement ce dont j'ai besoin pour soulager mon stress refoulé. Cela ne peut certainement pas faire de mal.

Ma décision prise, je referme mon livre de finance et le jette par terre où il atterrit avec un bruit sourd. Je croise les bras derrière la tête et souris aux filles en guise d'invitation silencieuse.

Et le reste, dirons-nous, appartient à l'histoire.

Vous n'avez qu'à cliquer Aime-moi, déteste-moi !

AUTRES TITRES DE JENNIFER SUCEVIC

Série Campus

Le Coureur du campus

L'Idole du campus

L'Idylle du campus

Le Canon du campus

Le Dieu du campus

La Légende du campus

Western Wildcats – Hockey

Ma liste d'envies

Ma liste de règles

Mon bien le plus précieux

Jamais au grand jamais

Tout et Maintenant

Maintenant ou jamais

Tout ou rien

Barnett Bulldogs

Comme un roi

Comme mon ombre

Aime-moi, déteste-moi

Même pas en rêve

À PROPOS DE L'AUTEUR

Jennifer Sucevic est une auteure de best-sellers au classement de *USA Today* qui a publié dix-neuf romans « New Adult » et « Mature Young Adult ». Son œuvre a été traduite en allemand, en néerlandais et en italien. Jen est titulaire d'une licence en histoire et d'une maîtrise en psychologie de l'éducation, de l'Université du Wisconsin-Milwaukee. Elle a commencé sa carrière en tant que conseillère d'orientation dans un collège, un métier qu'elle a adoré. Elle vit dans le Midwest avec son mari, ses quatre enfants et une ménagerie d'animaux. Si vous souhaitez recevoir des informations régulières concernant les nouvelles parutions, abonnez-vous à sa newsletter - Inscrire à ma newsletter
Ou contactez Jen par e-mail, sur son site web ou sa page Facebook.
sucevicjennifer@gmail.com
Envie de rejoindre son groupe de lecteurs ? C'est possible ici -)
J Sucevic's Book Boyfriends | Facebook
Liens vers ses réseaux sociaux
https://www.tiktok.com/@jennifersucevicauthor
www.jennifersucevic.com

www.ingramcontent.com/pod-product-compliance
Lightning Source LLC
LaVergne TN
LVHW040038080526
838202LV00045B/3394